W0322725

AXEL GAUVIN

Wenn du aufwachst, bin ich da

Roman

Aus dem kreolischen Französisch von Giovanna Waeckerlin-Induni
Mit einem Nachwort von Gudrun Honke

Peter Hammer Verlag

Titel der Originalausgabe: *L'aimé*
erschienen bei Editions du Seuil, Paris 1990

Die Deutsche Bibliothek – CIP-Einheitsaufnahme
Gauvin, Axel:
Wenn du aufwachst, bin ich da : Roman / Axel Gauvin. Aus dem kreolischen Franz. von Giovanna Waeckerlin-Induni. – Wuppertal : Hammer, 1997
Einheitssacht.: L'aimé <dt.>
ISBN 3-87294-766-4

Die Übersetzung aus dem Französischen wurde mit Mitteln des Auswärtigen Amtes unterstützt durch die Gesellschaft zur Förderung der Literatur aus Afrika, Asien und Lateinamerika e.V. in Zusammenarbeit mit dem Institut für Auslandsbeziehungen.

© Axel Gauvin
© Editions du Seuil 1990
© Peter Hammer Verlag, Wuppertal 1997
Alle deutschsprachigen Rechte vorbehalten
Lektorat: Gudrun Honke
Umschlaggestaltung: Wolf Erlbruch
Satz: Data System, Wuppertal
Druck: Ebner Ulm

ERSTER TEIL

I

Die erste, aber klirrtrockene Windbö. Die ersten wirbelnden Blätter. Nicht etwa altersmüde, noch unversehrt vielleicht, aber vergilbt und schlapp. Im Gegenteil: zarte Laubfetzen, abgerissene Sprosse, grünglänzende Blattspreiten – saftstrotzend.

Erstes erregtes Raunen in den Bäumen.

Margrite wundert sich: Vor kaum ein paar Minuten war das Wetter noch strahlendklar; kein Lüftchen gestern abend, nicht das kleinste Wolkenfetzchen, keine Kupferröte am Himmel bei Sonnenuntergang. Und jetzt ...

Soll einer das verstehen! Es bleibt ihr keine Zeit, sich zu wundern. Wundern wird sie sich erst richtig, wenn sie die zwei alten Unterhosen des Alten, die alte Bettdecke des Alten, ihr graues Kleid, ihr Unterzeug, kurz, ihre Wäsche, die sie am Morgen in die Strahlen der jetzt verblichenen Sonne hängte, auf den grünen Liegestuhl geworfen hat, der seit langem zu nichts anderem mehr benützt wird, denn der verflixte Sturm würde sie flugs zerfetzen. Wundern wird sie sich, wenn der Blechkanister mit sauberem Trinkwasser aus dem Schlauch gefüllt ist, das vorläufig noch fließt, solange das Hochwasser die Quelle nicht verschlammt und die Hauptzuleitung unterbricht. Bloß einen Blechkanister, denn für die Wäsche, die Küche und die Toilette verfügt sie zum Glück über eine alte, vermooste, noch randvolle Zisterne unter dem Grenadillenspalier. Wundern wird sie sich, wenn sie die Ziege in die Küche gelockt und Dame Caoudin – mit ihren gut acht Litern Milch am Tag trotz ihres widerborstigen männlichen Charakters –

frische Streu gegeben hat, wenn sie schließlich über die vier oder fünf klapprigsten Türen des großen Hauses – das mindestens zwanzig zählt – große Querlatten genagelt hat, die sie auf einer Baustelle mitgehen ließ.

Soeben versucht sie mit ausgestreckten Armen – sie trägt das eine ihrer zwei grauen Kleider, das unter den Achseln zu eng ist –, die Tür des kleinen Hinterzimmers mit einem Kistenbrett zu sichern. Sie klopft mit dem Küchenstampfer auf die Nägel, die sich, zum Teufel, allzu mühelos ins Holz bohren und daher dem geringsten Rütteln des herrisch Einlaß fordernden Zyklons kaum standhalten werden.

Denn trauen darf man ihm nicht: Er biegt bereits in die Zwergpalmenallee ein. Er ist da, *Craven-A* im Mundwinkel, spitze Schuhe an den Füßen, ein richtiger Zampano hinter seiner Sonnenbrille, was? Obwohl er es mit dem Zerstören so eilig gehabt hat, überläßt er nun den Spitzbuben in seinem Gefolge das Vergnügen, von Regengüssen und Windstößen begleitet, Blätter und Früchte von den Bäumen zu rupfen, die paar armen Blumen zu zertrampeln. Er hingegen taucht unvermittelt ganz ruhig hinter der Hausecke auf, als wolle er keine Kräfte verschleißen, bleibt vor den morschen Jalousien stehen. Wirft zornig die Kippe weg. Packt mit der linken Hand das Fensterfutter, zerrt es heraus. Steckt die rechte Hand in die entstandene Fuge und ... krach!

Sie hat nicht etwa Angst, Margrite. Nein, keine Angst. Sie wird dir erzählen, daß Anno zweiunddreißig das einzige Dach über ihrem Kopf, dem ihres kleinen Joseph, dem Sylverts – des anderen Alten, der ihre Jugend verputzt hat –, ein umgekipptes Eisenbett war, an das sie sich alle drei schlecht und recht festklammerten; daß sie Anno fünfundvierzig die ganze Nacht ein Schwenkfenster hatte zurückhalten müssen, das sich für ein startendes Flugzeug hielt; daß sie Anno achtundvierzig wie ein Makak in den Dachstuhl hatte klettern müssen, um dem über die Ufer tretenden Wildbach zu entkommen, der stieg und stieg und anstieg ...

Angst nicht, Margrite. Eine Spur Pessimismus hinter der Ironie. Weder das eine noch das andere vermag ihren Ärger angesichts der Gefahr zu dämpfen, sie daran zu hindern, tatkräftig die wichtigsten Vorkehrungen zu treffen. Genügend – und sogar ein bißchen mehr –, um keine Zeit zu verlieren, denn es muß sein. Und ohne Hilfe.

Gaby, ihr Haus-und-Hof-Gehilfe, ihr Erntehelfer, wenn ihre paar Morgen Zuckerrohr zusätzliche Hände erfordern, der riesige Gaby ist um elf bei strahlendem Wetter gegangen. Vor Montag wird er nicht zurückkehren. Mane-ti, das chinesische Halbblut mit seinen drei Barthaaren am Kinn und seinem Holzpantinengeschlurfe – der Besitzer des Kramladens an der oberen Straßenbiegung, so liebenswürdig wie niemand sonst und hilfsbereit wie kein zweiter –, Mane-ti hat selbst alle Mühe, seine Waren und seinen alten Kramladen zu schützen. Huguette Siméon, die Nachbarin gleich nebenan, hat offensichtlich bereits die neuen Läden an ihrem neureichen Haus verriegelt und doppelt verriegelt. Jetzt hört sie wohl die Wettermeldungen am Rundfunk oder piesackt ihre Mutter, die alte Madame Nièl, zwingt sie, *je-tu-moi* zu plappern, die Ärmste, die bestimmt eben ihren einundfünfzigsten Französischfehler des heutigen Tages macht. Was den Alten angeht …

Den Alten, ihren Ehemann – diesen Alten, der sechs Monate jünger ist als sie –, hat Margrite ganz vergessen, hat ihn zumindest nicht als mögliche Unterstützung in Betracht gezogen. Der Alte! Margrite stellt sich vor, wie er zwischen zwei Böen die Verandatür einen winzigen Spaltbreit öffnet, sie beim kleinsten Blitz, beim kleinsten Windhauch, beim kleinsten Ächzen des Dachstuhls hastig wieder zuschlägt. Der Alte macht also die Tür einen Spaltbreit auf, lugt verängstigt hinaus, während er mümmelnd zu beten scheint. Es gibt Situationen im Leben, wo selbst ein alter Atheist, eifriger Leser des *Pfaffen* und obendrein überzeugter Kommunist, bedauert, nicht an Gott zu glauben. Er wirft bibbernd einen Blick hinaus, betet stumm und schlägt beim ersten Anzeichen einer möglichen Gefahr die Tür wieder zu. Zehnmal, zwanzigmal hat er sie schon auf- und zugemacht, die Tür. Zehnmal, zwanzigmal hat er versucht, sich Mut zu machen. Und hat sich nur noch mehr zu Tode erschreckt.

Margrite sieht ihn vor sich, wie er sogar bei geschlossener Tür zusammenzuckt, wenn der Geigenbogen des Goldregens knirschend über das vorspringende Blechfries streicht; jener Ast, den Gros-gaby noch nicht Zeit gehabt hat zu schneiden und der nun dank des ausholenden Armes des fiedelnden Windes auf einer Länge von gut zwanzig Zentimetern durchgescheuert ist.

»Wie soll man auf den zählen können«, denkt Margrite. »Will nichts tun und kann auch nichts. Nicht einmal das Becken ausspülen, über dem er sich rasiert. Nichts, außer mir jeden Tag ein Ei zu klauen und, hinter dem Haus versteckt, roh auszuschlürfen, der Gierpansch. Wie ein ungezogenes Kind. Und außer natürlich über die Brille hinweg den jungen Frauenzimmern nachzugeifern. Eifersüchtig? Ich, Margrite Bellon, eifersüchtig? Wie käme ich dazu! Als ob ich diesen Tattergreis genommen hätte, um mir ein fideles Leben zu machen. Wenn du den Unflat hörtest, den er vor sich hin brummt – oder ihnen gar von der Veranda aus hinterherruft, den armen Dingern. Schämen muß man sich, jawohl. Wird zwar nicht mehr lange die Courage für solche Schweinigeleien haben. Und wie die Dinge sich entwickeln – und in dem Tempo, wie sie sich entwickeln –, werde ich Monsieur wohl bald füttern, abwischen und abtrocknen müssen. Aus lauter Überdruß habe ich schließlich nachgegeben und ihn geheiratet. Obwohl ich wußte, daß er nichts anderes mehr suchte als ein Dienstmädchen oder – schlimmer noch – eine Krankenpflegerin, als er mit seinem schwarzen Auto, das er nicht einmal mehr imstande war in Gang zu setzen, und seinem zugenagelten Schrankkoffer, zugenagelt und mit einem Vorhängeschloß versehen, als ob er den Schatz von Kerguelen hütete, vor der Tür stand.

Während sie sich an den Fensterläden ihres Schlafzimmers zu schaffen macht, die ebenso morsch sind wie die andern, sieht sich Margrite bereits mit einem Mummelgreis am Hals, mit einem sechsundzwanzig von vierundzwanzig Stunden auf dem Bett ausgestreckten lebenden Leichnam.

»Wetten, daß er noch genügend Stimme hat, um mich anzuschnauzen: ›Marguerite! Die Karaffe. Bring die Karaffe, Marguerite, ich habe Durst.‹ Und nach der Karaffe der Hunger; nach dem Hunger die Brille; nach der Brille die Medizin. Teufel noch mal: Wann habe ich noch Zeit zum Atmen, ich? Mein Zuckerrohr zu entblättern? Meine Kuh zu melken und meine Bohnen zu pflücken? Mein lieber alter Bénard, eines kannst du mir glauben: Wenn du mir keine Zeit zum Leben läßt, lege ich mich ebenfalls ins Bett und gebe dir jeden Anschnauzer zurück. Schlimmer noch: für ein ›Marguerite-ich-habe-Durst‹ zwei, drei ›Bénard-ich-habe-Hunger‹. Und vielleicht sogar ein ›Hast-du-vielleicht-meinen-Nachttopf-gesehen? Ach, Bénard, könntest du den Nachttopf mit deinem Stock bis zu meiner Tür schieben?‹«

Obwohl der Alte Margrite bei ihrem Vornamen nennt, den er französisch artikuliert – »Marguerite«, und dabei das »gue« deutlich betont, um sich wichtig zu machen, vielleicht auch, um zu beweisen, daß er belesen ist, daß er gewählt spricht, nach dem Familienbuch, nach dem Standesregister, nach Urkunden und nicht bloß nach dem Hörensagen wie die Analphabeten; genau wie die Musiker, die nach der Partitur spielen und jene verachten, die nach Gehör singen –, wäre ihr nie etwas anderes über die Lippen gekommen als »Bénard«, der Familienname des Alten.

»Mein lieber alter Bénard, wenn du mir das antust, klettere ich in mein Bett und steige nie mehr herunter.«

Sie lacht vor sich hin, Margrite. Ihr altes graues Kleid klebt an ihren Knochen. Sie hat keinen Regenmantel übergezogen. Was vermöchte ihr alter, durchsichtiger Plastikregenmantel schon auszurichten? Was vermöchte der beste Regenschutz gegen einen solchen Wolkenbruch auszurichten? Sie kichert, sieht sich in Gedanken die Rolle der gebrechlichen Alten spielen. Und selbst, wenn sie bloß noch drei oder vier Eingänge zuzunageln hätte, um den Zyklon auszusperren, um zu versuchen, ihn einzuklemmen ... selbst dann würde sie sich auf der Stelle hinlegen, dort, in die große Wasserlache, die der festgestampfte Boden um das alte Haus herum einfach nicht schlucken will. Ja, sie würde sich in die Lache legen, als sei es ein samtbezogenes Kanapee. Würde lachend versuchen, mit der Latte, die sie eben in der Hand hält, einen imaginären Nachttopf zu sich heranzuziehen, einen geknickten Zweig, eine heruntergefallene Mango oder, noch besser, den auf dem Wasser treibenden leeren Becher dort, der bereits wer weiß woher kommt.

Als sie mit ihrer behelfsmäßigen Verbarrikadierung fertig ist, kommt Margrite fast nicht mehr ins Haus hinein: Alle Ausgänge sind von außen zugenagelt oder von innen zugesperrt. Sie ruft nach Leibeskräften. Der Alte hat wohl Bohnen in den Ohren. Nicht der Hauch einer Antwort.

Hat sich vielleicht in seinem Bett verkrochen, der Schißhase. Wer weiß, im Bett oder unter dem Bett. Vielleicht – warum nicht? – kniet er tatsächlich betend in der guten Stube. Doch ob er seinen Tag von Damaskus erlebt oder nicht, was kümmert das Margrite? Es gibt keinen Grund, warum sie länger im Regen und Wind draußen stehen soll. Also hämmert sie mit einem großen Stein gegen die Tür.

Ein zweifach verschreckter Alter – durch den Zyklon und durch das Poltern an der Tür – flüstert zitternd durch eine Ritze:

»Bist du es, Marguerite?«

»Wer denn sonst? Mach doch auf. Beeil dich.«

Der Alte macht schließlich auf. Margrite geht hinein.

Im Haus empfängt sie vollkommene Dunkelheit. Trotz der Tageszeit und der Ritzen zwischen den Brettern herrscht Nacht, und der Alte, dieser Knilch, ist nicht einmal in der Lage gewesen, die Petroleumlampe anzuzünden oder eine Kerze zumindest.

Margrite kennt ihren Bénard. Sie weiß, daß seine Angst ihn zänkisch macht. Aber sie ist überhaupt nicht in der Stimmung, sich sein Geschimpfe anzuhören. Heute nicht. Sie beschließt also, ihm zuvorzukommen und als erste anzugreifen, und zwar ihn ausnahmsweise hämisch bei seiner Angst zu packen.

»Sieht nicht vielversprechend aus«, sagt sie aufgeräumt.

»Marguerite. Bitte nicht, Marguerite.«

Der Alte verdreht verzweifelt die Augen. Margrite durchquert in der Dunkelheit den großen, dreiviertelleeren Salon, der sich wohl – schon seit unendlich langer Zeit – ins Unvermeidliche gefügt hat und von der Höhe seiner kampfergepolsterten Kanapees, von den Mahagonisesseln, von den bemalten Beistelltischchen gefallen ist; ja selbst von einer kleinen Kredenz im französischen Kolonialstil zu Hockern mit geflochtenem Sitz herabgesunken ist, zu Seifenkisten voller Kalender, alter Zeitungen, leerer Medikamentenschachteln: den Sammlungen des Alten.

Sie tastet sich durch die Dunkelheit bis in die Eßdiele, wo sie sich zuerst die Hände an einem alten Handtuch abtrocknet, dann nach den Streichhölzern sucht. Sie zündet eines an, findet die Petroleumlampe.

Der Alte ist ihr stolpernd und flennend gefolgt. Margrite geht mit der Lampe in der Hand in ihr Schlafzimmer. Der Alte klebt an ihren Fersen. Sie geht hinein und zieht die Tür hinter sich zu, ohne sich auch nur einmal nach ihm umzusehen. Höchste Zeit, sie hätte sich beinahe erweichen lassen.

»Siehst du dich vielleicht, Margrite, wie du ihn beruhigst, ihn sogar tröstest? ›Ist wahrscheinlich nur halb so schlimm. Ein bißchen Regen ... Der Zyklon wird wie immer über Mauritius oder Madagaskar hinwegfegen. Wenn er zu uns käme, hätte man gestern abend den Wind aufziehen sehen und bei Sonnenuntergang die Kupferröte am Himmel. Ist dir nicht zu kalt, sag?‹ Ehrlich, Margrite Bellon. Siehst du dich in deinem

Zustand – bist ja bis auf die Knochen naß – diesen Waschlappen im Trockenen fragen: ›Du frierst doch nicht?‹«

Und während Margrite sich mit dem alten Handtuch abtrocknet, probt sie mit entsprechender Mimik, doch nur flüsternd, den zuckersüßesten Tonfall:

»Ist dir kalt?«

»Ist dir nicht zu kalt?«

»Ist dir sehr kalt, sag?«

Und obendrein vielleicht noch ein »Mein-Schatz«. Mein Schatz! Ein Wort, das Margrite ihr Lebtag weder gedacht noch ausgesprochen hat.

»Ist dir nicht zu kalt, mein Schatz?«

Der wäre noch imstande, darauf einzugehen, der alte Knicker. Sie lacht, Margrite, lacht sich in den Bart, den sie nicht hat. Sie lacht über sich selbst, bis sie wohl oder übel in das einzige trockene Kleid schlüpfen muß, das sie besitzt: das Kleid, das sie sich beim Tod ihres armen Joseph in aller Eile hat nähen lassen.

Und wie so oft, doch viel intensiver als sonst, muß sie mit dem Kopf und mit dem Herzen an Joseph denken. Joseph, so sanft, so zart, so hübsch. So störrisch. Hat er vielleicht geglaubt, sie würde vor Freude hüpfen, als er ihr seinen Entschluß mitteilte? Margrite hatte ihm nicht etwa Vorwürfe gemacht, das nicht. Doch ihr kurzes Zögern … »Was hättest du an meiner Stelle getan? Dein großer Junge, der sich nie um Mädchen zu kümmern schien, kommt eines schönen Abends daher und teilt dir ganz ruhig mit, er werde sich mit einer Frau zusammentun. Eine schöne Überraschung, nicht wahr? Und als er den Namen seiner Zukünftigen nennt, und du weißt, daß sie nicht nur etwas manoli ist, sondern auch noch als die einzige echte Nutte im Dorf gilt, als eine von denen, die *das* für Geld tut. Nun, auch wenn du beide Augen zudrückst, auch wenn du die Leute reden läßt, kurz, auch wenn du dich um deinen eigenen Kram kümmerst, ist ein Zögern doch wohl gestattet, oder?«

Ein paar Sekunden, um sich zu fragen, wie sie sich verhalten soll. Und Josephs Gesicht verdüsterte sich. Ein paar Sekunden, um sich schnell, schnell vorzustellen, was eine vernünftige Mutter in einer solchen Situation wohl sagen würde – und die Tür war endgültig zugeschlagen und verriegelt.

Oh, er hatte kein großes Aufhebens gemacht. Doch auf die endlich in ihrem Herzen gefundenen guten Wünsche – die aufrichtig gemeint waren, ja, aufrichtig – antwortete er bloß mit »ja, gewiß, natürlich«, so abweisend und fremd, daß die Worte in ihrem Mund verdorrten.

Und um alles zu zerstören – ihre gegenseitige Zuneigung war zu tief gewesen, als daß er beim geringfügigsten Zerwürfnis nicht das Bedürfnis verspürt hätte, alles zu zerstören –, hatte er hinzugefügt:

»Du hast wohl nichts dagegen, wenn ich schlafen gehe.«

Am nächsten Tag war er gegangen, hatte die meisten Kleider zurückgelassen, alles Mechanikerwerkzeug, das sie ihm gekauft hatte und das ihm nach und nach erlauben sollte, sich ordentlich seinen Lebensunterhalt zu verdienen.

Beim Abschied hatte Margrite ihn umarmt. Er ließ es über sich ergehen. Sie sagte ihm, daß sie ihn liebe. Er hatte – sie hätte es schwören können – Tränen in den Augen. Was ihn weder am Weggehen hinderte – Margrite hatte ihn nicht zurückhalten wollen – noch an der brutalen Art, wie er es tat.

2

Joseph hatte sie besucht. Dreimal in neun Jahren. Und immer allein.

Margrite unterhielt sich mit ihm über Belanglosigkeiten, über dieses und jenes, über die neue Kuh, die vielleicht etwas störrisch war, aber sie hatte schließlich bloß eine Handvoll Reis dafür bezahlt; über Grand-gaby, der ihr ein letztes Mal auf ihrem taschentuchgroßen Feld geholfen hatte und dann als Freiwilliger nach Indochina gegangen war; über ... Oh, nicht etwa, um das Gespräch in andere Bahnen zu lenken, und auch nicht, um es zu beleben, nicht einmal, um so zu tun, als sei zwischen ihnen nichts vorgefallen, sondern schlicht aus Freude, mit ihm zu plaudern, und vor Verlangen, seine Stimme zu hören.

Margrite – die sich um ihren Sohn grämte, über seine Abwesenheit, über die Mauern, die sich zwischen ihnen beiden aufgerichtet hatten – wußte genau, daß sie das Versprechen, das sie sich abgerungen hatte, um keinen Preis brechen durfte, selbst auf die Gefahr hin, die armselige, zwischen ihnen noch übriggebliebene Beziehung zu zerstören: Daß sie nie als erste die Rede auf das einzige bringen durfte, was in ihren Augen zählte: sein Glück. Da er nie über sich selbst sprach, forschte sie nach allen möglichen Indizien, um herauszufinden, ob er mit seinem Leben zufrieden war – oder vielmehr, um ihre Hoffnung bestätigt zu sehen, daß er es war.

Bei seinem ersten Besuch stellte Margrite fest – obwohl sie weder auf ihre noch auf die Kleidung anderer viel Wert legte –, daß Josephs Kleider und auch das wohl eigens für diesen Anlaß gekaufte Hemd zwar neu, aber nicht nach Warenhaus rochen; daß besagte Kleider sauber und gebügelt waren. Sie sah auch, daß die Haut an den Fingern ihres Sohnes schwielig war, wie es sich für einen echten Mechaniker gehört, daß ein paar Schrunden – die tiefsten – die untilgbaren Spuren von Wagenschmiere trugen, daß seine Nägel hingegen sauber waren, daß er glattrasiert war. Er arbeitete also und ließ sich nicht gehen: ein gutes Zeichen! Sie stellte zudem fest – bei seinem zweiten Besuch –, daß er etwas zugenommen hatte, was ihm gut stand. Auch das ein gutes Zeichen.

Das erste Mal spürte Margrite, daß trotz der Liebe zu der »Anderen« hinter einer mehr als verständlichen Hemmung ein bißchen Liebe für seine Mutter übriggeblieben war.

Das zweite Mal hatte er sogar fröhlicher, entspannter, versöhnter gesagt:

»Ich liebe dich auch.«

Ganz genau so hatte er es gesagt.

Auch! Wo sie ihm doch ihre Liebe – in Worten zumindest –, ihre Mutterliebe nur einmal offen erklärt hatte in seinem Leben. Er war damals fast fünf Jahre alt.

Sie hätte ihn darauf um zwei Fingerbreit gebeten, doch seine Frau mitzubringen, hätte ihm fast gesagt, daß sie sich danach sehnte, sie wirklich kennenzulernen, nicht nur vom Sehen, wenn sie früher auf der Straße am Haus vorbeiging. Sie hatte es nicht getan, hatte gedacht, daß er sie schon mitbringen werde, wenn er das Bedürfnis verspürte. Oder daß er sie schließlich einladen würde, sie, seine Mutter, damit sie sich wenigstens mit eigenen Augen überzeugen konnte, wo und wie ihr Sohn lebte.

Auf seinen dritten Besuch mußte sie lange warten. Sehr lange. Es war an einem Oktobersonntag gewesen. Am 3. Oktober. Joseph war nicht eigentlich mager, hatte aber einige Pfunde abgenommen. Er kam ihr nachdenklich vor. Bedrückt. Er blieb nur kurz, küßte sie auf beide Wangen und weg war er, ließ sie sorgenvoll zurück.

Sie sah ihn weder lebendig noch tot wieder. Eines Tages zeigte ihr der Alte, den sie kürzlich geheiratet hatte, in der Zeitung *Der Proletarier,* auf die er abonniert war, eine bereits ein paar Tage alte Todesanzeige, die mit *Fraktion Marcel Cachin* unterzeichnet war – der Alte hatte seit Menschengedenken noch nie etwas von einer solchen Fraktion gehört –, die »mit tiefem Bedauern den Tod ihres Rechnungsführers Joseph Bellon« bekanntgab. Im kleinen, schwarz umrahmten Kästchen war vor lauter lobenden Worten kein Platz für die hierzulande übliche Namensliste der Trauernden. Weder eine Gattin noch mögliche Kinder wurden erwähnt und ebensowenig der Ort der Beisetzung, die bereits stattgefunden hatte. Es war bloß von »tragischen Umständen« die Rede.

»Als ob es fürs Sterben untragische Umstände gäbe«, brummte der Alte. Das war sein einziger Kommentar.

Vier Jahre war das her. Das dunkle Kleid, das Margrite nun in den Händen hält, hatte sie in aller Eile am gleichen Nachmittag nähen lassen, an dem sie vom Tod ihres Sohnes erfuhr. Sie behielt es während jener ersten Nacht an, die sie allein, weinend vor dem einzigen Foto verbrachte, das sie von ihm besaß. Sie trug es am folgenden Tag auf dem Weg zum Friedhof, wo der alte Sylvert ruhte. Dort überbrachte sie dem Vater ihres Kindes die traurige Nachricht, weinte am Familiengrab, wo ihr Sohn hätte beigesetzt werden müssen, vor allem aber irrte sie auf den schmalen, gewundenen Wegen umher, stand lange wie betäubt vor den Kreuzen mit den verblichenen Namen.

Das Kleid. Sie hatte es anschließend gewaschen und in den Schrank gehängt, zog dann wieder die alten Halbtrauerkleider an, die sie seit Sylverts Tod trug. Doch es verging kein Tag, an dem der Kummer ihr unter diesem oder jenem Vorwand nicht seinen traurigen Besuch abstattete: Heute war es das schwarze Kleid, gestern eine Frucht, die er so gern mochte, vorgestern ein Wort, das er als kleines Kind nicht richtig aussprechen konnte …

Deutlicheres Jammern vor der Tür, denn der Alte, dieser Hasenfuß, steht angsttriefend vor der riegellosen Tür ihres Schlafzimmers und getraut sich weder aufzumachen noch zu klopfen. Margrite gibt schließlich seufzend nach. Er soll doch endlich kommen, soll ein für allemal kommen, der verdammte Zyklon! Er soll doch die morschen Fensterläden in alle Winde blasen! Und – hopp – in die Schlucht hinunter! In die Schlucht das alte baufällige Haus! In die Schlucht die zerfaserten Schindeln! In die Schlucht die durchbrochenen Blechfriese, die heimtückisch nach einem angeln, wenn man vorbeigeht! Und die Dachsparren und Dachbalken, die einen nachts und tagsüber mit Termitenkot bestreuen, altem Kot wahrscheinlich und von Termiten, die seit langem ausgeflogen sind: Was gäbe es denn noch zu finden in diesen Balken, die sie selbst ausgehöhlt und von denen sie bloß noch die Haut ohne Knochen zurückgelassen haben?

In die Schlucht alles samt und sonders, ob Onkel Calixtes Erbe oder nicht. In die Schlucht und durch die Schlucht ins Meer. Mitsamt dem Alten! Und sie dazu!

Was ist mit dir los, Margrite? Hast du vielleicht den Duft der reifen Voa-vanga* vergessen? Der kleinen braunen Krappfrucht, die man mit Salz und Pfeffer würzt und um deren Wurzelstock man dich beneidet, weil nur du noch einen besitzt? Hast du vielleicht den Duft der prallen bitteren Madagaskarpflaume vergessen, die, wie durch einen Zauber, süß wie Zuckerrohr schmeckt, wenn man sie mit den Fingern knetet? Und die Kühle des Morgentaus an den Knöcheln in der Frühe, die durch ein Hüsteln noch kühler wirkt?

Das Gejammer des Alten weckt Margrites Kampfgeist. Sie schlüpft verärgert in ihr Kleid, strafft die Schultern, öffnet dem Alten brüsk die Tür. Seine wahrscheinlichen Jeremiaden, seine nahezu sicheren Klagen, sie ist dagegen gewappnet. Sie

* in Afrika und Asien vorkommender Baum oder Strauch aus der Familie der Rubiazeen und seine Steinfrucht

wünscht sich fast, er möge ihr Vorwürfe machen. Um es ihm gehörig zu geben, dem Kerl.

Doch nichts von alledem. Sie tritt, die Lampe in der Hand, einen Schritt vor, wartet, bis Bénard sie vorbeiläßt … Und er läßt sie vorbei. Er läßt sie nicht etwa jeden Tag einfach vorbei, der Bénard, o nein. Also geht Margrite an ihm vorbei.

Margrite weiß wohl, daß noch nicht aller Tage Abend ist. Sie wartet auf sein übliches Geschimpfe. Doch was folgt, ist eindeutig ein flehendes Bitten:

»Marguerite, die *Küche**.«

Aha, Margrite weiß genau, was der Alte im Kopf hat: Kein Wind der Welt vermag die Küche zu besiegen; solides Mauerwerk mit dicken Wänden. Der Alte möchte sich dort in Sicherheit bringen. Doch Margrite hat nicht die geringste Lust, seiner panischen Furcht nachzugeben. Und ebensowenig Lust, der schönen Augen von Bénards Angst wegen durchnäßt zu werden. Und auch nicht, stundenlang mit diesem Sauertopf auf zehn Quadratmetern auszuharren, mit einem Egoisten und Hosenscheißer obendrein. Sie sucht und findet das richtige Argument, um das Problem endgültig zu lösen.

»Du meine Güte, Bénard, stell dir vor, der Sturm könnte uns unterwegs davonblasen.«

Nach ein paar Sekunden panischer Verzweiflung versucht der Alte, seine Angst hinunterzuschlucken. Er wendet sich wieder seinem Wachposten an der Verandatür zu, was ihm erlaubt, der hartherzigen Margrite den Rücken zuzukehren, ihn allerdings nicht daran hindert, sie aus dem Augenwinkel zu beobachten, um sich zu vergewissern, daß sie tatsächlich noch in der Nähe ist.

Sie, die Gutmütige, die Großherzige, überhört Bénards Gemurmel und schiebt eine Kiste ins Trockene, die mit Kalendern gefüllt ist, an denen er so sehr hängt und die zwei neue

* in Réunion traditionell in einem meist gemauerten Nebengebäude untergebracht

gluckernde Traufen mit ihrem tropfenden Rostwasser einweichen wie altbackenes Brot. Sie holt pflichtbewußt eine stiellose Pfanne – andere sind keine vorhanden –, einen verbeulten Blecheimer, einen leeren Milchkrug, um das aus den größten Löchern im Dach rinnende Wasser aufzufangen.

»Marguerite, jemand ...«, verkündet plötzlich der Alte mit zugeschnürter Kehle und mit noch zitternderer Stimme.

»Marguerite, jemand ...«

Und er schlägt entsetzt die Tür zu, wen wundert's. Als habe es geblitzt. Als brause eine Windsbraut daher. Der Teufel persönlich, an den er im Grunde nicht glaubt, aber dessen man sich mühsamer entledigt als des lieben Gottes.

Jemand! Was der sich nicht alles ausdenkt in seinem Bammel. Margrite sieht sich aber immerhin veranlaßt, ihre Jagd auf die Lecks zu unterbrechen und sich selbst zu vergewissern. Sie macht die Tür wieder auf. Niemand. Nur der rauschende Regen, der – natürlich – die ganze Veranda samt Hauswand aufgeweicht hat. An den gesprungenen Fliesen, an der morschen Balustrade, an den abblätternden gedrechselten Säulen kleben zarte Laubfetzen, die dann der erste Sonnenstrahl verhornen wird, aber nicht abzulösen vermag.

Niemand weit und breit!

Niemand? Nein, es ist tatsächlich jemand da. Jemand, der an der hinteren Tür gerufen hat und nun näherkommt. Ein Mann. Er ist klein, schmächtig, höflich. Scheint vor allem verlegen zu sein. Kein Grund, sich auch nur für einen Sou zu ängstigen. Margrite fordert ihn auf einzutreten. Er lehnt ab. Im Gegenteil, er möchte, daß sie ihn begleitet. »Ihr Name ist doch Margrite Bellon, nicht wahr?« Nun, er habe in seinem Taxi – er ist Taxifahrer – ein Kind für sie.

Ein Kind! Auch das noch: Zyklone, die neuerdings auch noch Kinder gebären.

Margrite kennt kein Kind, höchstens die kleinen Bengel von nebenan, denen sie ab und zu eine Näscherei gibt – ein

Bonbon, eine Banane, eine Grenadille –, kurz, einen ihrer kleinen Nachbarn, der ganz gewiß keinen Grund hat, im Taxi vorzufahren.

Der Mann besteht darauf: In seinem Auto sei ein armseliges Häufchen, ein Kind, das ihr unmöglich unbekannt sein könne, habe man ihn doch gebeten, es hierher zu bringen; er sei sogar im voraus bezahlt worden. Sie möge ihm doch bitte helfen, das Kind ins Haus zu tragen. Es müsse vor dem Naßwerden geschützt werden, es sei nämlich krank.

Ein krankes Kind! Margrite zögert keine Sekunde mehr. Schnell ein Regenschutz … Doch das einzige, was vor Regen schützt, ist das Wachstischtuch. Die Petroleumlampe in der einen Hand, stürzt sie ins Eßzimmer. Packt mit der freien Hand die Ananas, die einsam und nackt mitten auf dem Tisch thront, stellt sie auf den erstbesten Stuhl, zieht die Tischdecke weg …

Margrite steht bereits wieder unter der Tür. Sie überlegt kurz, zieht dann hastig ihren Plastikregenmantel über, der zwar kaum etwas nützt, aber schließlich hat sie ihre letzten trockenen Sachen bereits an.

Ohne auf den schwach protestierenden Alten zu hören – »einen alten Mann bei einem solchen Wetter allein zu lassen!« –, eilt sie zum wartenden Taxifahrer hinüber.

Draußen ist die Trostlosigkeit bodenloser, als man sich überhaupt vorstellen kann. Um die Veranda herum liegt ein meterbreiter Teppich aus Hunderten von Mangos. Die Auffahrt ist mit abgerissenen Zweigen gesäumt. Geknickte Bananenstauden schleifen ihre unreifen Bananenbüschel im Schlamm hin und her. Und dann dieser Sturm, der offenbar überhaupt nicht daran denkt, sich demnächst zu beruhigen.

Sie kämpfen sich mühsam vorwärts, halten sich an den Rindensprossen der Fächerpalmen längs der Auffahrt fest. Der Taxifahrer will Margrite stützen, doch da sie offenbar ohne ihn zurechtkommt, besteht er nicht darauf, außer auf dem glitschigen Steg über dem rauschenden Wasserabzugsgraben. Er öffnet die Tür seines nagelneuen Peugeot 203 und knipst die Deckenbeleuchtung an.

Unter der Wolldecke auf dem Rücksitz zeichnet sich der Körper eines Kindes ab. Lebt es, das Kind? Tot? Margrite zögert kurz, schlägt dann den Deckenzipfel über dem Gesicht des Kindes zurück.

Joseph!

Es ist das Gesicht ihres Joseph, als er zwölf war, ebenso zart, ebenso schmal.

»Nehmt Ihr es?« fragt der Mann.

Was für eine Frage! Natürlich nimmt sie es!

»Ein Glück für das Kind!« sagt der Mann.

Und ohne auf das Kind zu achten, das ihn Gott sei Dank nicht hören kann, fügt er hinzu:

»Seine Mutter ist heute gestorben.«

3

Großmutter! Margrite kann sich nicht fassen vor Glück, so gerufen zu werden. Sie geht zu P'tit-mé hinüber, ihrem Kleinen.

Bambuskorb an der Hüfte und Palmkohlbüschel unter dem Arm – ein Leckerbissen für Dame Caoudin, die Kuh, als Dank für ihre täglichen acht nahrhaften Liter Milch –, beugt sie sich über P'tit-mé. Sie neigt sich bis an sein Ohr, damit Großvater Bénard, der – kahlköpfig, alte Hornbrille auf der Nase – etwas weiter weg im Schatten des Mangobaumes sitzt, nichts hört oder vielmehr so tut, als höre er nichts, und nicht von seiner Zeitung aufblickt.

Sie flüstert:

»Wir gehen zusammen hin, ganz sicher. Wir …«

Und dann noch leiser, noch geheimnisvoller:

»Wir machen uns noch vor Sonnenaufgang heimlich auf den Weg. Kein Wort, zu niemand, verstanden? Nicht einmal zu Großvater! Unser Bündel haben wir schon am Abend gepackt und versteckt. Gelber Reis und Wurst-Rougay* im kleinen eingewickelten Topf, roter Pfeffer und Granatapfelsirup … und weg sind wir.

P'tit-més Lächeln! Weder seine hohlen, durchsichtigen Wangen, weder die bläulichen Ringe um die halbgeschlossenen

* stark gewürztes Gericht, eine Art Kari, für das Kurkuma durch Tomate ersetzt wird; bzw. scharfe Beilage aus Gemüse, Früchten oder Erdnüssen (frz.: rougail)

Augen noch das große Kopfkissen im Rücken vermögen Großmutters Glück zu trüben. Sein Lächeln. Der Tod, er ist ein für allemal verscheucht; er wird sich eben andere holen müssen. Nicht P'tit-mé, ihn nicht.

P'tit-mé braucht nur noch vom riesigen Grand-gaby – genau um zehn Uhr, Großvater legt großen Wert auf Pünktlichkeit – samt dem grünen Liegestuhl an den Rand des Schattenflecks unter dem Baum getragen zu werden. Denn Großvater legt ebenso großen Wert auf die Verteilung von Licht und Schatten, damit der Kopf in der Kühle ruht und die unter der Haut bloßliegenden Knochen sich in der Glut der Sonne stärken: »Die Ultravioletten, Marguerite, die Ultravioletten, Vitamine gegen Rachitis.«

P'tit-mé braucht sich zudem von Großmutter nicht verhätscheln, sondern ganz einfach verwöhnen zu lassen. Keine sentimentalen Überschwenglichkeiten. Dafür ein beredteres Schweigen. Oder filigran wie zum Beispiel:

»Wir gehen hin, wir zwei, glaub mir, wir gehen hin.«

P'tit-més Lächeln! Wenn Großmutter ihm von Vincendo erzählt, Großmutter ihm Vincendo verspricht – und Großmutters Versprechen ist heiliger als das Heilige Sakrament.

Vincendo! Könnt ihr euch Vincendo vorstellen? Was, das sagt euch nichts? Gar nichts? Ihr seid dumm, ihr Leute von draußen. Ja, draußen. P'tit-mé paßt seine Sprache seinem Verständnis der Welt an. Für ihn gibt es ein »Leben drinnen« und das »Leben draußen«, weil man diesem Ding ja einen Namen geben muß. Sein »Draußen« ist nicht Frankreich, nicht, was im Wörterbuch steht, und auch nicht Réunion: ein anderes Ufer auf der anderen Seite des Meeres. Für ihn ist Drinnen voll – füllend –, und Draußen ist leer. Drinnen ist offen, Draußen schließt sich um einen. Drinnen mißt sich in Lachen und manchmal in Freudentränen, Draußen in Ellen Angst und Abgrundtiefe.

Drinnen besteht aus Großvaters Gebrumm – der eigentlich nicht wirklich sein Großvater ist, der bloß Großmutters zweiter Mann ist, den er aber liebt, dem er das Leben verdankt. Zweimal! Drinnen besteht aus Grand-gabys riesigen Armen, seinen riesigen rettenden, beruhigenden Pranken. Aus dem seltenen traurigen Lächeln Papas, denn Teile des Drinnen können auch unter der Erde sein. Drinnen besteht aus Großmutter ganz und gar und für ihn ganz allein.

Und Maman? Maman wäre natürlich drinnen, weil Drinnen doch so warm ist wie Mutterarme, glatt und sanft wie Mutterbrust. Aber er hat keine Maman, zumindest weiß er nichts davon. Er kennt nur die Loule*, die keine Arme hat, sondern Krallen wie Harkenzähne; keine Brust, sondern dicke Hornhaut von Barfußsohlen. Wer weiß das schon so genau. Drinnen, ohne Drinnen kann man nicht leben. Die Loule aber verursacht ihm bloß kalte Angstschauer, wenn er allein ist, vor allem nachts. Alpträume, von denen selbst Großmutter keine Ahnung hat.

Nein, sie darf nicht zurückkehren. Nie mehr. Er betet und kreuzt die Finger, damit er sie nie mehr wiedersieht. Und wenn Großmutter sich nicht zwischen ihn und seine Not gestellt hätte? Ja, dann hätte er sich gewünscht, daß sie zurückkehrt und ihn in ihrer Trunkenheit im Bett erwürgt und erstickt, so wie sie Klein-Schwesterchen erstickt hat.

Doch zum Teufel mit der Trübsal, der Wut und der Lebensangst. P'tit-mé entdeckt jetzt mehr als nur fadenscheinige Gründe für seinen Rufnamen. Endlich! Denn klein, klein ist er für sein Alter immer gewesen. Und mager und kränklich und schmächtig. *P'tit* – Kleiner – paßte daher gut zu ihm. Aber *aimé*? Geliebt? Dieses Aimé aus der Geburtsurkunde, das zu *'mé* abgekürzt worden ist?

Ein Spitzname also. Reiner Hohn. Doch hat sein Vater ihn nicht vergöttert? Und sie ... Hat sie ihn vielleicht doch geliebt, als sie ihn auf dem Standesamt angemeldet haben? Und später, als die Abkürzung nicht etwa erfunden, sondern, wie jeder

* böser Geist, Teufelin

Kosename, angepaßt, gehobelt, retuschiert, poliert und solange geschliffen worden ist, bis seine Familie – seine echte Familie – sich nicht mehr die Zunge verdrehen mußte? Jene, die ihm einen Klaps auf den Hintern gaben, Nachsicht übten, wenn er etwas anstellte, oder über seine Kinderstreiche lächelten? Hat sie ihn vielleicht doch geliebt, damals?

Überflüssige Frage. Sinnlos. Denn P'tit-mé hat jetzt Großmutter, die so wunderbar ist, wie Papa sie ihm beschrieben hat, die für ihn vor Güte überfließt und ihm nicht genug von Vincendo erzählen kann, von jenem Vincendo, dessen Namen er vor kaum zwei Monaten noch nie gehört hatte und das sich nun bereits im tiefsten, hellsten, wärmsten Drinnen festgesetzt hat. Vincendo und sein süßer Saft, der aus den Rissen im Zuckerrohr quillt. Mit seinem Sirup, der aus den überreifen Litchipflaumen tropft. Seinen Bananen so dick wie ein Erwachsenenarm oder ein Kinderbein. Seiner Sonne, die alles weiß: Zärtlichkeit auf der Haut und glühendes Eisen auf der kaum aufgehängten Wäsche. Und seinem Mond, Vater der Sterne! Und den am Boden liegenden Blättern, die nicht verfaulen, sondern zu Puppenkleidchen aus Spitzengewebe verdorren. Seinen kleinen, am Boden liegenden Kürbissen, die durch einen Zauber zu unermüdlich bis zum Abend galoppierenden Pferdchen werden.

»Sag! Gibt es Kaninchen in Vincendo?«

Großmutter weiß, daß P'tit-mé Kaninchen besonders liebt, so sehr, daß sie ihm ab und zu eines zum Streicheln in die Arme legt, also läßt sie sich nicht zweimal bitten, ihm von den Kaninchen in Vincendo zu erzählen.

»Kaninchen? Aber natürlich gibt es Kaninchen! Schwarze mit samtweichem Fell! Weiße mit rosafarbenen Augen und so zart, daß man sie einfach nicht essen kann. Lieber verhungern …«

Was gibt es noch über die Kaninchen zu erzählen? Großmutter denkt nach, denn sie will P'tit-mé und seine Lust auf Kaninchen nicht enttäuschen. Sie hat kein Kaninchen mehr? Also wird sie ihm eben Hase auftischen, den sie mit ihrer Fantasie zubereitet, mit ihrem Lachen, ihrer Mimik, ihren Grimassen. Sie wird herumhüpfen wie der Hase im hohen Guineagras auf der Suche nach dem Morgentau, wird in der imaginären Savanne niesen … P'tit-mé wird seine unschuldige Freude daran haben.

»Eines Tages saß ich im Gras und hütete unsere Ziegenherde – aus Spaß, weißt du? Denn wir waren reiche Leute –, als ein Häschen zutraulich näherkam, es tanzte und wirbelte herum und schlug Purzelbäume in der Luft. Ich schaute ihm entzückt zu. Kommt Tonton* Calixte mit seinem Gewehr und seiner Hundemeute daher! Das Häschen war so trunken vom Tau und seinen Kapriolen, daß es nicht fliehen konnte. Ich packte es schnell und versteckte den kleinen zitternden Kerl unter meinem geschürzten Rock. Die Hunde, die außer sich waren vom Wildgeruch, umringten mich mit bleckenden Zähnen. Ich stand hastig auf. Ich wußte, daß sie nicht beißen würden, wenn der Onkel dabei war. Doch mir war gar nicht geheuer zumute mit meinen nackten Beinen vor dem alten prüden Onkel, das kannst du mir glauben. Was für eine Erleichterung, kurze Zeit später Gevatter Hase zwischen den Ziegen umherhoppeln zu sehen! Und am nächsten Tag! Und an den folgenden Tagen.

Da wir bei den Ziegen sind: In Vincendo wächst die Gänsedistel so dicht, so nahrhaft, daß die Ziegen aus allen Poren pupsen. Ja, pupsen!« Kein Wort, selbst dieses, selbst ein schlimmeres, das Großmutter zurückschrecken ließe.

Es gibt keine unanständigen Wörter, es gibt nur schmutzige Ohren. Ein reines Herz ist wie ein Taroblatt: Du kannst alle Sünden der Welt darüber ausgießen, und es wird kein einziger Tropfen darauf zurückbleiben.

* Onkel, Onkelchen; Kurzform: Ton

Warum also soll man sich zieren, wenn man erzählt, daß die Ziegen in Vincendo aus allen Poren pupsen? Vor allem, wenn es stimmt. Ja, stimmt, nicht einmal übertrieben ist, sondern einfach auf die richtige Art erzählt, so daß ein fröhliches Lächeln in P'tit-més Gesicht strahlt.

P'tit-més strahlendes Gesicht: Großmutter verschlingt es bei jeder sich bietenden Gelegenheit mit den Augen. Und siehe da, plötzlich bietet sich trotz nachbarlicher Pflichten, trotz einer angeblich dringenden Arbeit immer wieder eine Gelegenheit. Je nach dem Ausdruck in seinem Gesicht – einem traurigen zum Beispiel – vermag sie trotz aller Anstrengung den Blick kaum von P'tit-més Gesicht zu lösen. Sie tut es dennoch, denn sie will den Kleinen weder verlegen machen noch verstören, noch ihn vielleicht sogar verwirren. Doch die Zeit, während der sie ihn nicht sieht, ist nur noch verlorenes Leben.

Wenn er schläft, holt sie es nach. Tagsüber während der Siesta unter dem Mangobaum. Ja sogar nachts. Wenn ihre abendlichen Arbeiten erledigt sind und noch bevor sie ihre Abendtoilette gemacht hat, nimmt sie die Petroleumlampe und ihren Hocker. Mit den paar freien Fingern, mit der Schulter und dem Knie stößt sie die Windfangtür von Aimés Zimmer auf; sie schafft es sogar, die Tür geräuschlos aufzumachen; sie stellt ihre Lampe auf die Kiste, die als Nachttisch dient, und setzt ihren Hintern auf den kleinen Hocker.

Und dann betrachtet sie ihren Kleinen, den Kleinen ihres Kleinen, betrachtet sein Gesicht, staunt.

Genieße es, Margrite! Genieße es! Die Ruhe! Die Ruhe auf seinem Gesicht! Nicht Josephs Ebenbild, nein, Joseph selbst, bevor jene Frau ...

Wenn er so friedlich daliegt, möchte Großmutter, daß P'tit-mé ihr von Joseph erzählt. Daß er ihr sagt, was für ein großartiger Vater Joseph war. Und wie glücklich sie zusammen waren. Daß Maman – auch Maman – die besten Bananenkrapfen der Welt buk; daß sie die zärtlichste Mutter der Welt war.

Daß dann Vater einen Unfall – warum nicht ein Unfall? – gehabt hatte, daß Maman nie mehr darüber hinwegkam …

Ja, das ist es, was Großmutter von Aimé hören möchte.

Seltsam, daß er nie, gar nie, weder von seinem Vater noch von seiner Mutter spricht. Weiß er überhaupt, daß er keine Mutter mehr hat? Wäre er schlafend so ruhig, wäre er wach so fröhlich, wenn er wüßte, daß seine Mutter vor kaum zwei Monaten gestorben ist?

Doch plötzlich: zuckende Wimpern, ein klagendes Wimmern, dann die sich verkrampfenden Glieder. Sein ganzer Körper bäumt sich, windet sich. Dann der Schrei, ein lautes verzweifeltes Aufschluchzen. Entsetzen. Panik.

»Nein! Nein!«

P'tit-mé schreit auf. Durchdringend, so laut er kann. Immer noch schlafend.

Ohne lange zu überlegen – egal, wenn er aufwacht, er wird um so schneller von seinem Alptraum erlöst –, nimmt Großmutter seine Hand, streichelt sie, streichelt sein Gesicht. P'tit-mé beruhigt sich sofort.

»Marguerite! Marguerite! Was ist los?«

»Nichts. Es ist nichts!«

»Gaétan Bénard im Anmarsch!« denkt Großmutter etwas verärgert. Sozusagen im Anmarsch, denn er verläßt sein Bett um keinen Preis, der Alte, ist es ihm doch unter seiner Decke allzu wohl: Rumflasche, Urinflasche, Medizinflasche und – obwohl überzeugter Atheist – die alte, schwarz gebundene Bibel mit dem Goldschnitt in Reichweite. »Ich bin sicher, daß er sie nachts an die Brust preßt, seine Bibel!« lächelt Großmutter.

»Marguerite! Hast du den Schrei gehört?«

»Oh, la la! Ich muß ihn beruhigen, den Alten, damit er mir nicht noch den Kleinen weckt mit seinem Gerufe.«

Großmutter öffnet die Windfangtür von P'tit-més Zimmer, zieht sie nicht ganz hinter sich zu und geht im schwachen Lichtstrahl, der durch den Türspalt dringt, zum Zimmer des Alten hinüber, bleibt vor der Tür stehen:

»Aimé«, flüstert sie durch die Angelritze. »Aimé; er hat Alpträume.«

Großmutter hat unbewußt Alptraum in die Mehrzahl gesetzt.

»Viel häufiger, als ich angenommen habe«, denkt sie besorgt, während sie zu ihrem Hocker zurückkehrt.

Aimé hat sich wieder beruhigt. Wirklich, Joseph wie aus dem Gesicht geschnitten. Josephs Ruhe!

Die Ähnlichkeit zwischen diesem Gesicht und dem ihres verlorenen Sohnes hatte Margrite von dem Moment an erschüttert, als sie im Licht der Deckenbeleuchtung den Zipfel Wolldecke auf die Seite schob, unter der sich damals eine geheimnisvolle menschliche Gestalt abzeichnete.

Eine seltsame Vorahnung veranlaßte Großmutter zu dieser Geste: Nur Leichen deckt man so zu, und obschon Großmutter in ihrem Leben viele begraben hatte, Nahestehende und Nachbarn – Sumpffieber, Brechdurchfall, Unfälle, ja selbst ein Mord –, ließ sie der Anblick einer weiteren Leiche keineswegs gleichgültig.

Und siehe da, das friedlich schlafende Gesicht, das zum Vorschein kam, war das Gesicht ihres Josephs, nur zwanzig Jahre jünger.

Doch die verlegene Stimme des Taxifahrers zerstörte alles.

»Ich habe mich nicht getraut, es Euch zu sagen, aber er ist bereits kalt.«

Margrites Blut erstarrte: Und wenn dieser Schlaf bloß der letzte war? Wenn diese Heiterkeit vollkommen und endgültig war? Sie legte die Hand auf die Stirn des Kindes: Sie fühlte sich eiskalt an. Margrites Herz blieb fast stehen. Sie faßte sich, weigerte sich, die grausame Tatsache hinzunehmen. Sie hob sachte das Augenlid des Kleinen. Ein schwaches Zittern ließ sie wieder Hoffnung schöpfen.

»Er lebt.« Es klang fast wie ein Jubel. »Er muß sofort ins Krankenhaus gebracht werden.«

Und weil der Fahrer sie zweifelnd anschaute, nahm sie seine Hand, legte sie auf die Brust des Kindes: Das Herz klopfte eindeutig.

Der Mann setzte sich wortlos ans Steuer. Großmutter saß bereits auf dem Rücksitz, den Kopf des Kleinen auf den Knien, während sie versuchte, ihn mit ihren nassen Händen zu wärmen.

Das Taxi fuhr in Richtung der weit unten im Tal liegenden Stadt los.

Der Wind blies hämmernde Regenschwälle über die Fahrbahn, zerrte an der einen, dann an der anderen Seite des Wagens, fegte über die in Haarnadelkurven kopfüber in die Ebene stürzende Straße. Das Wasser spritzte unter den Reifen auf und peitschte gegen die Karosserie. Trotz des langsamen Tempos hatte der Taxifahrer das beklemmende Gefühl, daß sein 203 ihm an einer der verdammten Kurven entgleiten könnte, daß er das Leben des Autos – und sie ihr Menschenleben – im tiefergelegenen, hinter der dichten Regenwand versteckten Straßenabschnitt beenden würden. Eine von der richtigen Seite daherfegende Bö in einer besonders engen Haarnadel …

Umkehren? Auf keinen Fall. Mut? Oder Großmut? Oder einfach Pflichtbewußtsein? Schicksal, ja. Von dem Moment an, wo er seine Hand auf die Brust des Kindes gelegt hatte, als er sich vergewissert hatte, daß sich die Brust hob und senkte, hätte keine Vorsicht, kein überwindbares Hindernis ihn aufhalten können. Gott – wenn er nicht gläubig gewesen wäre, hätte bloß das Wort sich geändert – schickte ihm eine Herausforderung. Er riskierte dabei seinen Broterwerb, sein Leben, und dennoch: Es nicht zu versuchen … die Frage hätte sich ihm nicht einmal gestellt.

Als dieser Bote der Vorsehung und des Schicksals ein krankes Kind erwähnte, war es Großmutter genauso ergangen, bis zu dem Moment, als sie die Wolldecke zur Seite schob. Nachher, nachher nahm alles eine ganz andere Wendung. Nachher ergriff eine gewaltige Hoffnung von ihr Besitz. Eine Hoffnung, die die panische Angst, daß das Kind bereits tot sein könnte, nicht zum Verstummen bringen konnte.

Sie setzte sich neben das Kind auf den Rücksitz, legte behutsam seinen Kopf auf ihre Knie, streichelte im Finsteren den Kleinen – der Fahrer mußte nach zwei Kurven mit einer gemurmelten Entschuldigung die Deckenbeleuchtung ausknipsen –, ihren Kleinen bereits, um zu versuchen, das Kind zu wärmen, natürlich, aber auch, um sich selbst Mut zu machen. Aus Zärtlichkeit und Liebe, die ihr die Kehle zuschnürten.

Als der Fahrer ihr sagte, daß sie unmöglich weiterkamen, daß sie umkehren mußten, war es ein Aufbäumen, das sie zum Handeln veranlaßte. Dann folgte Verzweiflung.

4

»Dein Herz wäre beinahe stillgestanden, Margrite, als du begriffen hast, daß das Taxi endgültig nicht weiterkam«, erinnert sich Großmutter, deren Lachen den noch lebhaften Schrecken nur zum Teil übertünchen kann.

Als sie am Fuße des Hanges ankamen – dort, wo seit Menschengedenken nicht das kleinste Rinnsal geflossen war –, versperrte ein Schlammstrom die Durchfahrt, der Äste und Pflanzen mit sich in die Tiefe riß. Sie hatte also ihre Meinung geändert, die Natur. Sie hatte mir nichts, dir nichts beschlossen, Regenwasserseen aus Höfen und Gemüsegärten, aus überlaufenden Zisternen an den steileren Hängen zusammenfließen, überschwemmte Abzugsgräben ineinanderfließen zu lassen, damit sich dir die Wassermassen zuunterst im Tal hämisch, unüberwindbar in den Weg stellten. Schiere Verzweiflung.

Nein, es war kein Vorwand, um umzukehren; er gab nicht auf, der Taxifahrer. Du siehst ihn noch vor dir – es hatte inzwischen aufgehört zu regnen, ein nutzloses Wunder, bereits tauchten die ersten Gaffer auf, um den plötzlich zu Tale rauschenden Fluß zu bestaunen –, du siehst ihn noch vor dir, wie er aus dem Wagen steigt, die Hosenbeine bis über die Knie hochkrempelt, wie er vorsichtig durch die Strömung watet, mit dem nackten Fuß den Straßenbelag abtastet, die Wassertiefe an den Zentimetern seiner Glieder mißt, und deine Hoffnung sinkt und sinkt, je höher der Brei aus Blättern und flüssiger Erde an seinen Beinen hochsteigt.

Der Fahrer wollte wirklich durchkommen. Doch als seine Ziehharmonikahosenbeine langsam naß wurden, schwand jegliche Hoffnung, daß der Motor vielleicht nicht absaufen würde bei dem Versuch, mit dem Wagen auf die andere Seite zu kommen. Er wandte sich zu dir um. Du saßest immer noch mit dem Kind auf den Knien auf dem Rücksitz des Wagens. Er senkte die Arme und schaute dich an. Dein Herzschlag setzte aus.

Plötzlich ein neuer Anlauf, offensichtlich, um die Durchquerung zu Fuß zu erzwingen, auf der anderen Seite ließ sich bestimmt ein Wagen finden. Er wandte sich wieder dem Schlammstrom zu, machte einen Schritt, zwei Schritte. Dein Herz begann wieder zu schlagen. Am gegenüberliegenden Ufer stand ein magerer, glatzköpfiger Mann mit nacktem Oberkörper bis zu den Knöcheln im Wasser und rief dem Fahrer etwas zu, was du nicht verstehen konntest, bei den Umstehenden jedoch Heiterkeit auslöste. Dein Fahrer antwortete nichts, versuchte, noch ein paar Schritte vorwärtszukommen, kehrte dann endgültig um. Er öffnete die Wagentür, setzte sich ans Steuer.

»Unmöglich«, sagte er.

Der Webervogel in deiner Brust, Margrite, rüttelte verzweifelt an seinem Käfig aus Rippen und Haut. Du glaubtest, die letzte Stunde deines P'tit-mé – dessen Namen du noch nicht einmal kanntest – hätte geschlagen.

»Die Angst an jenem Tag hat dich fünfzig Jahre Leben gekostet, Margrite!« denkt Großmutter lachend, denn sie hat diese Erwartung schon seit geraumer Zeit aufgebraucht. »Trotzdem, ein braver Kerl, der Taxifahrer. Aber wo ihn wiederfinden? Um ihm zu danken, ihm – warum nicht? – den schönen Gockel mit dem nackten Hals zu schenken oder das Perlhuhnpärchen, das du ihm bereitwillig opfern würdest, auch wenn dich die zwei wie treue Hunde die Auffahrt hinunter bis zur Straße begleiten, wenn du ausgehst.«

Und jetzt ist P'tit-mé hier. Er schläft auf seinem grünen Segeltuchliegestuhl. Er lebt. Er ist genesen. Er lächelt oft, sogar im Schlaf. Wenn die ab und zu wiederkehrenden Alpträume nicht wären, würdest du behaupten, daß er vollkommen glücklich ist.

Gaétan Bénard schnarcht in seinem Liegestuhl, den Hut ins Gesicht geschoben, so daß man seinen glänzenden Hinterkopf sieht. Es ist noch nicht lange her, und du hättest für diesen Zeitvertreib deinen kleinen Schemel, deinen Korb und die Bohnen genommen, die du darin enthülst, und hättest dich unter den Labhakbaum an anderen Ende des Hofes geflüchtet. Und du hättest gelacht, um nicht über die summenden Schnaken – lauter startende Propellerflugzeuge – und das Dröhnen in den Ohren zu schimpfen: Schlimmer wird's immer, besser wird's nimmer, verflixt noch mal. Heute aber bist du ganz durchdrungen vom Anblick des schlafenden Kleinen, aber auch – sei ehrlich, Margrite – von der Dankbarkeit, die du ihm jetzt schuldest, deinem Alten. Ein Wunder, wirklich, daß du es dir eingestehst.

P'tit-mé schläft. Du läßt den Blick nicht von ihm, ohne deine Arbeit zu unterbrechen; deine Finger kennen die Schoten aus dem Gedächtnis und finden sie blindlings, drücken sie auseinander, leeren sie ... Es sei denn, du ertappst sie beim Faulenzen, deine Finger. Aber wie könntest du sie ausschimpfen? Ertappst du dich nicht selbst? Wie du mit aufgesperrten Augen und offenem Mund deinen schlafenden Kleinen betrachtest?

Ist er nicht schön, wenn er schläft? Und sein Gesicht unendlich rührend, diese Mischung aus Kindlichkeit – du schätzt, daß er zwölf sein müßte, er hingegen weiß trotz seines aufgeweckten Blicks nicht einmal, wie alt er ist – und Erwachsenenernst. Joseph, als er zehn war; Joseph, als er zwanzig war. Joseph, aber schmächtiger. Nicht mehr und nicht weniger zart. Sehr zart.

Er wird bald erwachen. Was für eine Näscherei könntest du ihm in den Mund schieben? Mangos? Keine einzige in diesem zyklongeschädigten Jahr. Die Voa-vanga sind noch lange nicht reif. Und Bananen bekommt er jeden Tag bis zum Überdruß.

Oder vielleicht … Ja, eine in der Asche gegarte Banane, bis der heiße Saft die Schale zum Platzen bringt. Das wird er ganz bestimmt mögen. Und was wirst du ihm zu essen geben, damit sich an seinen Knochen wieder Fleisch ansetzt? Eine Hühnerbrühe? Einen Brei? Aber einen Maisbrei natürlich. Denn wie jedermann weiß, ist Mais nahrhafter als Reis.

Und was wirst du ihm erzählen, um ihm seine lange Bettlägerigkeit zu verkürzen? Warum nicht von den Wespennestern in Vincendo? Wespennester so groß wie richtiggehende Wagenräder, an die du dich eben erinnert hast? Von ihrem Durchmesser und der Dicke, von den Arbeiterinnen, die über deinem Kopf wimmelten wie Ameisen um eine tote Heuschrecke, die mit ihren Vorderpfoten freundlich das Gesicht streicheln, die falschen Dinger, derweil sie hinterrücks ihren Stachel polieren, ihn herausstrecken, wieder zurückziehen, damit er nicht in der Scheide rostet.

»Weißt du, P'tit-mé, Urgroßvater Antoine-Joseph, mein Vater, hatte seine eigene Methode, um sie herauszulocken, die Wespen: Er benützte dazu ganz einfach den Rauch seiner Zigarette. Wobei zu sagen ist, daß sie etwas besonderes waren, Urgroßvater Bellons Zigaretten. Während damals die anderen sich mit billigen selbstgedrehten Glimmstengeln zufriedengeben mußten, gönnte er sich richtige Markenzigaretten. Er kaufte zehn Stück aufs Mal, die ihm der Chinese in ein Stück Zeitungspapier einwickelte. Einmal, zweimal, dreimal an einem einzigen Tag. Selbst als er gänzlich ruiniert war, ließ er sich nicht dazu herab, auch nur den Versuch zu machen, sich an die selbstgedrehten Zigaretten zu gewöhnen. ›Lieber bloß eine einzige anständige Zigarette die Woche, statt diese mit Speichel geklebten Rattendärme‹, pflegte er zu sagen.

Wenn nun also Urgroßvater Antoine ein Wespennest an einem Baum entdeckte, ging er, Zigarette im Mundwinkel, darauf zu. Ganz langsam, vorsichtig … und sobald er sah, daß die gelben Wachen nervös wurden, warf er den Kopf in den Nacken, legte die Hand auf den Hut, damit er ihm nicht vom

Kopf rutschte, und schleuderte einen präzisen Qualmstrahl durch die Nasenlöcher mitten ins Wespennest.

Sie vergaßen darüber ihren Stachel, die sogenannten Kriegerinnen, versuchten, mit ihren Pfoten die Nase zuzuhalten, husteten, spuckten. Schließlich blieb ihnen nichts anderes übrig, als das Weite zu suchen. Dann ging Urgroßvater qualmend näher, immer durch die Nasenlöcher qualmend, aber jetzt in alle Richtungen, weil sie nun aus allen Richtungen auf ihn losgingen, die Biester.

Der Rauch brennt in ihren Augen. Sie weinen, ersticken, müssen sich in Sicherheit bringen. Da schleudert Urgroßvater Antoine seinen Hut weit hinter sich und – kapp! – reißt mit beiden Händen das Nest hinunter. ›Kapp!‹ sagte er jedesmal. ›Kapp!‹ Und fügte hinzu: ›Wohl bekomm's.‹

Tja, P'tit-mé, Monsieur Antoine-Joseph Bellon, Besitzer der Zuckermühle in Saint-Philippe von Petite-Ile, erbeutete also das Wespennest mit Zigarettenrauch! ›Kapp! Wohl bekomm's!‹ In der Familie hat man schon immer einen leichten Knacks gehabt, weißt du? Verständlich, daß andere das ausgenutzt haben. Ohne bis drei zu zählen, sind sie mit ihren *Craven-A*-Goldfiltern gekommen, haben ihren Qualm auf das Bellon-Nest gepafft und – Kapp! Wohl bekomm's! – taten sich an den schönen Zuckermühlen gütlich mitsamt den Feldern drum herum.

Wenn wir schon beim Thema sind: Tonton Calixtes Knacks übertraf den der anderen Familienmitglieder. Seine Spezialität bestand darin, die Kreaturen mit dem an ihm klebenden und mit Schweiß vermischten Hundegeruch einzuschläfern. Dazu ist zu sagen, daß er sich selten wusch, Ton Calixte. Wahrscheinlich nie. Nicht in Vincendo zumindest, weil er sich auf seine alten Tage sehr veränderte. Meine Großmutter, seine Mutter also, sagte, er warte bloß darauf – er hatte im Krieg 1870/71 gekämpft –, dem Kaiser zu Hilfe zu eilen, um sich wieder im schmelzenden Schnee waschen zu können. Hinzu kam, daß er immer mit seinen Hunden schlief.

Mit den Zinsen aus seinem Erbteil (er wußte nicht einmal, daß der Zinsen abwarf) ließ Ton Calixte gleich neben dem großen Haus – Antoine-Joseph, der Familienälteste, mein Vater, hatte es ihm selbstverständlich erlaubt – eine Art Küche bauen, einen Unterschlupf eher. Das Besondere daran war, daß man, wenn man die Tür aufmachte – außer seinem Gewehr, wenn er nicht gerade auf der Jagd war, ein paar Hasenfellen, alten Joppen und alten Hosen –, mitten auf dem festgestampften Fußboden einen großen, runden, glänzendpolierten Stein erblickte, einen riesigen kahlen Schädel, tausendmal so groß wie Großvater Gaétans Schädel. Sobald du wieder gehen kannst, zeige ich dir die genaue Nachbildung in unserer Küche drüben.

Ton Calixte behauptete, sein richtiges Zuhause sei dieser Stein. Das Dach darüber sei nur da, um die Sterne zu verdecken, deren Schein ihn am Einschlafen hinderte. Wie auch immer, er setzte sich auf diesen Stein, um mit dem Teller in der gewölbten Hand das zu essen, was Maman mich zum Abendbrot hinüberbringen hieß – Ton Calixte weigerte sich, sich mit uns zu Tisch zu setzen –, nur abends, denn kaum ging Veli auf, der Morgenstern, waren er und seine Meute bis Sonnenuntergang unauffindbar.

Onkel und Hunde schliefen alle zusammen auf dem nackten Fußboden um den kahlen Schädel herum. Wenn du es niemandem sagst – versprochen? –, verrate ich dir ein Geheimnis. Ich habe auch dort geschlafen, mehr als einmal sogar. Nachdem man die Bettücher eingeschlagen und mir gute Nacht gesagt hatte, nachdem man die Petroleumlampe gelöscht hatte, schob ich ganz leise den Türbalken auf die Seite, lief barfuß mucksmäuschenstill über die großen, mit Goldregen und riesigen Hirschfarnen gesäumten Steinfliesen und klopfte an die rohgezimmerte Tür. Die Hunde begrüßten mich mit freudigem Winseln und der Onkel mit einem mürrischen Grunzen. Aber in der Tiefe seines Herzens war er stolz und glücklich, Tonton Calixte. Er holte eine geflochtene Matte für mich hervor, die er nahe am Stein ausrollte, und ich schlief eng daran geschmiegt, den Kopf auf den schwieligen Füßen des Onkels, die kein Schuh jemals einsperrte, und anstelle einer Decke seine Hunde, seine Hündinnen, seine ganze Kläffermeute. Niemand hat jemals etwas davon erfahren, außer Louisette, der Wäscherin. Doch da sie mich mochte …

Aber wir sind ja bei den Wespen stehengeblieben: Ton Calixte legte nun also sein Gewehr in sicherer Entfernung vom Nest flach auf die Erde. Mit den Fingernägeln kratzte er möglichst viel alten Schweiß und ranzige Körperausdünstungen unter den Achselhöhlen zusammen, schmierte sich das Zeug ins Gesicht, rieb Arme und Haare damit ein. Dann ging er ganz ruhig auf das Nest zu. Du hättest sehen sollen, wie sie vor ihm flüchteten, die armen Wespen. Er stahl ihnen zwar Haus und Kinder, doch sie wehrten sich überhaupt nicht, denn sie waren total betäubt von dem Gestank, den nur ich aushalten konnte. Und auch er: kapp! Er sagte zwar nicht kapp. Er sagte überhaupt kaum etwas damals; aber riß – kapp! – mit einer knappen, präzisen Bewegung das Nest herunter.

Einen gelben Wirbelsturm auf der Suche nach dem verlorenen Nest im Gebüsch hinter sich zurücklassend, setzte sich Ton Calixte neben sein Gewehr auf die Fersen. Er nahm, Stück um Stück, das Papiermachégebäude auseinander; er verspeiste die Larven, sofern sie nicht im Madenzustand waren. Er behauptete, die Puppen sähen haargenau aus wie die Jungfrau Maria, was ihn veranlaßte, sich zu bekreuzigen, bevor er sie aus den Zellen klaubte, aber ihn nicht davon abhielt, sie seinen Hunden zuzuwerfen, die ihn schwanzwedelnd umringten, ja Teil von ihm waren, seine Bastarde – seine *Royal Mestiz'*, wie Urgroßvater sie nannte –, und geifernd und jaulend die Leckerbissen auffingen.«

Schau, er setzt wieder Dunen an, dein Kleiner. Eigentlich sieht er Sylvert ähnlicher als Joseph, die Wangenknochen jedenfalls hat er eindeutig von ihm. Der ist wohl glücklich, wenn er von dort oben unseren Aimé sieht. Ja, von dort oben: Alles in allem, er hat es sicher verdient, sein Paradies. So schlecht war er wiederum auch nicht, der alte Sylvert. Hat er dich, Margrite, obwohl seine zweite Frau, etwa wirklich unglücklich gemacht? Und nimmst du etwa die Mühe auf dich, zu Allerheiligen sein Grab aufzusuchen, einzig, um wie andere Witwen aus deinem Bekanntenkreis ein ruhiges Gewissen zu haben, wenn du auf dem Kreuz den Namen deines verstorbenen Mannes siehst? Das Glück blendet dich, Margrite. Ganz und gar. Du hast doch jene Sonntagabende nicht vergessen, wenn Sylvert stockbetrunken …

Psst. Er bewegt sich. Er wird gleich aufwachen. Ich muß schnell die Banane in die Asche legen. Und wenn ich schon dabei bin, lege ich gleich auch eine für Großvater dazu, der seit geraumer Zeit verstohlen zu uns herüberschielt. Sieh einer an, will wohl auch verwöhnt werden. Bis jetzt hast du doch deinen Teil immer bekommen, Großvater, oder? Geh, geh, ich bin es dir schuldig.

»Aber wenn ich allen, denen ich Achtung schulde, gedünstete Bananen vorsetzen müßte, dem Taxifahrer, Grandgaby, Großvater« – überlegt sich Margrite, trotzdem dankbar lächelnd –, »da lege ich gleich besser das ganze Büschel in die Asche.«

5

Als das Taxi am Wasserabzugsgraben vor der Auffahrt anhält, haben Wind und Regen ganz aufgehört. Grand-gaby, angetan mit einer Segeltuchjacke, die er von seinem Freiwilligeneinsatz zurückgebracht hat, ist heute früher als sonst gekommen. Mit seinem Zuckerrohrsäbel und dem geflochtenen Bambuskorb bewaffnet, hat er sich eben daran gemacht, den Hof von den herunterhängenden Palmenzweigen zu säubern, den geknickten Zweigen, den Früchten, die vom Lebenssaft in den Schlamm gefallen sind. Er erblickt Tante Margrite, die mühsam ein Kind vom Rücksitz eines Taxis heraushebt. Er stürzt herbei.

Grand-gaby umfängt den kleinen eiskalten Körper mit seinen Armen – ohne zu fragen, ohne sich Fragen zu stellen –, hebt ihn hoch und folgt Margrite, die eilig vorausgeht, trägt den Kleinen ins Zimmer, legt ihn aufs Bett, verzieht sich mit hängenden Armen hilflos in eine Ecke. Margrite weiß ebenfalls nicht, was tun, von der Alkoholkompresse auf der großen Schwellung abgesehen, die sie am rechten Arm des Kleinen entdeckt hat. Also beschränkt sie sich auf spontane Gesten, die sie gleich wieder sein läßt, weil sie ohne wirkliche Bedeutung sind: Sie deckt das Kind zu, deckt es ab, versucht, seinen knopflosen Kragen enger um den Hals zu schließen, lockert ihn wieder, steht vom Bettrand auf, um ein Glas Wasser für das Kind zu holen, setzt sich wieder hin aus Angst, das Wasser könnte ihm schaden.

Obwohl sie Kräuterheilerin ist, Margrite Bellon, eine gute Kräuterheilerin sogar. Sie kann eine ganze Menge Krankheiten heilen, in allen Körperteilen, im Kopf und im Bauch bis ins Knochenmark. Doch dazu braucht es Beschwerden. Diese Krankheit jedoch, ohne Durchfall, ohne Erbrechen, ohne Fieber sogar ... Im Gegenteil, eine Eiskälte, die allzu offensichtlich das Zeichen des lauernden Todes in sich trägt.

Margrite irrt durch die Hölle. Doch siehe da, plötzlich faßt der Alte einen Entschluß. Bis jetzt hat er stumm an seinen Stock gelehnt in der Tür gestanden. Hat ganz vergessen, daß er eigentlich den himmelschreiendsten Skandal platzen lassen wollte – »Einen alten kranken Mann mitten in einem Zyklon allein lassen, ohne Essen überdies«. Er tritt humpelnd ins Zimmer, geht aufs Bett zu, legt die Hand auf die Stirn des Kindes:

»Wir müssen um jeden Preis das Fieber zum Ansteigen bringen«, sagt er.

Unter anderen Umständen hätte Gaétan Bénard eine lange theoretische Abhandlung zum besten gegeben. Er hätte zuerst dargelegt, daß die Schlußfolgerung, die er eben gezogen hat – die Aufhebung der Antinomie zwischen Krankheit und dem Absinken der Körpertemperatur –, sich nicht etwa auf übernommene Thesen stützt. Zweitens hätte er bewiesen, daß besagte Schlußfolgerung auf effektive Kenntnisse der Hypothermie und ihrer Gefahren beruht. Drittens hätte er die, gegenteilige, Bedeutung – in bestimmten Grenzen allerdings – der Hyperthermie, banal ausgedrückt, des Fiebers, für die Verlangsamung bzw. Hemmung der bakteriellen Vermehrung hervorgehoben.

Er verzichtet jedoch auf weitere Erklärungen. Nicht etwa, weil er noch ein bißchen schmollt. Sondern weil er wahrscheinlich Marguerite und ihre Angst respektiert. Oder ganz einfach, um nicht zu stören.

Ebenfalls um nicht zu stören, setzt er sich etwas abseits ans Kopfende des Bettes und überläßt Marguerite das Feld.

Großmutter versteht nicht, warum das Fieber ansteigen muß, weiß bloß, daß eine Krankheit es nicht senken kann. Sie hat im übrigen kein besonderes Vertrauen in Bénard, trotz seiner umfangreichen medizinischen Lektüre, die er sich aus lauter Angst vor Krankheit und Bammel vor dem Tod auferlegt. Doch es ist immerhin ein Lichtschimmer, egal, was für einer. Das Kind schwebt in Lebensgefahr. Sie darf nicht zögern: Innerhalb von ein paar Sekunden ist der Kleine mit allem zugedeckt, was wärmt, was aufwärmt, mit dem alten Regenzeitpullover, ihrer einzigen Bettdecke, sämtlichen Laken aus dem Schrank.

Erinnerst du dich, Margrite Bellon? Dein Blut wäre beinahe erstarrt, als das verfluchte Fieber sich immer noch nicht einstellen wollte. Wenn man für einmal darauf angewiesen ist, unmöglich, es aufzutreiben, das Fieber. Der Kleine würde nicht überleben: Joseph in seinem Todeskampf. Vor deinen Augen diesmal. »Gott im Himmel, gibst du dich nicht damit zufrieden, ihn mir einmal genommen zu haben?« Verzweifelte Ratlosigkeit lag wohl in deinem Gesicht, als du den Alten nochmals um Rat batest.

»Ich habe irgendwo gelesen«, meinte der bedächtig, »daß das beste Mittel, um das Fieber ansteigen zu lassen, darin besteht, den Kranken in dampfendheiße Decken zu wickeln, so heiß, daß die Hände es kaum aushalten. Du wringst sie gut aus, wickelst den Kranken darin ein.«

Und Großmutter setzte unverzüglich mit Grand-gabys Hilfe riesige Töpfe mit dem Wasser aus der Zisterne aufs Feuer. Und das vom Zyklon durchnäßte Holz, das nicht brennen wollte. Das bloß beißend rauchte. »Heilige Jungfrau, mach doch, daß dieses Feuer endlich brennt. Mach doch, ich flehe dich an.«

Das Wasser war kaum heiß, und Margrite wollte bereits die ersten Wickel machen. Sie beherrschte sich: Dampfendheiß, hatte Bénard gesagt, dampfendheiß. Doch kaum zeigten sich die ersten Siedebläschen – endlich! –, tauchte Margrite ein großes Viereck, das sie eilig mit dem Küchenmesser aus einer alten Decke geschnitten hatte – keine Zeit, die verflixte Schere zu suchen –, ins Wasser, wrang es mit aller Kraft aus, verbrannte sich dabei die Hände, achtete jedoch nicht darauf, wickelte den Kleinen ein. Tauchte bereits das zweite Viereck ein. Wrang es aus. Wickelte das Kind nur aus, um es erneut einzuwickeln. Immer wieder von vorn. Damit der Kleine in Wärme gehüllt war, in Glut.

»Wenn sein Körper doch nur kochen würde, wie es sich bei einer so schweren Krankheit gehört«, hoffte, betete Großmutter.

»Wenn doch nur die mikrobielle Mitose gehemmt würde«, dachte der Alte.

»Er hat recht gehabt«, sagte der Oberarzt in der Intensivstation, als ihm Großmutter – P'tit-mé war bereits über den Berg – von dem stundenlangen Auswringen und Einwickeln erzählte. Und dieses »Er-hat-recht-gehabt« verwandelte den alten, verschleckten, feigherzigen Meckerbart in einen alten, weisen Brummbären, der sich ebenfalls am Leben freut. In einen richtigen Angehörigen – nicht in den Ehemann, der er nie hatte sein wollen, den Großmutter nicht gesucht hat, sondern in eine Art Vetter, den das Schicksal einem beschert und dem man alles durchgehen läßt. Zuerst einmal seine albernen Witze, wenn hübsche junge Frauen vorbeigehen, dann seinen Geiz, wenn es sich darum handelt, auch nur einen Franc zu den Haushaltskosten beizutragen, seine jämmerlichen Stiebitzereien – das Ei, das er jeden Abend heimlich schlürft, die Kekse, die er sich kauft und in Margrites Heft anschreiben läßt –, schließlich seine Furcht vor dem Sterben, die ihn dazu treibt, in der ganzen Nachbarschaft blindlings alle Medikamentenreste einzusammeln und »vorsorglich« zu schlucken, denn krank ist er nie.

Zu schlucken: Das Wort ist gänzlich fehl am Platz. Er verabreicht sie sich richtiggehend, die Medikamente, unser Gaétan Bénard, nachdem er sie sich mit ernster Miene verschrieben hat, das heißt genau nach der vorgeschriebenen »Mindestdosis« für die Behandlung chronischer Leiden, als Langzeit- oder als prophylaktische Behandlung, was den Vorteil hat, daß der Vorrat länger vorhält, was seiner Sparsamkeit entgegenkommt.

»Es wäre doch schade, all das Zeug zu verschwenden.«

Gaétan und seine Arzneien! Gaétan und seine auf die Nerven gehende pharmazeutische Sammlung. Eine aus leeren Medikamentenschachteln, die er fein säuberlich nach Herstellerfirmen in Seifenkisten einordnet: »Hier Roussel-Uclaf, hier Rhône-Poulenc, hier alle Beaufour ...« Die zweite aus Ampullen, ebenfalls leeren; da Gaétan die seltenen Zugänge gleich schluckt, ist der Vorrat gering. Die dritte schließlich aus klassifizierten Beipackzetteln in Schuhschachteln, die er anhand der vorletzten Ausgabe des Medikamentenverzeichnisses, das ein Apotheker in Saint-Denis ihm geschenkt hat, à jour hält.

»Wenn du in der Lage bist, deine Krankheit beim Namen zu nennen, verschreibt er dir bestimmt das richtige Medikament«, spöttelte Großmutter früher.

Früher. Vor dem »Er-hat-recht-gehabt« des Arztes. Seither schließt sie beide Augen, übt Nachsicht, versteht. Und betrachtet ihn sogar mit anderen Augen: In ihrem Blick liegt eine Spur Bewunderung, Dankbarkeit vielleicht, ein klein bißchen Zärtlichkeit sogar. Sie konnte ihn zum Beispiel nicht mehr einfach bei seinem Nachnamen rufen. Und weil sie keinen Namen mehr für ihn hatte, rief sie ihn ein paar Wochen nicht, zog es vor – trotz der Erschöpfung der Nachtwachen im Krankenhaus –, schleunigst herbeizueilen, wenn er ihr vom Bett oder von seinem Liegestuhl aus zurief: »Marguerite, hast du vielleicht meine Sandalen gesehen?« Oder: »Sag, ist es der Vier-Uhr-Bus, der vorbeifährt?« Als ob er mit der Uhr in der Hand und dem Vier-Uhr-Bus etwas vorhätte.

P'tit-mé war es, der schließlich spontan die Lösung fand, als er nach seiner Rückkehr aus dem Krankenhaus »Großvater« zu ihm sagte, eine Bezeichnung, mit der Margrite sich erst vertraut machen mußte, dann aber übernahm.

Vorläufig aber hatte Bénard einen Stuhl ans Bett des kleinen Kranken gezogen, dessen Temperatur endlich stieg. Er sagte kein Wort, lächelte nicht einmal triumphierend: ernst wie Pasteur und bescheiden wie Claude Bernard. Großmutter hingegen jubelte. Sie lachte wortlos in sich hinein. Das Fieber stieg! Es stieg! Doch das bedeutete nicht etwa, daß Großmutter in ihren Bemühungen nachgab, trotz ihrer blutroten Hände, die sie immer und immer wieder in das kochendheiße Wasser tauchte, mit denen sie immer und immer wieder ihre Tuchvierecke auswrang.

Um ihre Hände, die sich so oder so schälen würden, sorgte sich niemand, und Großmutter erst recht nicht und auch der Alte nicht, der sich getraut hatte – er konnte es kaum erwarten –, das Fieberthermometer zu verlangen, um es samt Meßskala dem Kleinen unter den Arm zu stecken.

Um Großmutters Hände sorgte sich außer Gros-gaby niemand:

»Jetzt bin ich an der Reihe, Tante Margrite«, sagte er und machte sich an die Arbeit. »Jetzt bin ich an der Reihe.«

»Achtunddreißigfünf«, verkündete Großvater.

Grand-gaby verstand nichts von Temperatur, von Fiebergraden, doch weil Tante Margrite vor Glück strahlte, stieß er einen lauten Freudenschrei aus, so daß Gaétan ihn über den Brillenrand musterte.

»Sieh einer an, dieser Dummkopf« – für Bénard war Grand-gaby für alle Zeiten ein Dummkopf – »sieh einer an, dieser Dummkopf, wenn er einen über den Durst getrunken hat, brüstet er sich damit, Vietbabys abgemurkst zu haben, und jetzt pflegt und hätschelt und wickelt er dieses ihm unbekannte Kind ein und hilft uns, es zu retten. Und brüllt auch noch vor Freude, wenn es dem Kind besser geht. Seltsames Verhalten. Zzz-zzz-zzz.« (Großvater pflegt seine Verachtung zwischen den Schneidezähnen zu pfeifen, die immerhin noch vollständig sind: »Zzz-zzz-zzz.«) Doch in jenem Moment handelte es sich bloß um eine kleine vorübergehende Verstimmung, stieg doch der rote Faden im Röhrchen stetig.

»Neununddreißig Grad«, stellte Großvater feierlich fest. »Ich denke, wir können aufhören. Eine warme trockene Decke tut's jetzt.«

Dann warf er nach einem kurzen Zögern Margrite einen schüchternen Blick zu und sagte:

»Mensch, habe ich einen Hunger ...«

6

Als er P'tit-mé zum zweiten Mal rettete, war Margrites Dankbarkeit gegenüber dem Alten, der später zum Großvater wurde, grenzenlos.

Doktor S., der Oberarzt in der Intensivstation, war groß und schlank. Seine Augen waren trotz seiner dunklen Haut sehr hell und blau; sein kurzgeschnittenes Haar war weiß und spärlich, obwohl er noch jung war. In seiner tiefen Stimme schwang ein schwacher fremdländischer Akzent mit, für kreolische Ohren noch fremdländischer als der Großteil der anderen Ärzte.

Er hatte ihn niemand anvertrauen wollen, den kleinen Patienten, der eines Morgens in den Armen eines hünenhaften Landarbeiters gebracht worden war, dem eine kleine, gebückte, vor Angst verzehrte alte Frau den Weg zeigte. Er hatte nicht nur höchstpersönlich die erste Injektion gegeben, sondern auch das Fieberthermometer gesteckt, das Fieberthermometer, das nun hinuntergehen mußte, nachdem Margrite es zum Ansteigen gebracht hatte.

Injektion und Fieberthermometer! Doktor S. schwor nur noch auf diese zwei Worte. Er erzählte dem Assistenzarzt von der Injektion – »ein ganz neues Medikament« –, als handle es sich um die größte Revolution seit Menschengedenken.

»Alexander, das ist ein Genie! Diese Engländer, wenn sie sich dahinterklemmen …«

Er hätte es zwanzigmal am Tag gemessen, das Fieber, aber das Kind durfte nicht durcheinandergebracht werden. Also legte er wie ein ungeduldiger Junge bei jeder sich bietenden Gelegenheit die Hand auf P'tit-més Stirn. Er setzte sich schließlich sogar auf einen weißen Stuhl neben das Bett und überließ die anderen Notfälle dem Assistenzarzt. Ein Notizbuch in der Hand, trug er die Reaktionen »seines« Kranken bis in die kleinsten Einzelheiten ein. Und dann, nach sechs Stunden, nachdem er einmal mehr das Fieber an der Stirn des Kleinen gefühlt hatte, stand er nervös auf:

»Madame Payet«, sagte er zur Krankenschwester, »bitte, messen Sie ihm das Fieber.«

Doch obwohl er es kaum erwarten konnte, brachte er es im entscheidenden Moment nicht über sich, das Wunder abzulesen.

»Achtunddreißigfünf.«

»Die Temperatur sinkt!« jubelte der sonst so ruhige Doktor S. zum größten Erstaunen der Krankenschwester. »Die Temperatur sinkt.«

Dann stürzte er in den Flur hinaus, wo Großmutter und Gaby warteten.

»Wir haben allen Grund zur Hoffnung«, sagte er in einem möglichst nüchternen Tonfall, um seine Freude zu verbergen. »Es handelt sich um eine schwere Krankheit, aber es besteht Grund zur Hoffnung.«

Er ließ Großmutter stehen und eilte mit klopfendem Herzen an das Bett des Kleinen zurück, zog sein Notizbuch hervor, trug sorgfältig die Temperatur und die Uhrzeit ein.

Die zweite Injektion war fällig, die er wiederum persönlich gab. Zwei Stunden später war das Fieber um ein weiteres halbes Grad gesunken. Acht Stunden später konnte er aufatmend 36,5 notieren.

Und anstelle weiterer Erklärungen:

»God save the Queen!«

Nach drei Tagen sagte er fast bedauernd zu Margrite:

»Ich werde ihn in ein paar Tagen auf die Allgemeinmedizin verlegen lassen.«

Und fügte glücklich hinzu:

»Ich glaube sagen zu können, daß er gerettet ist. Noch vor einem Monat wären wir machtlos gewesen. Doch dies hier! Dies wird uns die Wunder in greifbare Nähe rücken. Wir, die Ärzte, wir werden uns künftig für den lieben Gott halten«, schloß er lachend.

»Dies hier« – das war ein blaubeschriftetes Schächtelchen, das er zwischen Daumen und Zeigefinger hielt.

Erinnerst du dich an deine Freude, Grite? Erinnerst du dich? Der Glockenklöppel schlug heftiger in deiner Brust als eine fanatische Wahlhelferin ihre provozierende Blechtrommel. Obwohl die Dankbarkeit dich übermannte, wie danktest du diesem Mann, der deinem Herzen einen neuen Grund gegeben hatte, das Blut pulsieren zu lassen? Deinem Blut genug Grund, nicht mehr zu gerinnen, ohne sich dagegen zu wehren? Sag, wie danktest du ihm? Was für ein Loblied sangst du deinem lieben Gott, deinem Retter? Dem Vollbringer dieses Wunders, um das du so sehr gefleht hattest? Was für dummes Zeug überlegtest du dir, anstatt dem Arzt zu Füßen zu fallen, ihm die Füße zu küssen?

»Herr Doktor, wenn sie es nicht mehr brauchen ...«

Ein Pappschächtelchen; lang und breit wie ein Daumen. Und leer. Ehrlich, du bist wirklich Antoine-Josephs Tochter, Calixtes Nichte, und ebenso schrullig wie sie.

Doch sie blickten überhaupt nicht erstaunt, die merkwürdigen blauen Augen in dem dunklen Gesicht. Nicht überrascht, höchstens eine Spur belustigt.

»Hier, Madame. Ein Geschenk von Königin Elisabeth.«

Sie hätten noch belustigter geblickt, die blauen Augen, hätten sie Großvaters Freude sehen können, als er das zerknautschte Geschenk, die leere Packung, in Empfang nahm. Sie war so groß, die Freude, daß der Alte sogar Lateinisch zu murmeln begann, und nicht etwa, um sich zu brüsten: *»Penicillium notatum.«* Und dann hochfeierlich englisch: »Alexander Fleming!«

Mit dem Englisch war es so eine Sache, denn Großvater – die Brille auf der Nasenspitze – wußte nicht, ob stolz sein oder verärgert, daß der Beipackzettel in dieser Sprache geschrieben war.

»Weißt du, Marguerite Bénard, es ist schon lange her, seit ich es gelernt habe.«

Nebenbei erwähnt: Er fügte Margrites Vornamen das Bénard hinzu – ihren gemeinsamen Familiennamen, denn schließlich hatten sie auf dem Standesamt geheiratet –, um Großmutter dadurch seine Verbundenheit zu beweisen. So zumindest faßte sie es auf und freute sich darüber. Natürlich hätte sie »Marguerite Bellon« vorgezogen, ihren Mädchennamen, doch das hätte eine Intimität vorausgesetzt, ein absolutes gegenseitiges Einverständnis, nachts vor allem, davon war aber zwischen ihnen nie die Rede gewesen.

Die Freude, die dich an jenem Tag überwältigte. Die bloße Erinnerung daran macht dich noch heute fast glücklich. Was für eine alte Trine du doch warst. Eine alte Trine, die Frucht vor der Blüte reifen zu lassen. Deine Freude, Margrite, überlebte Methusalem nicht. Kaum war Aimé von der Intensivstation in die Allgemeinmedizin verlegt worden, war es um das Wunder geschehen. Vielmehr, es zeigte sich nur noch sporadisch. »Ein paar Stunden jeden zweiten Tag«, stellte Großvater fest, der es nie unterließ, sich nach dem Zustand deines Kleinen zu erkundigen, an dem auch er hing.

Und zwischen diesen Aufhellungen: Fieber bis vierzig und mehr Grad, die schlaffe Zunge in seinem ausgetrockneten Mund, immer wieder Fieberphantasien, der Alptraum …

Wenn man ihm ein anderes Medikament gegeben hätte … Doch die gleichen Schachteln mit der blauen Aufschrift warteten im Schubfach des kleinen Nachttischs neben P'tit-més Bett, und daneben lag Obenohnes Spritze.

Obenohne war der Name, den Großmutter der schnippischen Tagesschwester gegeben hatte, der einzigen, die sie sah, denn seit P'tit-mé anscheinend gesund war, erlaubte man ihr nicht mehr, die Nacht über zu bleiben. Obenohne, weil ihr Busen unter der weißen Kittelschürze so lose war wie offenbar ihre Sitten.

Großmutter gehörte nicht zu jenen alten Weibern, die auf die Abwesenheit der hübschen Nachbarin lauern, dann in ihren Garten eindringen, um an der Wäscheleine hängende schwarze Höschen und ausgeschnittene Kleider in Stücke zu reißen. Großmutter, pflichtbewußt wie sie sich selbst gegenüber war, dachte, daß die schönen Zeiten, wie auch immer, für alle viel zu schnell vergehen. Obenohnes klappernde Bleistiftabsätze im Flur wären ihr egal gewesen. Die hüpfenden Brüste unter dem tief aufgeknöpften Kittel wären ihr egal gewesen. Der zehnmal am Nachmittag gezückte Lippenstift wäre ihr egal gewesen – unter der Bedingung, daß P'tit-mé gesund wird. Doch seit ihr Kleiner einen Rückfall nach dem andern hatte, war Großmutter nur noch lauter Mißtrauen gegenüber Obenohne.

Eines Morgens, als Margrite, das Herz so grau wie der Himmel in der Regenzeit, an der Straße unten auf den Bus wartete, um nach ihrem Kleinen und wer weiß was für einem traurigen Fortschritt zu sehen, lief ihr Großvater, noch im Pyjama, unter seinem großen, blauen Regenschirm nach, denn die ersten Tropfen fielen bereits:

»Ich habe hundertmal versucht, den verflixten englischen Beipackzettel zu lesen. Noch gestern habe ich mir den Kopf zerbrochen. Dann aber ist mir heute nacht ein Wort wieder eingefallen: *Ice*. Eis! *In ice*. In Eis! Sag, bewahren sie es denn in Eis auf, unser Penizillin?«

Großmutter wäre am liebsten vor Gaétan auf die Knie gefallen, hätte ihm die Pantoffeln geküßt, wenn sie nichts Eiligeres, äußerst Eiliges zu tun gehabt hätte. Zuerst Grand-gaby herbeirufen, der eben die Kuh molk, ihn bitten, sie zu begleiten, sich aber vorher schleunigst Hände und Füße in der Zisterne zu waschen und sie ins Krankenhaus zu begleiten. Während er sich wusch, würde sie den Fahrer bitten, seine Karre am Straßenrand zu parken und ein Momentchen zu warten:

»Nur zwei Minuten, er kommt gleich.«

Kurze Zeit später hasteten sie durch die Krankenhauskorridore: eine kleine Alte in ihrem Trauerkleid, die mit Gaétans eisenbeschlagenem Schirm, den sie ihm irgendwie entrissen hatte, den Takt auf die Bodenfliesen schlägt. Grand-gaby hinter ihr her, barfuß, schlecht und recht angezogen, so wie die Tagelöhner eben zur Arbeit gehen: in einer alten Tergalhose mit offener Naht zwischen den Schenkeln, einem geblümten Hemd, das an der Schulter zerrissen war, seit er sich erdreistet hatte, den Fluß zu überqueren und die kleinen Gockel des gegenüberliegenden Dorfes, an ihrem Tanzabend, auf ihrem eigenen Territorium herauszufordern. Darüber trug er einen noch fast neuen Soldatenrock.

Großmutter hatte sich alles gut zurechtgelegt und – kannte sie doch Grand-gabys Begriffsstutzigkeit – ihm unterwegs erklärt und nochmals erklärt: Sie, Großmutter, betritt P'tit-més Zimmer, und er, Gaby, bleibt auf dem Flur draußen. Sie erklärt Obenohne ruhig die Sache mit dem Eis und alles Drum und Dran. Obenohne pariert – dann ist alles in Ordnung. Sonst aber ruft Großmutter ihn, Grand-gaby, herein. Er stürzt ins Zimmer, packt die kleine Nutte am Kragen – »Achtung aber, nicht erwürgen!« –, nein, im Gegenteil, er muß sie zum Schreien bringen. Er muß sie unbedingt zum Schreien bringen.

»Du wartest vor der Tür. Du lauschst. Ich sage nichts, du tust nichts. Ich rufe dich, du stürzt ins Zimmer. Du packst sie am Kragen. Du erwürgst sie auf keinen Fall, verstanden? Bring sie ja nicht um.«

Großmutter hatte alles in Betracht gezogen. Doch als sie P'tit-més ausgezehrtes Gesichtchen sah, seine bläulichen Lippen, sein fast bewußtloses Dahindämmern ... als sie die Hand auf seine glühende Stirn legte ... als diese kleine Nutte mit ihren meterhohen Absätzen, ihrem wackelnden Hinterteil, ihrem ständig gezückten Lippenstift, ihren hüpfenden Brüsten unter dem absichtlich aufgeknöpften Kittel es wagte, ihr ins Gesicht zu lachen ... da ließ sich Großmutter von namenlosem Zorn hinreißen. Sie steckte Obenohne die Schirmspitze in den Bauch und nagelte sie an die Wand.

Noch Monate später muß Großmutter darüber lächeln.

Du wolltest sie zum Schreien bringen, doch sie hatte nicht einmal mehr die Kraft zu schreien. Es war P'tit-més Bettnachbar, ein Achttagebärtiger, der eigentlich in die Psychiatrie gehörte, den man aber aus Platzmangel in die Allgemeinmedizin gelegt hatte, der einen regelrechten Anfall bekam.

»Fürio!« brüllte er und sprang aus dem Bett. »Fürio!«

»Fürio!« So laut, daß du dich umschautest, und sie nutzte die Situation und entwischte dir, das Miststück. Und du – peng, peng, peng. Ein, zwei, drei Schirmhiebe. Auf den Rücken, das Kreuz, den Hintern. Ein vierter traf daneben. Sie rannte, so schnell die Beine sie trugen, Obenohne. Ihre Brüste hüpften aufgeregter als je. Sie verlor ihre Bleistiftabsätze. Und der Psychiatrische, der hinter ihr herlief, der aus zwanzig Metern Entfernung mit einem imaginären Stock auf sie einprügelte.

»Und noch einen, und noch einen, und noch einen!«

Und die Stockhiebe verwandelten sich in obszöne Lendenstöße.

»Und einen dazu, und noch einen, und noch einen!«

Dann wischte er den aus seinem Mund rinnenden Speichelfaden an seinem Pyjamaärmel ab, kehrte in sein Bett zurück und rollte sich in seinem gewohnten Schweigen zusammen.

Als der Krankenhausdirektor, gefolgt von einem Trupp Assistenzärzten und Pflegern, ins Zimmer stürzte, traf er eine alte Frau an, die mit Tränen in den Augen die Hand ihres inzwischen bewußtlosen Kleinen streichelte.

Obenohne kam ebenfalls gelaufen, schob den Kreis auseinander, der sich um das Bett gebildet hatte.

»Sie wollte mich umbringen! Sie wollte mich umbringen!« flennte sie.

»Beruhigen Sie sich; beruhigen Sie sich«, antwortete der Direktor.

»Sie wollte mich umbringen!«

»So beruhigen Sie sich doch, verdammt!«

Und Großmutter richtete sich auf, straffte die Schultern, wischte die Tränen ab und sagte mit ruhiger Stimme, wieder ganz Herrin ihrer selbst:

»Ich verlange, daß man die englische Medizin ins Eis legt.«

Der Direktor warf einen Blick auf das Schächtelchen mit dem blauen Schriftzug, das Großmutter aus dem Schubfach des Nachttischs genommen hatte und ihm nun unter die Nase hielt.

»Ich werde mich darum kümmern.«

»Sie wollte mich umbringen! Sie wollte mich umbringen!« kreischte Obenohne an den Direktor gewandt.

Der Direktor faßte sie am Arm, wollte sie aus dem Zimmer drängen.

»Sie wollte mich umbringen!«

Der Griff um Obenohnes Arm wurde fester, doch die Stimme des Direktors klang vielsagend, intim und streng zugleich.

»Bitte hör auf.«

7

»Du hast dein Eis bekommen«, denkt Großmutter, »nachher, jede Menge. Becken voller zerstoßener, nur langsam schmelzender Eiswürfel.«

»Genau die richtige Temperatur, die Null von Celsius«, hatte Großvater gesagt, bei dem du dich vergewissertest.

Inmitten des Eismeeres, die Ampulle in ihrem durchweichten Schächtelchen.

Nach erfolgter Injektion blieb das Becken auf dem Nachttisch stehen. Wurde erst durch ein anderes und eine neue Ampulle ersetzt, wenn das Eis fast vollständig geschmolzen war. Dieses Eis-Hin-und-Her war absolut überflüssig: Der Kühlschrank stand gleich daneben, und das Penizillin mußte zehn bis fünfzehn Minuten vor dem Verabreichen gewärmt werden.

Dr. S., der bis dahin darauf verzichtet hatte, in die Allgemeinmedizin hinaufzugehen – »um anderen nicht ins Handwerk zu pfuschen« –, und der nun ein- bis zweimal am Tag kurz vorbeischaute – »ich komme als Nachbar, nur gerade, um nach Fortschritten zu sehen«, entschuldigte er sich bei seinen Kollegen –, freute sich um so mehr, daß »sein Kleiner« nun bald ganz gesund sein würde.

Er lachte sich ins Fäustchen, Dr. S.

»Eine Katastrophe, muß einen schönen Schrecken gekriegt haben, der Chef; die von ihm protegierte Schwester bringt beinahe den Kranken um! Aber sie sind bei der Oma an die Richtige gekommen, die zwei. Sie gefällt mir, die Oma. Sehr sogar.

Wenn ich meinen Gefühlen nachgäbe, würde ich sie umarmen.«

Er gab seinen Gefühlen sogar sehr nach. Bei jedem seiner Besuche umarmte er Großmutter zwei-, drei-, viermal. Ein Küßchen für Oma hier, ein Küßchen für Oma dort ... Er nutzte den geringfügigsten Vorwand.

Bei jedem Besuch umarmte er also zur Begrüßung Großmutter, legte dann die Hand auf P'tit-més Stirn und schob gleichzeitig die widerspenstige Haarsträhne über den Augen auf die Seite. Er unterließ es anschließend nie, einen Blick auf die Eiswürfel zu werfen, die nach wie vor neben dem Kleinen vor sich hin schmolzen. Er schüttelte den Kopf.

»Wird die Ampulle auch richtig erwärmt, Oma?« fragte er eines Tages, als keine indiskreten Ohren zuhören konnten.

»Zwölfeinhalb Minuten, keine mehr, keine weniger, mein Sohn«, antwortete Margrite und zog einen riesigen dreifüßigen *JAZ* aus der Handtasche, der ein Höllengeticke verbreitete, als sie ihn aus einem Lappen wickelte.

Dr. S. mußte herzlich lachen. Großmutter auch, die die Einmütigkeit nutzte, um sich zu erkundigen:

»Was ist passiert mit ...«

Großmutter hätte beinahe »Obenohne« gesagt, doch der Arzt konnte diesen Namen ja nicht kennen, weil sie ihn erfunden hatte, weil sie ihn in ihrem Kopf bewahrte, denn der Gedanke ist zwar gestattet, ihn auszusprechen jedoch ...

»Mit ... mit dem Eis ...?« fragte der Arzt und zeigte auf das Becken.

»Mit der Eiskrankenschwester«, wollte er sagen. »Der ohne Eis. Jener, die die Eisgeschichte provoziert hatte, die bloß spöttisch grinste, als Großmutter nach dem Eis fragte. Die das Medikament verderben ließ, wo es doch bei Eistemperatur hätte aufbewahrt werden müssen.«

Großmutter nickte.

»Nichts. Es ist ihr nichts passiert. Zur Zeit ist sie krankgeschrieben, doch sobald der Kleine ganz gesund ist, wird sie in das Büro des Big-Boß versetzt, hm … zu seinen persönlichen Diensten.«

Großmutter atmete erleichtert auf. Dr. S. scherzte:

»Sie haben wohl Angst gehabt, daß man ihr Schwierigkeiten macht. Geben Sie es zu.«

Das Geständnis bedurfte keiner Worte.

»Sie sind mir eine«, sagte der Arzt und gab Großmutter ein zusätzliches Küßchen. »Ich hab's doch gewußt, daß Sie eine Seele von Mensch sind.«

»Der konnte gar nicht aufhören mit seinen Küßchen«, erinnert sich Großmutter. »Kaum betrat er das Zimmer: ein Küßchen zur Begrüßung. Und noch eines: ›Sie sind einmalig, Oma.‹ Und noch eines: ›Glauben Sie mir, jetzt ist er ganz sicher außer Gefahr.‹ Und zum Abschied nochmals eins. Er hatte eindeutig ein kleines Faible für dich, Margrite.«

Großmutter kichert: »Wärst du fünfzig Jahre jünger, würde er dir wohl ein Liebesliedchen vorturteln. Und du, du würdest dich für ihn ins Zuckerrohr legen.«

Und Großmutter trällert eine französische Romanze aus ihrer Jugendzeit vor sich hin:

Viens, le soir descend
Toi si frileuse …
Der Abend sinkt hernieder
Komm, mein fröstelnd Lieb …

Sie singt, während sie kleine Bananenkrapfen bäckt, unterbricht ihr Lied, um leise nachzuzählen:

»Vier oder fünf für meinen Kleinen, ein gutes Dutzend für meinen Alten, ein weiteres Dutzend für Grand-gaby, und wenn etwas Teig übrigbleibt …«

Und sie trällert weiter.

Turtelte Sylvert eine fröstelnde Romanze? Und schlug dabei mit der Hand nach der Mücke, die sich, just unter der Stirnlocke, auf ihre rosigen Wangenknochen niederlassen wollte? Vielleicht. Draufgänger? Wie auch immer, sie hatte sich nachher ins Zuckerrohr gelegt.

»Nein, Margrite, er hat dir nichts vorgeturtelt. Und du hast dich nicht unter ihm im Stroh gewälzt. Er hat dich mit seiner Hilflosigkeit geködert.«

»Nein! Er war schön, kräftig, stark.«

»Fünf-Uhr-abends-Sonne! Ein letztes Wiederaufglühen.«

»Er war ein schmucker Kerl, elegant, rieb sich den Bart mit *Vetiver*[*]-Wurzel ein.«

»Angenehm, der Bart? Also wirklich, stoppelig, rauh, die Farbe von Erde und geschlagenem Ei.«

»Er tanzte wie ein Prinz. Walzer, Schottisch und Mazurken.«

»Seine sechs kleinen Raubvögel, die mit aufgesperrtem Schnabel um ihn herumhüpften, von ihm geschneuzt und abgewischt werden wollten und ... Er hat dich mit seiner Hilflosigkeit geködert!«

»Mit Liebe.«

»Mit einem bißchen, einem klein bißchen Mitleid.«

»Meinetwegen. Aber ich habe meinen Teil Spaß gehabt. Meinen Teil Freude am Leben. Und die habe ich immer noch. An den Küßchen des jungen Arztes zum Beispiel. An seinem schönen Mund auf meiner runzligen Wange. Glaubst du vielleicht, das fühle sich unangenehm an? Freundschaft, wirst du einwenden. Freundschaft, gewiß, doch vielleicht auch ein Viertelchen Zärtlichkeit.

Oh, ich habe vom Doktor gewiß keine Freundschaft verlangt. Wie käme ich dazu. Er hat sie mir geschenkt. Hätte ich sie vielleicht ablehnen sollen? Wo er überdies auch noch gut aussieht? Ist man im übrigen sicher, daß die Schönheit die Freundschaft noch herzlicher macht?

Ein schöner Mann, das ist er weiß Gott. Doch auch du, P'tit-mé, wirst ein schöner junger Mann werden. Doch nun ist es Zeit zum Aufwachen, mein schöner junger Mann, sonst wird Großvater noch krank, wenn er so lange auf seine Krapfen war-

[*] Bartgras, Zitronengras

ten muß. Warte, ich gebe ihm vier oder fünf vorab und lege die anderen für dich auf die Seite. Auch du mußt wieder Dunen ansetzen.«

Denn tatsächlich, P'tit-més Dunen wuchsen kräftig nach; die zarten weißen Kiele zeichneten sich bereits unter der dünnen Fettschicht der Flügel ab. Vorbei waren die Zeiten, wo seine Lippen nur noch ein violetter Faden waren, seine Wangen so hohl, daß man dahinter die Zähne zählen konnte; seine Gesichtszüge schmal wie ein abgenagter Mangokern, die Arme mager und steif wie Vogelscheuchenarme, die die Amseln verschreckt hätten.

Diese grausamen Vergleiche: Großmutters Herz war spontan übergeschwappt, mitgerissen von der Sprache der Menschen ihres Volkes, die es gewohnt sind, ihr Elend ins Lächerliche zu ziehen. Sie schmerzen um so mehr, als die treffenden Metaphern sich einem unweigerlich aufdrängen. Wie hätte man an etwas anderes als an eine Gießkanne denken können beim Anblick von P'tit-més schmalen Schultern? Was war sein kleiner armer Hintern anderes als ein hundert Gramm schweres Brotküppchen? Und das Bild der Raupe, dieses häßliche Bild, das nicht sie, Großmutter, erfunden hatte, sondern, schlimmer, das P'tit-mé selbst gefunden hatte?

Das Fieber war endgültig gefallen, eindeutig, und die Mikrobe war in dem kleinen Körper ausgerottet worden.

»Er ist gesund«, hatte der diensthabende Assistenzarzt gesagt. »Das heißt, wenn man ...«

»Man kann«, vervollständigte Dr. S. den Satz, der zum ersten Mal die Nase in die Töpfe der Allgemeinmedizin steckte. »Man kann«, wiederholte er, und sein Blick war trotz der schleppenden Stimme so eisig, daß der Assistenzarzt erstarrte.

Der entschuldigte sich, verließ das weiße Zimmer und nahm die Fiebertabelle mit. Der Oberarzt unterzeichnete nach Rücksprache mit dem Direktor den Entlassungsschein höchstpersönlich. Und Großmutter nahm P'tit-mé mit.

Großmutter hatte ein neues Bett für ihren Kleinen gekauft – einen Metallrost auf vier Kiefernholzfüßen –, das Grandgaby jeweils punkt zehn Uhr auf die Veranda hinaustrug. Dort verbrachte P'tit-mé die Zeit dösend oder mit Bewegungsübungen, versuchte, sich auf den Bauch zu kehren, zu kriechen. Nach eineinhalb Monaten war er nicht viel weiter gekommen. Großmutter, die es nicht erwarten konnte, ihn auf den Beinen zu sehen, konnte sich nicht vorstellen, daß sich aus den kümmerlichen Organen, die ihm geblieben waren, neue bildeten, daß sich neue Muskeln formten, sich frische Nerven wiederbelebten, sich der Knorpel in seinen Gelenken verhärtete. Die Sorge verzehrte sie.

Und dann, eines schönen Tages, als er einmal mehr mühsam einen Kriechversuch unternahm, sagte P'tit-mé plötzlich:

»Schau, Großmutter, deine dicke Raupe.«

»Deine dicke Raupe!« Das Bild schürte Großmutters Qualen, so daß sie nicht mehr schlafen konnte. Ohne den Gebrauch seiner Hände, seiner Beine, sich nur durch eine schwache Wellenbewegung seines Rumpfes vorwärtsbewegend – was war P'tit-mé, wenn nicht eine Larve unter Larven, eine Lantanenraupe, die man mit dem nackten Absatz zerquetscht, die selbst die Ameisen anzugreifen sich getrauen, bevor sie tot ist?

Großmutter hatte endgültig den Schlaf verloren. Seit Jahren, zugegeben, seit ihr Sohn weggegangen war, schlief sie nur noch wenig und sehr schlecht. Nach der plötzlichen, unerwarteten und endgültigen Rückkehr des Kleinen in ihr Leben hatte sie wochenlang ihrem Bewußtsein nur Brosamen Ruhe entrissen. Aber seit das Fieber des Kleinen gänzlich verschwunden war, seit die Infektion bezwungen war, hatte sie ein wenig Frieden gefunden.

»Deine dicke Raupe!«

Das Bild enthüllte die Wirklichkeit nur allzu treffend, als daß Großmutter darüber nicht bestürzt gewesen wäre. Aus P'tit-més Mund überdies. Sorglos, fast unbewußt. Noch. Doch es würde kommen, das Bewußtsein, und mit ihm die Verzweiflung.

Großmutter hatte sich damals bittere Vorwürfe gemacht, daß sie nicht alles versucht hatte, um Joseph zurückzuhalten. Daß sie den Skandal nicht verhindert hatte an jenem Abend, als er seine Verbindung mit jener Person verkündete. Er hätte gelitten, sicher, doch er wäre geblieben, und sie hätte ihn geheilt. Schließlich hätte er ein braves Mädchen gefunden, mit dem er glücklich geworden wäre. Und es hätte nicht – gewisse Zungen lösten sich inzwischen – die kleine, im Schlaf erstickte Agnès gegeben; erstickt wie das dreizehnte Ferkel unter dem Mutterschwein. Es hätte diesen anderen nicht gegeben, Aimé, für den Rest seiner Tage ein Krüppel.

Großmutter hatte, wahrscheinlich zum ersten Mal in ihrem Leben, mit der Welt gehadert – und in erster Linie mit diesem Giftkropf, der sie bestimmt mit angehört hatte, die Raupengeschichte. Ein Wunder, daß er, boshaft wie er war, nicht hin und wieder im Spaß auf die »dicke Raupe« anspielte. Seine Ratschläge, seine Sonne und seine Ultravioletten waren nur Staffage. Er hatte immer nur andere zum Leiden gebracht und tat es auch heute noch.

Er behauptete, P'tit-mé gerettet zu haben. Er hätte besser sich selbst geheilt. Von seiner Hinterhältigkeit, seiner Feigheit, seiner Gefräßigkeit, seinem Egoismus. Gerettet! Eine dicke, zappelnde, hilflose Raupe! Gerettet!

Sie hatte mit Bénard gehadert bis zu dem Tag, als P'tit-més Gelenke sich lösten; als seine Gelenkkugeln wieder angefangen hatten, sich in ihrer Gelenkpfanne zu drehen, langsam zuerst, aber im richtigen Winkel.

Da wurde Großvaters Boshaftigkeit wieder zu dem, was sie war: zu einem Häufchen Verbitterung. Einer Verbitterung, die Margrite um so besser verstand, als nicht sie der Grund dafür war, hatte sie den Alten doch kennengelernt, als er bereits alt und bereits so war, wie er eben war. Und er sich offensichtlich ehrlich um P'tit-més Gesundheit sorgte. Und vor allem, weil P'tit-mé endgültig gesund wurde. Da empfand Großmutter wieder Dankbarkeit und bald auch Freundschaft für ihren Alten, in die sich sogar ein Quentchen Zärtlichkeit schlich, die sie mehr als einmal veranlaßte, ihn Gaétan zu rufen.

8

Psst! P'tit-mé bewegt sich im Schlaf. Jetzt preßt er die Lippen zusammen, seine Finger verkrampfen sich. Großmutter stellt schleunigst ihren Korb auf den Boden; sie nimmt die Hand des Kleinen, streichelt sie.

»Na, na! Wirst mir wohl keinen deiner Angstträume haben ...«

Obwohl er nie darüber spricht, obwohl sie die Gründe nicht weiß, kennt Großmutter sie langsam, P'tit-més Alpträume. Sie weiß zumindest, wie sie sich ankünden, wie ihren Angriff im Keim ersticken.

Als sie ihn das erste Mal überfielen, lag er in seinem Krankenhausbett. Er hatte noch nicht sein erstes Wort zu Großmutter gesprochen, hatte die Augen noch nicht aufgemacht – das schönste Geschenk, dem sie entgegenbangte –, war noch nicht zu seinem wirklichen Leben zurückgekehrt, damit Großmutter ihrerseits wieder Freude am Leben bekam. Doch es würde nicht mehr lange dauern: Doktor S. hatte gesagt, der Kleine sei auf dem guten Weg; daß er bestimmt demnächst aus seiner Nacht erwache. Er hatte Großmutter erlaubt – was außergewöhnlich war in der Intensivstation –, sich neben P'tit-més Bett zu setzen, zwischen das Bett und der Wand, damit sie das Pflegepersonal ja nicht behinderte.

Zuerst war ein Zittern über P'tit-més Wangen gegangen, ein Zucken um den Mund. Dann sein Blick. Das Bewußtsein. Und gleich darauf die Panik: das Verkrampfen der Hände, das Verdrehen der Augen, das Zusammenpressen der Lippen. Die zugeschnürte Kehle. Und die Weigerung, nochmals geboren zu werden.

Und wieder das Koma.

»Muß wohl Schlimmes erlebt haben«, sagt sich Großmutter, wenn sie daran zurückdenkt, »um die Welt und das Leben so verzweifelt abzulehnen.«

Und sie nahm überwältigt seine Hand in die ihre, versuchte, sich für beide zu beruhigen, fand wenigstens Ruhe für ihn und zärtliche, beschwichtigende Worte.

Er schlug tatsächlich die Augen auf. Und dann: das Lächeln. Ein Lächeln trotz der blutleeren Lippen, der grünlich-hohlen Wangen, der bläulich-schwarzen Ringe um die Augen. Ein Lächeln, das nicht nur gesprengte Fesseln bedeutete, nicht nur bedeutete, daß die Qual vorbei war, daß die Hölle zu Ende war, sondern auch Freude, Rückkehr, Wiedersehen.

»Großmutter!«

Dann, nach ein paar Sekunden:

»Ich wußte, daß du kommst.«

Also hatte Joseph nicht bloß von dir gesprochen, sondern oft und immer wieder, hatte dich so oft und immer wieder beschrieben, hatte dein Bild so fest verankert, daß der Kleine dich auf den ersten Blick erkannte. Er hatte es wohl auch mit soviel Hoffnung in der Stimme getan, dein Joseph, daß du zum Ende des Tunnels wurdest, zum Ausweg, zur Retterin.

»Oh, du wirst schon sehen, ob ich nicht seine Retterin bin, ob ich ihn mir nicht rette, meinen P'tit-mé. Dank lauter leckeren Kräpfchen, in der Asche gegarten, duftenden Bananen, saftigen Madagaskarpfläumchen; ich werde sie eigenhändig kneten, wenn es sein muß, damit sie süß schmecken wie eine Mango. Dank lauter Honigbonbons, Kokoskugeln und Loriot-Pastillen! Du wirst schon sehen, ob ich ihn nicht rette, dank lauter Hühnerschenkeln, gebratenen Lendchen und Salzfisch-Rougay.

Nach dem zu urteilen, was er gestern alles gegessen hat, mein Aimé, ist er offenbar fest entschlossen, sich ganz allein zu retten. Einen Appetit wird er mir bald haben, daß er die Muttersau samt ihren Ferkeln verschlingt. Vielleicht sogar Goldfisch-Kari* …«

Großmutter lacht. Nicht wegen eines albernen Witzes, der vom Goldfisch handelt – jenem aus den Tiefen des Meeres, Gericht für den Vizekönig Indiens, wenn er mit Gewürzen gesättigt ist, vor allem mit Ingwer, die Hälfte davon mit Tomate gedünstet, die andere roh, Gegensätze, die am Schluß verschmelzen, kurz, sich gegenseitig steigern. Sie lacht. Nicht etwa wegen dieses Leckerbissens, den sie nicht einmal anstatt einer Medizin kaufen könnte, nicht einmal mit ihren Krankenscheinen, sondern wegen eines anderen Goldfisches, eines klitzekleinen. Ja, es war kaum so lang wie ein kleiner Daumen, das Monster, das Grand-gaby aus der Zisterne im Hof fischte und in einem Marmeladeglas ins Krankenhaus brachte, um dem Kleinen zu helfen, die Zeit bis zu seiner Entlassung totzuschlagen – bis er »ausmustern« ging, wie der Große sagte.

Der gute Grand-gaby – der in Da Nang drüben mit einem brüllenden Vietbaby anstelle einer Kugel Bajonett-Bilboquet gespielt hatte, ein Spiel, das sein Stabsunteroffizier erfunden hatte – begleitete Großmutter oft ins Krankenhaus. Einfach so, ohne eigentlichen Grund, ohne eingestandenen Grund zumindest. Denn er legte Wert darauf, persönlich P'tit-mé einen lebendigen Schmetterling mit schillernden Flügeln zu schenken; oder eine kleine Erdeule in ihrem Klümpchen Erde; oder eine Schwärmerraupe, eine Schmetterlingspuppe, die sich auf den Fingerspitzen verrenkt und wie eine Kompaßnadel auf eine Stadt mit dem Namen eines Heiligen zeigt, was Sinn und Zweck des Spiels ist. Und wenn er hinter dem Rücken der Weißkittel sein Glas voller lebendiger Wunder aus seiner Dril-

* kreolisches Hauptgericht aus Fleisch, Fisch oder Gemüse mit Safran, Zwiebeln, Knoblauch, Tomaten

lichjoppe zog, war er, grinsend wie ein Primelntopf, über P'tit-més Freude ganz gerührt.

Die Käfer, die Raupen, das dürre Gras, die Erde ... P'tit-mé wollte alles auf seinem Kopfkissen haben, so nahe, wie seine jungen Augen es ihm erlaubten. Er konnte stundenlang die Maulwurfsgrille betrachten, ihre Herumgraberei in der braunen, glänzenden Erdkrume, die Heuschrecke, die vergeblich versuchte, durch die Wand ihres gläsernen Gefängnisses zu hüpfen, oder die langsame Verwandlung der Schwärmerraupe in einen abscheulichen Nachtfalter – für die Oberschwester zumindest.

Nachts, wenn Großmutter wieder nach Hause »hinauf« mußte, war das leise Knirschen der Beine gegen das Glas, das Gegeneinanderreiben der Flügel, das bloße Atmen der Handvoll Erde die beste Schranke zwischen P'tit-mé und der Angst.

Die Oberschwester, die außer sich war über die Biester und über den Dreck, sie hätte am liebsten alles auf den Rasen unter dem Fenster geschüttet, hätte sie nicht vom Direktor genaue Anweisungen bekommen.

»Lösen Sie das Problem, wie Sie wollen. Doch bitte um alles in der Welt keinen Skandal!«

»Keinen Skandal«, brummte die Oberschwester. »Den Skandal, den hat es doch schon gegeben! Es ist doch seine Schambutte gewesen, die den Skandal verursacht hat! Sie ist der Skandal! Und die anderen müssen für das zerbrochene Geschirr bezahlen.«

Sie ließ also das Marmeladeglas, wo es war, rieb es aber, »um ein Minimum an Keimfreiheit zu gewährleisten«, außen mit Alkohol ab – besser zehn- als nur einmal –, bevor sie es P'tit-mé zurückgab.

Großmutter nahm regelmäßig die Biester wieder mit, bevor sie verendeten, um P'tit-mé den Kummer zu ersparen. Sie brachte sie nach Hause, denn es schien ihr richtig, sie auf der gleichen Erde freizulassen, wo sie großgeworden waren, und nicht, wie die Oberschwester vorschlug, im Hof des Krankenhauses, der überdies – wie Großvater behauptete – mit »Miasmen und pathogenen Keimen geschwängert« war.

Sobald Grand-gaby das leere Marmeladeglas sah, stürzte er davon: schnell einen Erdfloh, eine Dornschrecke, eine Grille, die Tante Margrite allerdings gleichen Tags zurückbrachte.

»Nein, Gaby, nein! Diese Biester beginnen nachts Geige zu spielen! Die wecken noch das ganze Krankenhaus auf!«

Gaby stopfte also seine Menagerie in das Marmeladeglas, das Marmeladeglas in die Tasche seiner Joppe und trabte hinter Großmutter her bis an P'tit-més Bett.

Unter den kleinen Gefährten: ein winziger Goldfisch, ein goldschillerndes Karäuschchen, das Grand-gaby mit einem alten Bambuskorb aus der Zisterne gefischt hatte. War es der Mythos des Goldes in der Tiefe des Meeres, Leckerbissen für vornehme Leute? Beim Anblick des kleinen Fisches erklärte P'tit-mé, der damals so heiklige P'tit-mé – »anorektisch«, sagte Großvater –, daß er ihn essen wolle, und zwar in Öl gebacken, bitte sehr, und mit Brot.

Dein Kleiner, der endlich nach richtiger Nahrung, Nahrung für Lebende verlangt. Nahrung, die man durch den Mund einnimmt, durch die Öffnung über dem Kinn, mit der einen der liebe Gott ausgestattet hat, und nicht durch in die Blutröhren gestochene Löcher. Deine Freude, Margrite. Es gibt es also, das Paradies auf Erden, und es sperrt dir alle seine großen Tore weit auf.

Nein, du hast kein bißchen Mitleid gehabt mit dem Kümmerlings-Hai. P'tit-mé will ihn gebacken? Also muß das Karäuschchen sein Leben im heißen Öl beschließen. Bevor es dürr und steif wird. Doch natürlich hat er ihn nicht essen können, seinen Viertelbissen Goldfisch auf dem kleinen Dessertteller, den du eigens dafür gekauft hast.

Er verlangte hingegen, daß Großmutter den Teller ganz nahe an sein Kopfkissen schob, so daß er ihn gerade noch aus dem Augenwinkel sehen konnte, wie sie es mit seinen Maulwurfsgrillen und Schmetterlingspuppen tat. Und er betrachtete lange sein Goldfischchen, bewegte die Lippen, um sich mit ihm zu unterhalten, runzelte die Brauen, um seine Antworten besser zu verstehen.

Das Anschwellen, das Pochen, die Schwere in deinem Herzen beim Anblick des stummen Zwiegesprächs zwischen dem kleinen Fischkadaver – so leuchtend rot und golden wie sonst kaum etwas – und deinem P'tit-mé. Es war ein Gespräch von gleich zu gleich. Von reglos zu reglos. Von steif zu steif. Von vertrocknet zu vertrocknet. Haut auf den Gräten oder Haut auf den Knochen: der Tod vor seinem Spiegel.

Daran mußtest du denken, Margrite, bis P'tit-mé die Augen schloß. Sein Gesicht war ganz traurig geworden, als ob er in sich hinein weine. Dich aber hatte Doktor S., heiße Tränen weinend, im Flur angetroffen. Er führte dich in sein Sprechzimmer, schloß die Türe, redete dir lange zu, erklärte: Daß es bei einer solchen Krankheit Zeit braucht, bis alles wieder in Ordnung ist. Daß nichts, gar nichts verloren ist, der Hunger, das Herumtollen, die Spiele, das Lachen, die Herzlichkeit, der Vorwitz, die Unartigkeit und die Liebe. Seine Worte weckten die Hoffnung in dir, ohne ihr Gegenteil einzuschläfern. Denn, obwohl du diesem Mann noch mehr vertrautest als dir selbst, hätte er dir das alles gesagt, wenn er dich Tränen lachend vor P'tit-més Zimmer angetroffen hätte? Es gelang ihm immerhin, die Verzweiflung in Zweifel zu verwandeln. Die Grausamkeit der Verzweiflung in quälende Zweifel.

Darauf willst du also heute hinaus, Grite Bellon! Auf das Weinen, das Geflenne. Du willst nochmals damit anfangen, und zwar um dein eigenes Los zu beweinen. Du bist genau wie die anderen, du Heulsuse. Ver...zwei...felt beim kleinsten Wehwehchen deines Herzens. Wirklich, du dauerst mich.

Sag, warum schilderst du nicht lieber das Gesicht der alten Fregatte, die dir für die Zubereitung dieses Gouverneursessens ihre Küche lieh und dir sogar ihr Dienstmädchen geliehen hätte, hättest du es gewollt (»Marie wird das gern für Euch erledigen«).

Du spöttelst, Margrite, wo sie doch so liebenswürdig war. Obwohl ihre Klickeraugen beinahe aus den Höhlen fielen, als du deinen Schwertfisch aus der Handtasche zogst. Das ist es wert, erzählt zu werden! Dein weinerliches Gejammer jedoch, kannst du es nicht ein für allemal unter dem großen Stein begraben?

Erzähle und lache, Margrite, auch wenn dir Tränen etwas die Augen verschleiern. Erzähle! Du in deinem grauen Kleid. Du, gebückt – natürlich gebückt, was glaubst du denn? Daß dreiundsiebzig Jahre auf seinem Kopf den Bambus nicht knicken? Du also mit pochendem Herzen, keuchend, hastend: das Eisen schmieden, solange es noch heiß ist, schleunigst – bevor Aimé sich anders besinnt – dieses erste Auferstehungsmahl zubereiten. Du auf dem Bürgersteig die endlose Rue de Paris entlang eilend.

Du bleibst nur vor den schönsten Häusern stehen, den prächtigsten, den weißen mit den Arkaden, jenen mit Springbrunnen, mit Ingwerfackeln, Hirschfarn und Venusschuhen auf der Veranda, mit Goldregenfontänen, mit riesigen Rosenbeeten, mit Großmüttern, die nichts anderes zu tun haben, als die Rosen zu schneiden.

Außer Frage für dich, Monsieur P'tit-més Festmahl zu Hause zuzubereiten: die zwei Stunden aufwärts, der Weg wieder hinunter und zum Krankenhaus zurück, das Holztor verschlossen: Besuchszeit von 14 bis 18 Uhr. Gaétans alter *Nach Khytera* – denn er besitzt einen Wagen, Gaétan Bénard, den er auf diesen seltsamen Namen getauft hat – schluckt schon seit bald zehn Jahren Staub in der Remise. Der Rost hat ihm inzwischen wohl die Eingeweide zerfressen! Schlag dir also *Nach Khytera* aus dem Kopf.

Ebensowenig kann davon die Rede sein, die Krankenhausküche aufzusuchen. Nicht der Miasmen und pathogenen Keime wegen, deren bloße Erwähnung Bénard erblassen lassen. Doch Küchen, dort? Weit und breit keine. Du weißt es, weil du – du bist immer zu früh dort, wartest im Schatten des

Vordaches am Haupteingang auf die Besuchszeit – große, viereckige Eimer aus rostfreiem Stahl hast ausladen sehen, die ein Kleinlaster gegen halb zwölf anliefert.

Also bist du – ausgerechnet du, die es haßt, mit deinem schmutzigen Löffel im Kari anderer zu rühren – an die Küchen fremder Leute anklopfen gegangen. Der Reichen. Nicht aus Gründen der Sauberkeit, obwohl es natürlich viel einfacher ist, dank Ernestines Scheuertuch und Lappen alles sauber zu halten. Nicht eigentlich aus vorsorglichen Gründen im Sinne von Tino – dem Tino aus der Nachbarschaft, schwarze Haut, krauses Haar, mager, unbekannt, der nicht einmal singt, der in die Stadt hinuntergeht, um sich einen Vorrat *Craven-A*-Kippen mit Filter zu besorgen: »Die Raffkes, die können einem ihre Mikroben nicht anhängen; die sind nie krank.« Einzig, weil die Großmutter mit den Rosensträuchern sicher Verständnis für dich hat, dich keine Zeit mit endlosen Erklärungen verlieren läßt und bestimmt Öl vorrätig hat. Und eine Bratpfanne.

Die erste, der du durch das Torgitter zurufst ... Wer zum Teufel hat dir diese senile Alte über den Weg laufen lassen? Nein, du bist entschieden nicht geübt im Umgang mit Greisen und Schabracken. Die erste also ist stocktaub. Du kannst dich heiser schreien, solange du willst, sie hört nur die Stimme in ihrem Kopf, die sie eben in diesem Moment fragt, auf welcher Höhe sie wohl den dürren Ast in ihrer behandschuhten Hand abschneiden darf.

Die zweite trägt ebenfalls Handschuhe. Sie ist so entzwei gebückt, daß nicht allein die Last der Jahre daran schuld sein kann. Es sind die goldenen und diamantenen Klunker, die sie zu Boden ziehen. Doch sie hört dich zumindest, versteht dich, antwortet dir: auf kreolisch, was dich ermutigt. Sie hat ebenfalls Kinder, Enkel, die auch ihre Krankheiten durchmachen: François' Allergien, Vincents ewiger Schnupfen. Sie versteht sehr gut und schließlich auch ziemlich schnell. Sie sperrt ihre Küche, ihre gewachsten Schränke weit auf, sie bietet dir ihre

Hilfe an – die ihres Dienstmädchens –, läßt dir die Bratpfanne hinhalten.

Doch das Gesicht, das Gesicht dieses vierten Alters – mindestens fünfundsechzig –, als du dein Taschentuch aus deiner Handtasche gezogen hast, und in deinem Taschentuch den winzigen flachgedrückten Aal, die Viertelsardine, das winzigkleine goldene Karäuschchen.

Und du, um den Kleinen deines Kleinen zu entschuldigen:

»Es ist keine Laune, wissen Sie? Er ist seit eineinhalb Monaten unter Serum und hat nichts gegessen seither.«

ZWEITER TEIL

I

Auf Großvaters Stock gestützt, den dieser ihm bereitwillig leiht, obwohl er ihn eigentlich nicht entbehren kann, schafft es P'tit-mé an diesem Samstag aufzustehen; schafft – trotz seiner Beine so mager wie Rohrblütenstengel und zitternd wie Teufelszwirn im Wind – einen Schritt, zwei Schritte, drei …

Großmutter strahlt.

»Bald ums ganze Haus herum«, denkt sie, »dann bis zuhinterst im Hof zum Maniok und den Kalebassen und schließlich auf und davon.«

Margrite, sie ist nicht wenig stolz auf den Mut ihres P'tit-mé, dessen Gesicht sich verzieht von der Anstrengung, sein Knochenbündel aufzurichten, zu ziehen und zu stoßen; er hat nur noch eine paar Muskelfäden unter der Haut, die man kaum spürt.

»Und die Ankylose«, sagt Großvater, der damit den Rost in den Gelenken meint, einen Anfang möglicher Steife. »Vergiß die Ankylose nicht.«

Doch er ist hartnäckig, P'tit-mé, er wird sie entankylosen, die Ankylose; wird ihn entrosten, den Rost; wird sie entsteifen, die mögliche Steife …

Wenn er sich wieder in seinen grünen Liegestuhl fallen läßt, wenn er wieder Atem geschöpft hat, wird ihm Großmutter, um ihm zu danken und ihn zusätzlich zu ermuntern, ins Ohr flüstern:

»Sobald du ganz gesund bist, machen wir sie, die Reise nach Vincendo.«

Großmutter hat »Sobald du ...« noch nicht ganz ausgesprochen, und schon sperrt P'tit-mé die Ohren weit wie Worfelkörbe auf. »Wir werden sie machen, die Reise.« P'tit-mé ist ganz versessen darauf. Beim Namen Vincendo segelt er bereits davon, aber auf den zartrosa Wogen der blühenden Zuckerrohrfelder. Der Traum hat seine Adern überflutet, fließt dicht an dicht mit seinem Blut, schlägt über ihm zusammen.

Fünftausend Lichtvögel breit und zehntausend lang. Sprießende Felder; die sich in die Erde bohrenden Strahlen der aufgehenden Sonne. Du, die Hand der Brise im Haar, tropfendes Leben.

Das perlende Wasser am Krummstab der Farne. Die Blütenpicker, die den Durst am feuchten Pelz der Moose stillen; der Hase, der sich am Tau im Kelch der wilden Hirse berauscht.

»Auch wir«, erzählt Großmutter, »auch wir gingen unser Trinkwasser naschen, trotz der vielen, in unsere alten Zisternen eines verarmten Herrenhauses umgeleiteten Bäche. Direkt an den Hängen der Hügelausläufer.

›Das junge Wasser‹, sagte Flora, meine kleine Schwester.

›Das Felswasser‹, brummte Tonton Calixte, ausnahmsweise glücklich, vor sich hin.

Wir steckten ein dünnes Bambusrohr in die triefendste Spalte; wir hielten die Hände vor die Öffnung dieses improvisierten Brunnens. Doch Haar und Schürze fingen vom Regenschleier, der vom Felsen herüberwehte, mehr Wasser auf als unsere Hände aus den Ritzen. Um so besser; wir lachten fröhlich darüber, denn wir fühlten uns trotz der Glutofenhitze frisch und glatt. Während unser Tonkrug sich füllte, stopften wir uns mit Jambuls und wilden Ananas voll.«

»Zss!« pfeift Großvater zu sich selbst. »Kindereien«, brummt er.

Aber hat Großvater schon einmal dem Hasen den Morgentau streitig gemacht, dem Blütenpicker den Nektar des Täschelkrauts? Hat er schon einmal unter einer Kasuarine hoch oben auf der Klippe einen faserigen Mangokern mit den Zähnen gekämmt? Denn zu Vincendos Füßen liegt das Meer. Das Meer und die Welt. Der Blick über den Indischen Ozean reicht so weit, daß es keinen Ort gibt, wo die Erdkugel kugeliger ist. Und von dort aus ist die Linie am Horizont so rund, daß Bug und Heck der großen Schiffe das Meer nicht gleichzeitig berühren.

»Und den Dreizack, die Salzbinsel – recht salzig, das sogenannte Salzkraut –, du wirst ihn kennenlernen, den Dreizack. Das Blatt ist salziger als das Salz. Roter Pfeffer, Ingwer und Paradiesapfel ... und schon ist dein Rougay fertig. Der Krieg kann wiederkommen, du zumindest mußt das Wichtigste nicht entbehren. Was dich nicht daran hindert, richtiges Salz herzustellen, wenn du willst: Das Wasser verdunstet im Blattschaft des Palmkohlbaums ganz schnell. Und Palmen, daran mangelt es in Vincendo bestimmt nicht.«

»Salz im Blattschaft! Zsst! So etwas in meiner Anwesenheit zu behaupten! Wo ich doch die schönste Mine von ganz Madagaskar besessen habe. Die von Guérande und Dombasle konnten zusammenpacken. Fein wie Mehl, mein Salz. Und weiß wie Schlegelmilch.

Habe ich Madagaskar gesagt? Ich meine natürlich den äußersten Süden, Androuille« – Androy, das Gaétan Bénard »Androuille« ausspricht, wie es sich gehört – »ist nicht Madagaskar, und der Antandrouiller fühlt sich nicht als Madagasse. Er kann den 'Gassen nicht riechen.

Habe ich 'Gassen gesagt? Achtung! Er ist kein Rassist, der alte Bénard. Kein Kolonialist: Ich habe sie zurückgegeben, die Salzmine. Nachdem ich sie zur Blüte gebracht habe. Doch ein 'Gasse ist ein 'Gasse, und ein Antandroy ist ein außergewöhnlicher Mensch. Ich habe sogar einen gekannt, der sich ...«

P'tit-mé wird schnell lernen, wie großherzig die »Bewohner der Dornen« sind. Und mutig. Und liebenswürdig. Er wird alles über Androy erfahren. Über die Dürre in Androy. Über die *rakaita*, die Feigendistel, in Androy. Über die Schildkröten und die Schildkrötenleber in Androy.

»Kiloweise Leber gegen eine Handvoll Salz. Es gibt dort so viele Schildkröten, daß man sie allein ihrer Leber willen opfert. Der Rest fault an der Sonne. Die leeren Panzer liegen zu Tausenden zwischen den Feigendisteln herum. Sobald der Regen kommt, der einzige große Regen des Jahres, gehen die Frauen, die Kinder, die Alten übermütig lachend und bis auf die Knochen durchnäßt von einem Panzer zum andern, kehren sie dem Himmelssegen zu, die Helme der zur Rettung Androys gestorbenen Soldaten, wie sie zu sagen pflegen, seit die Männer nach Frankreich in den Vierzehn-achtzehn-Krieg gezogen sind. Ihre Rinder, mager wie eineinhalb Pfund Sargnägel, trinken dann aus den umgestülpten Panzern, wenigstens ein paar Tage lang, bevor sie sich mit dem Saft der Feigendisteln begnügen müssen und schließlich an Durst sterben, wenn sogar die Feigendistel versiegt.«

P'tit-mé wird bald alles über die Flüche der Männer im Land der Dornen lernen, und er wird ihre Flüche, ihre Schimpfworte schnell übernehmen.

»Amboi mate! Amboi sivél!«

»Toter Hund! Verwesender Hund! Aufgepaßt, P'tit-mé. Sie sind freundlich, die Antandrouiller. Sie geben dir gegen eine Handvoll Salz ein Kilo Leber. Aber ein einziges *amboi mate*, und deine Knochen leisten den leeren Schildkrötenpanzern Gesellschaft, den Schädeln der toten Rinder ...«

2

Heute abend ist Großmutter frühzeitig aus Stalingrad zurückgekehrt.

Stalingrad! Ein von Gaétan erfundener Name. Eine seiner Marotten, allem andere Namen zu geben, die ganze Welt umzutaufen; die Welt durch eine eigene Namengebung für sich selbst neu zu erschaffen. Einem Obenohne Großmutters stehen zehn, zwanzig, dreißig Spitznamen Gaétans gegenüber.

Stalingrad! So nennt er Großmutters Zuckerrohrfeld, weil sie von dort immer erschöpft zurückkehrt wie ein Deutscher von der Ostfront, vor allem an den Tagen, wo sie auch noch Futter für Dame Caoudin schneidet. (Dame Caoudin, die Kuh, verdankt ihren Namen einem berüchtigten Wahlhelfer: Sie ist ebenso falsch.)

Newskij Prospekt oder ganz einfach der Prospekt, so heißt der mehr oder weniger gerade, von tiefen Abzugsgräben gesäumte Straßenabschnitt, der am Haus vorbei – bergseits – zu Mane-tis Kramladen und – meerseits – bis zur Sprenger-Kurve führt. Sprenger-selig, der den Namen seiner Angewohnheit verdankte, schwungvoll in alle Richtungen zu pinkeln, wenn er betrunken war, hatte sich an jener Stelle bei einem Sturz aus dem Bus das Genick gebrochen.

Obwohl Grüne-Mango-selig nur eine geklaut hatte und das auch nur wegen eines Gelüstes seiner demnächst gebärenden Frau, blieb für ewig Grüne-Mango.

Eine Angelvoll Fische, die Jules Abart, ältester Sohn Simons, als Gegenleistung dafür angenommen hatte, daß er seine Wahlweste andersherum anzog, veranlaßte Gaétan, ihn in *Vivano-die-Flamme* umzutaufen. Der Spitzname, der einerseits auf dem schönen Namen dieses schönen roten Fisches beruhte, anderseits auf dem wie eine brennende Savanne flammenden Haarschopf des sogenannten Vivano, war begeistert aufgenommen worden, so daß besagter Vivano allen, die es hören wollten, verkündete, der alte Mistkerl werde »seine Fische« schon noch abbekommen, er werde ihn mit einem Holzscheit lahm und steif prügeln mitsamt dem, »was nie mehr steif wird«.

Wenn allein schon die Anspielung auf eine vermutete Schwäche seines Pimmels bei Gaétan unbestreitbar Verlegenheit auslöste, so jagte ihm die Drohung einen heiligen Schrecken ein. Was ihn nicht daran hinderte, es ein paar Monate später, diesmal auf Grand-gaby gemünzt, mit einem vom Vietnamkrieg inspirierten Spitznamen zu versuchen, einer Anspielung auf Napalm und Gemetzel. Großmutter erstickte mit einem gnadenlosen Blick den Spitznamen im Keim: War Gaby vielleicht für Frankreichs Politik verantwortlich?

Großmutter kehrt also aus Stalingrad zurück, von wo sie eine Ladung Futter nach Hause bringt, einen Armvoll Eukalyptus für P'tit-més Bad – sie mag es, wenn ihr Kleiner gut nach Eukalyptus duftet – und ein Büschel Wiesenraute für die Wunden an ihren Beinen. Sie beschließt, heute frühzeitig Feierabend zu machen. Sie nutzt das Nachlassen der Hitze, bevor die Sonne sich endgültig dem Horizont zuneigt, um mit zehn, zwölf Gießkannen den Durst ihres kleinen Gemüsegartens zu löschen, doch das ist keine Arbeit, nur gerade eine kleine notwendige Gewohnheit.

Wenn das erledigt ist, will sie sich hinsetzen, nicht etwa, weil sie heute träge ist, sondern vor allem, um ihre rissigen, schrundigen, blutverkrusteten, Lymphe absondernden Beine zu pflegen, die sie seit der ganzen Aufregung arg vernachlässigt hat. Großmutter zieht es vor, »seit der ganzen Aufregung« zu denken oder »seit dem Zyklon«, anstatt »seit P'tit-mé«, zumindest, was ihre Beine angeht und alles Unangenehme, weil P'tit-mé nur Meßlatte für Frohes ist.

Doch weil die Banane noch grün ist und die Ananas matschig, da im letzten Regen gereift, was wird Aimé morgen beim Aufwachen frühstücken, wenn nicht den Rest von dem Kuchen, den Großmutter schleunigst backen müßte?

Was sie für den Kuchen braucht, hat Großmutter fast alles vorrätig und hausgemacht: ihr Arrowroot, das sie gepflanzt, gemahlen und zu Mehl gesiebt hat; die Vanille, die sie eigenhändig befruchtet, in der Kasserolle gebrüht und in einem Glas an der Sonne hat gären lassen; sie mußte sogar auf einen alten Stuhl steigen, um das Glas auf das Blechdach zu stellen. Das unentbehrliche Ei wird ihr das Huhn mit dem ungefiederten Hals liefern, denn Großvater hat es gegriffen, um es zum Legen zu bewegen. Sie muß nur noch im Gebüsch oder unter einem Bananenstrauch das Nest finden.

Der Henne nachspüren, das ist Großvaters Sache. Er packt die Zickige, steckt ihr eine rote Pfefferschote in den Hintern ... Und wenn die Schöne sich, Feuer im Arsch, in Richtung ihres Nestes flüchtet, braucht Gaétan nur noch zu rufen:

»Lauf ihr nach, Marguerite! Lauf! Laß sie nicht entwischen! Zum Maisfeld! Sie rennt zum Maisfeld! Wußt' ich doch, daß sie sich dort versteckt.«

Und dann ganz aufgeregt:

»Mit ein bißchen Glück zwingt sie der Pfeffer, das heute fällige zu legen.«

Für den Kuchen fehlen nur noch Dosenbutter und auch Zucker: Der Kissenüberzug, in dem Großmutter ihn aufbewahrt, ist leer.

Margrite eilt zu Mane-tis Kramladen, um selbst diese oder jene Zutaten zu besorgen. So flink, wie das Feuer fliegt. Großvater, der eine langsamere Gangart und zudem die Angewohnheit hat, unterwegs stehenzubleiben, um da und dort einen seiner Witze zu erzählen, vor allem aber, um mit Mane-ti, seinem politischen Gesinnungsgenossen, zu plaudern … Großvater, der Zeit vertrödelt, um über seine Brillengläser hinweg diesen oder jenen schönen Frauen-Hintersteven zu beäugen … Großvater würde Stunden brauchen.

Margrite hingegen ist in drei Minuten zurück. Die Hände tüchtig einseifen … und los mit dem Kuchen. Verschieben wir die verflixten Beine und das Wiesenrautebad auf heute abend oder, besser noch, auf morgen. Das stundenlange ruhig auf den Hinterbacken Sitzen, das endlose Streicheln der Beine mit dem abgekochten Kraut: ein methusalem-langes Warten, bis das Blutgerinnsel aufweicht und sich von allein löst. Eine ewige, ungeduldige Zeit, bis du schließlich dem Gerinnsel nachhilfst, am Rand der Kruste ziehst … und die Wunde geht wieder auf und fängt erneut zu bluten an, und alles ist umsonst gewesen.

Lieber der Kuchen also. Kuchen für P'tit-mé, Kuchen für Großvater und ein Stück für Grand-gaby: ein Stück, das sie, wie das für Aimés Frühstück, vor der Gier des Alten wird verstecken müssen.

Er weiß doch genau, daß er seinen Anteil bekommt, der Alte. Warum also stellt er sich mitten in die Türöffnung? Warum stellt er einen Wall auf zwischen P'tit-mé auf seinem Liegestuhl draußen und ihr, Großmutter, in der Küche drinnen, während sie den Teig in ihrer großen Emailleschüssel knetet? Er wird seinen Teil bekommen, gewiß, Großmutter mag ihn doch, den Großvater, ist überhaupt nicht eifersüchtig auf die Zuneigung, die P'tit-mé ihm entgegenbringt, auf die langen Stunden, wo er die ungeteilte Aufmerksamkeit, die Fragen, das Lachen, die Liebe P'tit-més für sich allein hat. Aber zu dieser Tageszeit, ein bißchen Zeit für sie allein, bitte sehr. Für sie ganz allein und ungeteilt.

Uff, der Alte klebt. Wie eine Auster am Kalkstein. Jackfruchtmilch an den Händen. Zecke am Kuheuter. Warum geht er nicht wie sonst, Stock in der einen, Stuhl in der anderen Hand, zur Straße hinunter und setzt sich auf den Steg über dem Straßengraben, um die vorübergehenden Frauen zu begutachten? Sie stumm mit den Augen zu verschlingen, ihre Brüste und ihre Beine, bis sie an ihm vorbeigehen, dann ihren Rücken und ihren Hintern, bis ihm – abwärts – die Sprenger-Kurve und – aufwärts – Mane-tis Kramladen den Anblick rauben? Warum führt er, meistens etwas in der Auffahrt versteckt, keine Selbstgespräche – allerdings lauter, als er annimmt, denn er wird langsam harthörig – über Grüne-Mango-seligs hübsche Frau, die übrigens eben in diesem Moment vorbeigeht?

»Bringt die Wasserwerfer! Ihre Mooskuppe brennt!«

»Fürio! Fürio! Ich spüre die Hitze von hier aus.«

»Du irrst dich, meine Schöne; nichts vermag den Mann zu ersetzen. Der Finger kitzelt zwar auch, spuckt aber kein Fickgeld.«

Was könnte Großmutter aushecken, um ihn zu vertreiben? Nichts, außer ihn bitten, bei Mane-ti ein Fläschchen *Marie-Brizard* zu besorgen, Zugabe zum Kuchen sozusagen. P'tit-mé wird das mögen, und sie hätte auch nichts dagegen einzuwenden. Und der Alte erst. Doch für Butter, Zucker und jetzt auch noch Likör wird deine kärgliche Rente nicht ausreichen, Margrite Bellon. Du zögerst …

Zum Glück fährt draußen das Auto des Pfarrers vorbei. Großmutter packt die Gelegenheit beim Schopf:

»Schau, schau, Hochwürden Colâtes Auto! Sieht ganz so aus, als ob er anhält.«

Margrite, sie stellt es seelenruhig fest wie ein windstilles Meer. Doch sie weiß, die Hinterlistige, was für einen Sturm sie damit auslöst. Gaétan, der Pfaffenfresser, läuft brandrot an wie ein zorniger Puter. Er streckt grimmig den Unterkiefer vor, seine Schläfenadern schwellen an. Großmutter möchte nicht, daß er erstickt, befürchtet, er könnte einen Herzanfall kriegen. Unnötige Angst, denn siehe da – du hast gewonnen, du durchtriebene Person! –, er vergißt sogar den Stock und rennt, schneller als ein Hund zum Knochen, zu Mane-tis Budike hinüber.

»Wenn Colâte langsamer fährt, dann hält er an. Und wenn er anhält, dann vor dem Laden. Ha, ich werde ihn mir zu Gemüte führen, den Kerl«, denkt Gaétan, der nicht nur antiklerikal ist, sondern auch »Pfaffophage« und »Soutanivore«, wie er von sich selbst behauptet: »Zu jeder Mahlzeit einen, das wäre genau richtig.«

Leider ergibt sich die Gelegenheit selten, also muß er sich für gewöhnlich mangels frischem Katholikenblut mit Konserven begnügen: mit den Kalenderheiligen. Er weiß über sämtliche Heiligen bestens Bescheid. Vor allem, wie sie »zubereitet« wurden, um sie nach »traditioneller Art« nochmals zu verspeisen. Abgeschnittene Köpfe: Er läßt sie genüßlich auf der Zunge zergehen. Von den Löwen verschlungene: Er tut sich daran gütlich. Die Jungfrauen und Märtyrer – die Jungfrauen! Allein schon das Wort – lukullisch. Am liebsten würde er sich jeden Tag eine zu Gemüte führen.

Nur den lieben Gott, den rührt er nicht an. Man fragt sich allerdings warum, denn er verheimlicht keineswegs, daß er, Gaëtan, Atheist ist. Man fragt sich zudem, warum er im Bett neben seinen Annehmlichkeiten – Schneuztuch, Spucknapf, Urinflasche – seine alte schwarze Bibel mit Goldschnitt in Reichweite liegen hat.

Kurzum: Täglich, an jedem Tag, den Kopernikus uns gibt, greift er, kaum scheint die Sonne hell genug, nach seinem Kalender, stellt sich in eine Fensternische, schiebt seine Brille zurecht:

»Mal sehen, was heute auf der Speisekarte steht«, sagt er.

Obwohl er schon lange dieser Ernährungsmarotte frönt, ist es jedesmal ein neues Gaumenvergnügen. Er delektiert sich jedesmal aufs neue an seinem Tagesheiligen. Wenn eine besonders leckere Delikatesse ansteht – eine Heilige Blandina, ein Heiliger Dionysius –, geht er sogar so weit, einen diskreten Rülpser zu unterdrücken, bevor er in Gelächter ausbricht.

Sämtliche frommen Interpunktionen des Jahres, er koloriert sie mit eigenen Anekdoten, die er kichernd beliebig durcheinanderwürfelt. Und meist zu seinem alleinigen Vergnügen.

»Am Karfreitag ist es die Pfarrhaushälterin, die weint wie Maria Magdalena. Der Pfarrer unwirsch:

›Was ist mit dir los?‹

Und sie schluchzend:

›Unser Herrgott ist gestorben.‹

Er verächtlich:

›Dummes Ding, erzähl keinen Unsinn.‹«

An Weihnachten ist es die Geschichte »von der Geburt des Jesuskindes«, die von dem Pfarrer, der unter einem Baum mit der Äbtissin vögelt. Selbstverständlich hat er eine »lustige« Geschichte für Pfingsten parat, eine für Auffahrt, eine für Himmelfahrt.

Großmutter mißt seinen Witzen keine Bedeutung bei, da sie im übrigen bedeutungslos sind. Sie versteht weder das Warum noch die Notwendigkeit dieser Gegenreligion; die vor allem nicht. Wenn das Hirn des Alten im Durcheinander der Krümmungen und Windungen des Lebens klebengeblieben ist, soll er selber fertig werden damit. Sie mischt sich nicht ein. Weder dafür noch dagegen. Außer, wenn es ihr wie heute – nicht jeder Tag ist ein Feiertag – erlaubt ist, ein Weilchen mit P'tit-mé allein zu sein. Also zögert sie keine Sekunde: Sie gibt dem Alten die Sporen, und er rennt nicht etwa: Er galoppiert. Der kleine Stich im Herzen, ihn dank ihrer Bosheit spurten zu sehen, trübt ihre Freude nicht lange.

»Eh, und vergiß nicht, eine kleine Flasche *Marie-Brizard* mitzubringen«, ruft sie ihm nach.

Obwohl ohne Stock, ist Großvater bereits außer Hörweite. »Schau einer an, er ist tatsächlich noch gut auf den Beinen, der alte Kerl.«

Ein Fläschchen *Marie-Brizard*? Dein ganzes Monatseinkommen, Margrite! Wie willst du die Butter bezahlen, Zucker und Likör, mit deiner kärglichen Rente?

»Vielleicht hat er mich gar nicht gehört. Er bringt sie wahrscheinlich gar nicht mit, die *Marie-Brizard*. Und dann, was soll's: Die Heilige Theresia wird schon weiterhelfen.«

Als Großvater nach Hause kommt, nimmt P'tit-mé sein Bad im großen Bottich, der in einer Ecke der Küche auf dem Fußboden steht. Während sie, Margrite, geschäftig zwischen Küche und Eßdiele hin und her eilt.

Gaétan ist ganz aufgekratzt. Er redet lachend und lacht ebenso laut, wie er redet.

»Als Colâte seinen Ramsch bereits angezündeter Kerzen hervorgeholt hat, um sie Mane-ti aufzuschwatzen, hat mein Chinese, da niemand im Laden war, ihm zu verstehen gegeben, daß er sie um keinen Preis haben will. Er habe sie ihm ja schon einmal verkauft, er werde sie doch wohl nicht nochmals verkaufen. Und weißt du, weißt du, was dieses Schlitzohr von einem Kommunisten, dieser hartgesottene Atheist, dieser Handlanger Mao-Tse-Tungs ihm wortwörtlich gesagt hat? ›Auf dem Buckel des lieben Gottes Benefiz zu machen! Aber der liebe Gott, der ist dir scheißegal. Das ist dein lieber Gott.‹ Und Mane-ti steckt ihm den Zeigefinger in den gewaltigen Hühnerfriedhof und fügt hinzu: ›Da ist dein lieber Gott, und das, was darunter baumelt.‹ Du hättest Ehrwürden sehen sollen, wie er Schritt um Schritt zurückweicht und zu seinem Auto stürzt, der Colâte. Der taugt nicht viel mehr als der andere, jener ...«

Bei der Erwähnung »des andern« schlägt Gaétans Heiterkeit plötzlich in Zorn um:

»Ich bin Euer neuer Seelenhirte. Ich heiße Ferrut: F e r – zwei r – r u t. Stolz auf seine Pyrenäen und auf seinen Akzent, was? Den er glaubte rollen zu müssen wie ein Donnerschlag; Ferrut! Ich heiße R r roßtäuscher! Ich heiße Hu r r renbock.«

Der Abend droht in einen endlosen pfaffenlästerlichen Monolog auszuarten – was hin und wieder der Fall ist –, doch der Kuchen, den Marguerite von der Küche herüberträgt, duftet allzu köstlich.

Gaétan folgt dem Kuchen bis zum Eßtisch, wo Marguerite ihn hinstellt. Gaétan setzt sich, während Marguerite die Petroleumlampe anzündet, denn im Haus ist es bereits dunkel.

Mensch, das Braungold der Kruste, als sie den Docht höherschraubt.

Sie ist kurz hinausgegangen. Gaétan Bénard ist jetzt mit dem Kuchen allein. Er zögert. Schwankt zwischen dem Verlangen, gleich davon zu probieren, und der Pflicht, bis nach dem Essen zu warten. Was wird Marguerite sagen? Doch dieser Duft, dieser Duft … Reiner, unverfälschter Duft, weder Marmelade noch Creme, noch Schokolade. Es gibt nichts Köstlicheres als Arrowroot-Kuchen.

Und dann, so Gott will! Ja, Gott! Denn gegen Gott hat er nichts, der Gaétan. Die Klerikaille ist es, die ihn aufregt. So Gott will: Er zieht sein Klappmesser hervor, und nach einem letzten besorgten Blick in Richtung Küche, wo Marguerite am Herd hantiert, schneidet er sich *fiak, fiak* ein ordentliches Stück Kuchen ab. Beißt tüchtig zu und stopft sich den Mund voll.

Marguerite, die jetzt den Tisch für das Abendessen deckt, sagt nichts; sie legt lediglich zwei Kuchenstücke auf die Seite, also zerstreuen sich Gaétans Befürchtungen, und die aufgekratzte Stimmung kehrt wieder zurück:

»Das ist dein lieber Gott! Das ist er! Und was darunter baumelt.«

Und während ihm das Wasser im Mund zusammenläuft, sticht er seinerseits in den Hühnerfriedhof eines imaginären Colâte und zwingt ihn, rückwärts zur Tür zurückzuweichen.

»Sag, Marguerite, hörst du mir überhaupt zu?«

Nein, Marguerite, die wieder in die Küche hinübergegangen ist, hört nicht zu. Der mit so lauter Stimme geschilderte Colâte ist wohl oder übel gezwungen, das Eßzimmer zu durchqueren, muß durch die offene Tür in die Abenddämmerung hinaustreten, die die dichten Bäume ringsum zusätzlich verdunkeln. Colâte wird also in den Laubengang hinausgestoßen, der zur Küche führt. Doch in der vom Herdfeuer hell erleuchteten Türöffnung bleibt er wie angenagelt stehen.

Die Colâtes, die Anti-Colâtes, der Klatsch, das Geschwätz, die Bosheiten, selbst die aus Gaétans Mund, vermögen die

Schwelle zu Großmutters Küche nicht zu überschreiten. Zuerst einmal aus baulichen Gründen, denn diese Küche hat in den Augen spießiger Gemüter einen Makel: An der Grenze des Lichtscheins und des Absurden ragt – wie seinerzeit in Vincendo – ein riesiger Stein aus dem gefliesten Fußboden. Nicht etwa ein kläglicher Zentner, nein, eine gute Tonne, wahrscheinlich mehrere sogar. Ein runder, glatter, glänzender Felsen. Der kahle Schädel eines alten Atlasses, dessen Arm schließlich erlahmt ist, der den morschen Globus durchbohrt.

Diese nackte Klippe mitten in der Küche kann nur das Werk des Onkels mit den Hunden sein, Tonton Calixtes, was die Geschichte der Familie Bellon auch bestätigt.

Als Antoine-Joseph, Margrites Vater, ruiniert war und alles verkaufen mußte, war er Verwalter auf einer Plantage geworden, viele, viele Kilometer von Vincendo entfernt. Der Familienclan – was davon übriggeblieben war – folgte ihm. Calixte, der sein Erbteil kaum angerührt hatte, setzte sich in den Kopf, als Dank für das Essen und die Zuneigung, die man ihm immer entgegengebracht hatte, ein anderes Haus für die Familie zu kaufen, um ihr zumindest wieder eine anständige Bleibe zu bieten. Damit sie sich nicht allzu fremd fühlten, suchte er ein Haus, das möglichst dem in der alten Heimat glich: gleich geräumig, gleich alt, mit den gleichen baufälligen Veranden, mit den gleichen alten Blechfriesen. Für sich selbst brauchte Calixte bloß den Stein. Und dieses Haus, für das er sich auf der Stelle entschied, hatte einen. Ganz in der Nähe sogar. Kochgepflogenheiten und der zivilisierten Welt trotzend.

Es war ein riesiger blauer Basaltfelsen, hart wie Stahl, nicht einmal von der Spitzhacke zerkratzt, kaum beschädigt vom Dynamit, das man eingesetzt hatte bei dem Versuch, der Küche den Platz einzuräumen, der ihr rechtens zusteht.

Calixte überlegte es sich nicht lange: Er kaufte. Und auch hier ließ er um den Stein herum bauen. Und weil er den »Fremden« in diesem Land des Exils nicht traute, ließ er die Wände mauern. Und weil man ihm vorwarf, auf dem nackten Fußboden zu schlafen, ließ er alles fliesen, um seinen Stein herum natürlich. Dann, als der Bau fertig war, machte er daraus sein Zuhause und überließ der gerührten Familie das Haus.

Tagsüber streiften er, seine Hunde und ihr gemeinsames Mißtrauen durch Felder und Wälder ihres Exils. Nachts drängten sie sich im Kreis auf dem Fußboden um den Schädel. Calixte, den Arm um die Kranke, die trächtige, den noch hilflosen Wurf, den ausgesetzten Welpen gelegt.

Nach Sylverts Tod, lange nachdem sie das Haus geerbt hatte, machte Margrite aus Calixtes Zimmer ihre Küche. Und Colâte, selbst wenn er aus Gaétans Mund käme, würde die Schwelle niemals überschreiten.

Vor der Küche, und selbst wenn es bloß eine gewöhnliche Küche gewesen wäre, könnte sich heute abend keiner länger als ein paar Sekunden in der Türöffnung aufhalten, ohne daß Großmutter ihn nicht zehn Meter weit hinausdrängt. Obwohl nichts Ungewöhnliches daran ist, daß P'tit-mé gerade sein Bad in der Küche nimmt. Schließlich ist eine Küche dazu da. Oder daß die beiden etwas Unanständiges zu verbergen hätten, denn eine Pluderhose, die Großmutter schlecht und recht selbst geschneidert hat, bedeckt die Blöße des Kleinen. Oder daß es etwas Schmutziges, Anstößiges zu verheimlichen gäbe. Nichts von alledem: nicht die kleinste fleischliche Sünde, nicht einmal die läßlichste beiläufige Berührung.

Nein, Marguerite will nur ihr Glück beschützen, das darin besteht, mit einer stiellosen Pfanne das lauwarme Eukalyptuswasser über die Schultern ihres Kleinen zu gießen. Und will die Freude voll auskosten, ihn von der bloßen Liebkosung des Bades wohlig aufstöhnen zu hören. Eine Freude, die niemand, selbst die Heilige Valili nicht, hätte tadeln können.

»Sag, Marguerite, hörst du mir überhaupt zu?«

Sie hat überhaupt nicht zugehört. Hat gar nichts lustig gefunden.

»Zsst«, meint Gaétan mit der gebührenden Mißbilligung zu sich selbst. Und um sich über die Dürftigkeit des menschlichen Geistes zu trösten – zumindest derjenigen, mit denen er zu verkehren gezwungen ist –, gönnt er sich ein schönes Stück Kuchen.

3

Aimé kommt wieder zu Kräften, wenn auch nur Schritt um Schritt. Tatsächlich, er kann jetzt schon fast ganz allein gehen. Seine zwei Stöckchenbeine, seine zwei fadendünnen Beine, an denen sich die Knöchel und die Knierundung auffädeln, zittern noch, als spürten sie die Brise. Er schleppt sich wie ein mageres Maultier vorwärts, trägt schwer an seinem Knochengerüst. Er bleibt hier stehen, lehnt sich dort an, muß sich, bloß um der wiederkäuenden Dame Caoudin einen Besuch abzustatten, auf den Guajavastock stützen, den Gaby ihm geschnitzt hat.

Wenn du zurück bist, laß dich gleich wieder in deinen Liegestuhl fallen, P'tit-mé. Versuche jedoch deinen Fall in den grünen Liegestuhl zu bremsen, damit er nicht kaputtgeht – oder du nicht kaputtgehst. Dann schließe die Augen, schöpfe Atem. Lächle. Nein, juble. Juble über deine entfalteten Flügel, über deine Verwandlung in einen Schmetterling. Du bleibst nicht Blindschleiche, Larve, Raupe oder, schlimmer noch, Seegurke, die beim Anblick des irrlichternden Schleierschwanzes ihre Eingeweide ausspuckt.

Auch Großmutter ist überglücklich. Sie lacht und entblößt dabei alle ihre Zähne, die noch fast vollzählig und kräftig sind. Die Lebensfreude erwacht wieder in ihr, und damit der Geschmack von zartem Mais im Gaumen, von Maniok mit Pfeffer, und auf der Haut die Wärme einer neuen Sonne.

Doch wenn der Litschibaum blüht, der Mangobaum Früchte ansetzt, das mit seidenen Blütenrispen gefüllte Kissen platzt, dann beginnt die Zuckerrohrernte. Wenn Margrite also den Zentner der diesjährigen Ernte, den halben der nächstjährigen nicht verlieren will, muß sie schleunigst das Messer in den Gürtel stecken – die gewölbte Seite nach hinten –, muß sie eine angebrannte Reiskruste, einen Bissen Salzfisch zum Knabbern in die Hand nehmen und P'tit-mé Großvaters Obhut überlassen, während sie ihr Feld unten am Abhang pflegt, es vor der Krankheit des Nicht-geerntet-werdens bewahrt.

Denn Erde und Kuh, das kommt aufs gleiche heraus. Sie muht herzzerreißend, die Erde, wenn der Zuckerrohrsaft ihr Euter zum Platzen bringt, wenn du ihr das Euter nicht leerst. Sie muht und flennt. Ihre Zuckerrohrmilch erhitzt sich, siedet und verdampft oder gerinnt zu Klümpchen. Sie stirbt, die Erde. Die Menschen mit ihr.

»Weißt du«, sagte Großvater, »nicht nur die Erde braucht den Schnitt. Großmutter ebenso. Ohne würde sie sterben!«

Noch schlimmer, Großvater. Noch schlimmer. In ihrer Familie sind sie alle, seit Generationen, von der Ernte besessen. Antoine-Joseph am meisten, er, der anstatt seinen Besitz zu hegen, damit er Früchte trägt, anstatt von seinem Ledersessel aus – den er sich nie gekauft hat – den Markt zu beobachten, den Kunden aus Europa zu hofieren und nochmals zu flattieren und ihm nachzulaufen, anstatt um Darlehen zu betteln, zog Antoine-Joseph lieber seinen abgenutzten Anzug aus – zu träge, sich einen neuen nähen zu lassen –, zog es vor, seinen Rock an den Asthaken eines abgestorbenen Baumes zu hängen, um es von Angesicht zu Angesicht mit dem Zuckerrohr aufzunehmen, ihm zu zeigen, daß man sich nicht ungestraft über Antoine-Joseph Bellon lustig macht.

Denn seiner Macht bewußt, lacht es dich aus, das Zuckerrohr. Bewaffnet mit dem messerscharfen Grün seiner Blätter, mit seiner ätzenden Seide, verspottet es dich. Verbündet dem glühenden Herzen der Sonne, mit den Regengüssen, mit den scharfzähnigen Ameisen, verhöhnt es dich. Und das ließ sich

Antoine-Joseph Bellon nicht gefallen, und erst recht nicht, nachdem es sich mit der verdammten Zuckerrübe eingelassen hatte, um ihn vollends in die Knie zu zwingen.

Auch Calixte, der zwischen den Schnitten – Tier unter Tieren, Bastard unter seinen Bastarden – auf Hasenpirsch ging, legte seine drei Meilen gegen den Wind stinkende Joppe ab, wenn die Zeit der Zuckerrohrernte kam; ordnete sich in die erstbeste Schnitterreihe ein, die in Sichtweite an ihm vorbeikam, und arbeitete zur großen Freude des Pächters rastlos bis in die Nacht hinein, bis seine Hunde zurückkehrten, die allein auf die Jagd gegangen waren.

Margrite war wie ihr Vater, war wie der Onkel vom Zuckerrohrschnitt besessen. Sie mußte die Rohrgitter durchbrechen, die die Erde gefangenhielten. Sie zum Einstürzen bringen. Nochmals und nochmals und immer wieder. Mit Wut im Herzen – sie, die nach außen immer so sanft ist –, als ob sie das Elend bezwinge. Nicht ihres, das sie immer für weniger tief als das der andern gehalten hat. Das Elend im allgemeinen, jenes, welches das Rohr, eine Mauerwespe, in den Bauch seiner Brut legt, bevor es sie einmauert, seine Nachkommenschaft ruhig auffressen und von innen heraus verschlingen läßt.

Sie muß daher aufs Feld, muß ihren alten Armen anständige Nahrung geben und nicht die paar Gartenlappalien – Möhren lichten, Radieschen ziehen, Grünzeug und zarten Salat hegen, Zwiebelchen hätscheln –, Zeitvertreib für die restlichen Jahre des vierten Alters.

Margrite wird also aufs Feld gehen. Wenn das Feld vom Rohr gesäubert ist, wird auch ihr Herz ganz sauber sein. Weiß. Von allem Schmutz befreit, wird es neu, ganz neu zu schlagen beginnen. Bis der Mäusedorn, die rote Miere, das Tollkraut es von neuem beschmutzen – und damit ihr Leben.

Sie wird also aufs Feld gehen. Dieses Jahr allerdings mit Bedauern, dem Kummer, tagelang ihren P'tit-mé verlassen zu müssen, ihre Feierabendsonne, ihren grünen Strahl, der die Abenddämmerung ihres Lebens erhellt. Doch sie kann ihn dank Großvater zu Hause lassen, ohne ihr Herz mit der Sorge, ihn allein zu wissen, zuschnüren zu müssen.

»Weißt du, P'tit-mé«, erzählt Großvater, »Androy, das sind vor allem die Dornen: Euphorbiendornen, Medusenhauptdornen, Feigendisteldornen. Nur der Affenbrotbaum, der von seiner dreifingerdicken Elefantenhaut geschützt ist, hat keinen Grund, welche zu haben. Sie sind alle auf der Lauer, die Dornen, hoffen auf die kleinste Unaufmerksamkeit deinerseits. Die einen vergraben sich im Staub, um dir, trotz der Schuhe, den Fuß von der Sohle bis zum Rist zu durchbohren; andere ziehen auf Armhöhe blank, wenn du vorbeigehst, schlitzen den Arm bis auf den Knochen auf; andere wiederum verstecken sich in einem Blatt, schießen im Sturzflug auf dich hinunter, setzen sich in deinem Auge fest oder reißen dir die Kopfhaut auf.

Doch dort, unter ihrem Schildpatthelm, sich keinen Deut um die Stacheln oder die Nadeln scherend, zieht sie langsam, lautlos, unbeirrt durch glühenden Sand und roten Staub ihres Weges: die Schildkröte. Wenn das Dornengatter zu undurchdringlich wird, schließt sie einfach die Augen, klinkt ein … und durch ist sie. Sind die Spitzen zu scharf? Sie bleibt einfach stehen. Mit der Ewigkeit, die sie vor sich hat, ist der Stachel im vornherein auf verlorenem Posten: Er hat tausendmal Zeit, stumpf und schlaff zu werden, zu vergessen, zu verfaulen.

In den Wipfeln über den Dornen herrscht der Maki. Er ist lauter Behendigkeit, schwingt sich von Ast zu Ast, hüpft von Stachelträger zu Stachelträger, wirbelt durch die Luft. Dieser Affe – der im übrigen kein Affe ist – mit seinem weißen zarten Seehundbabypelz ist überall zart, an den Händen, an den Handballen, im Gesicht – denn er hat ein richtiges Gesicht –, springt so präzise, daß er nach einem Sprung von zehn Metern einen dornenfreien Rindenflecken findet, wo er sicher landen und sich festklammern kann.«

Großvater schweigt. Er sieht die Makimutter wieder vor sich, auf die er anlegt, ohne auf die verzweifelten Zeichen zu achten, die ihm »seine Eingeborenen« geben. (Großvater, obwohl Antikolonialist, hielt sich Eingeborene.) Er hört den leisen, dumpfen, auf seinen Schuß aus seinem *Manufrance* folgenden Aufprall. Er sieht die großen, erstaunten Augen wieder, die sich vom Fell der Mutter lösen. Dann den Mund, der sich vor Schmerz verzieht. Hört das von Schreien unterbrochene Winseln.

Das Kleine läuft auf dich zu. Klammert sich an dein Hosenbein. Es weint und fleht dich an. Du hast in deiner menschlichen Dummheit das nicht Wiedergutzumachende begangen. Du nimmst das Kleine in die Arme. Das ist das einzige, was du tun kannst. Du streichelst es. Du beschließt, es zu adoptieren. Ja, du wirst es adoptieren. Du willst es deinem Boy übergeben, damit er es sicher nach Hause trägt. Weit und breit kein Boy. Er ist geflohen, der Einfaltspinsel.

Dein Maki ist inzwischen erwachsen. Treu wie ein Hund, versteht er mehr als die meisten Menschen. Er folgt dir auf Schritt und Tritt. Er macht sich über dich lustig, imitiert dich, der Schelm.

Du erinnerst dich an dein Aperitifglas, das er dir jeweils vor der Nase und vor deinem Bart wegschnappte und in einem Zug leerte. Vor deinem Bart, das ist nicht etwa ein Wortspiel, denn du trugst damals einen Bart. Zweifellos, um deine Glatze zu kompensieren; du warst damals bereits kahl. Du trugst einen Bart – ein europäisches Halsband –, und du trankst Vermouth zum Aperitif.

Und das Kolonialei? Nein, du hast nie ein Kolonialei gehabt, im Gegensatz zu den meisten, mit denen du verkehrtest. Denn du warst wohl oder übel gezwungen, mit all den Kolonialisten zu verkehren. Zsst. Erinnerst du dich an den Wanst von Samé, dem Direktor der *Lyonnaise** auf Madagaskar? Erinnerst du

* Versicherungsgesellschaft

dich an das Straußenei, das er vor sich her verkasematuckelte? Kein Straußenei, ein Aeopornysei, von dem Riesenvogel, dem *vorom'bé*, wie man in Androy sagt. *Vorom'bé*, das Wort kommt dir wieder in den Sinn.

Du, du hattest einen flachen Bauch, und die Frauen mochten das. Die wenigen weißen Frauen, denn als Weißer hattest du mehr als genug Antandroyerinnen.

Die Frauen! Die Liebe in den Hängematten, auf den geflochtenen Matten, den am Boden liegenden Palmen, im weißen Sand. Die Liebe als Pfefferspiel, Herz, was begehrst du mehr. Gaétan legt die Hand auf seinen Bauch, mittlerweile ein Ei – vor allem, seit er von den Leckereien profitiert, die Marguerite für ihren Aimé zubereitet –, das der *vorom'bé* nicht mehr verleugnen würde. Sie macht sich ganz klein, seine Hand, sie gleitet über das Riesenei, wagt sich in verbotene Regionen vor. Gelangt an die Grenze des Hosenbundes, den kein Gürtel einengt oder bewacht – Bénard zieht Hosenträger vor –, tastet sich unter dem Khakistoff zum Unterhosenschlitz …

»Aber Bénard, siehst du denn nicht, wo das Kind hingelaufen ist?«

Großmutters erschrockene Stimme – laut, trotz der Erschöpfung des langen Tages in Stalingrad – läßt den Alten zusammenzucken. Hastig zieht er die Hand zurück. Rot vor Zorn. Erstens einmal wegen des Schreckens durch Großmutters Eindringen in sein Bewußtsein, dann wegen der vorwurfsvollen Schärfe in ihrer Stimme, schließlich wegen seiner geplatzten Träumerei. Und dann … hat sie vielleicht die Hand gesehen?

»Ich kann ihn doch nicht an seinem Liegestuhl festbinden, oder? Eine kurze Unaufmerksamkeit, und er findet nichts Klügeres zu tun, als in Reichweite des Kuhhorns zu laufen, der Dummkopf. Ich habe nicht einmal bemerkt, daß er aufgestanden ist, und schon ist er beim anderen Mangobaum drüben.«

Sie bringen ihn noch zur Verzweiflung. Alle beide. Er steht verärgert auf, macht sich auf den Weg zu Mane-tis Laden, um ein bißchen zu plaudern. Über Politik natürlich. Über das Selbstbestimmungsrecht der Völker. Über Indochina selbstverständlich. Und er wird sich einen Vermouth gönnen, was er schon lange nicht mehr getan hat, und wird ihn im Heft der Alten anschreiben lassen, was er im übrigen immer tut, wenn er sich eine Lappalie kauft, was allerdings nur noch selten der Fall ist.

Er räumt also das Feld, Gaétan Bénard, und wird erst zum Abendessen wieder zurück sein.

Großmutter sagt nichts – von der tadelnden Bemerkung abgesehen, die ihr herausgerutscht ist. Es soll Länder geben, wo ein richtiger Anpfiff erleichtert, befreit und oft sogar zu gegenseitigem Einverständnis vergärt. Großmutter versteht diese Sprache nicht. Sie ist der Ansicht, daß man warten muß, bis er ein ordentliches Gewicht erreicht hat, bevor man ihn schleudert, den Vorwurf. Zuerst ist er bloß ein leerer Sack, der nicht aufrecht steht. Meistens füllt er sich nach und nach, doch es kann passieren, daß er sich plötzlich aufrichtet. Dann ist er bereit, geschleudert zu werden. Wenn man sich dazu entschließt, erdrückt, zerfetzt, demütigt er. Aber man kann auch noch etwas zuwarten, hoffen, was auch der Fall sein kann, daß er durch die Zeit oder vom Überlegen schrumpft.

Heute denkt Großmutter nicht einmal daran, ihre Vorwürfe für eine spätere Gelegenheit aufzubewahren. Sie will die Strafpredigt nicht in den Brutkasten legen, die Bitterkeit in den Hader. Sie sagt daher nichts. Um so mehr, als ein Wortwechsel, ein Streit die Anwesenheit des Alten hinausgezögert und Großmutter um die gesegneten Momente gebracht hätte, wo P'tit-mé nur ihr allein gehört.

Keine überschwenglichen Zärtlichkeiten während dieser Momente. Statt dessen ein praktischer Liebesbeweis. Du nimmst ihn am Arm und führst ihn zum improvisierten Gewächshaus, zur Erdgrube, wo du die Banane und die Voa-vanga reifen läßt. Dann setzt du ihn auf deinen kleinen Hocker neben die Grube, die man nur an einem etwas lockereren Erddeckel erkennt. Du freust dich über das Interesse, das er für jede deiner Gesten zeigt, wenn du mit der Klinge an besagtem Deckel kratzt. Freust dich über seine Ratschläge – »vorsichtig, Großmutter, die Banane ist empfindlich« –, wenn deine Hacke auf die Hülle aus Brinjalblättern stößt. Du genießt seine leisen Freudenrufe, wenn du seine Hand in den lauen Dampf hältst, der aus dem Herzen der Reifegrube dringt. Du genießt die Berührung seiner Hand.

Da, endlich, die ersten Früchte. Du legst sie ihm auf die Knie; sie sind ganz warm. Aimé lacht. Du bist glücklich, weil sein Körper langsam wieder mit ihm lacht.

Die Schale ist noch ganz grün, braungrün marmoriert, doch die Banane läßt sich gut schälen, sie ist ganz zart, ohne im Mund zu kleben. Sie zergeht auf der Zunge. Großmutter meint, es sei wohl besser, sie alle aus der Grube zu holen. P'tit-mé stimmt kauend zu.

Als die Grube wieder zugedeckt ist, beschließt Großmutter trotz ihrer Erschöpfung, rasch das Abendessen zu kochen. Sie möchte vermeiden, daß ihr der Alte nach seiner Rückkehr eine unfreundliche Bemerkung an den Kopf wirft, wie zum Beispiel:

»Ein Mann in meinem Alter müßte zu einer vernünftigen Zeit essen können.«

Er ist wütend weggegangen, der alte Bénard. Es gibt keinerlei Grund, um ihr bei seiner Rückkehr eine sechs Ellen lange Leberwurst vorzuhalten. Um ehrlich zu sein, weder seine beleidigte Leberwurst noch eine voraussichtliche Szene vermögen Margrite einzuschüchtern, doch mangels Einverständnis strebt sie zumindest Frieden an.

Und da sie es ohnehin zubereiten muß, das Essen, und zwar in erster Linie für Aimé, dann sich besser möglichst schnell ans Kochen begeben. Sie beeilt sich, stellt Reis und Kari aufs Feuer. Und wenn er nach Hause kommt, guten Appetit für Bénard, eine kleine Banane zur Nachspeise und dann Bettzeit für den Alten. Und sie, sie wird den Jungen noch etwas verwöhnen, ihn in aller Ruhe zu Bett bringen, dann ihren ganzen Mut zusammennehmen und das ausgedehnte Wiesenrautebad vorbereiten, nach dem sich ihre Beine schon so lange sehnen.

Heute abend ist sie also nach einem angefangenen Geplänkel mit dem Alten – und weil die Colâtes nicht als tägliches Manna vom Himmel fallen – auf ein Leberwurstkari gefaßt. Sie fürchtet sich nicht davor. Das Meer klatscht ans Ufer, ohne daß es ihr etwas ausmacht. Sie ist eine Ameise, die ebensogut unter der Erde als auch auf der Erde geht. Sie ist ein Taroblatt, das das Wasser nicht zu nässen vermag. Und wenn er zu laut schreit, wird sie sich zwei dicke Mispelkerne, zwei Wattebäusche in die Ohren stecken. Singe ruhig, alter Bénard, du hast noch lange nicht Geburtstag.

Doch o Wunder! Er ist reizend heute abend, Gaétan. Der Vermouth – den Mane-ti ihn übrigens nicht hat bezahlen lassen und auch nicht in Großmutters Heft angeschrieben hat – trägt bestimmt das seine dazu bei. Nicht nur dank dem Alkoholgehalt, sondern auch dank den Erinnerungen, die er weckt.

Er ist reizend, Gaétan; und Großmutter ist angenehm überrascht und schnell besänftigt. Denn alles in allem, sie hat ihm heute nicht viel vorzuwerfen; es ist nicht das erste Mal, daß sie ihn mit der Hand in der Unterhose ertappt hat. P'tit-mé hat bestimmt ganz andere Dinge gesehen. Alte Männer haben oft das Bedürfnis, ihren Bengel zu hätscheln, ihn zu trösten. Wenn sie jung und kräftig sind, sind die Männer Kinder ihres Pimmels, wenn sie alt werden, kehren sich die Rollen um und erweitern sich: Sie sorgen sich um ihn wie eine Amme.

Was die Geschichte mit dem Zu-nahe an der Kuh angeht, so hat er recht, Gaétan: Man kann P'tit-mé nicht an seinem Sessel festbinden. Also wird sie Dame Caoudin mit aufs Feld nehmen, was im übrigen besagter Dame erlaubt, sich den Bauch mit Zuckerrohr vollzuschlagen, und das Futter, das sie nach der Arbeit nach Hause schleppen muß, wird entsprechend leichter sein.

Gaétan hat heute abend sogar – Marguerite weiß es zu schätzen – seinen alten Filzhut abgelegt, bevor er sich zu Tisch gesetzt hat. Er ist sich tatsächlich mit dem Kamm durch seinen weißen Haarkranz gefahren. Er murrt nicht einmal, als Großmutter zuerst P'tit-més Teller vollschöpft. Was sie nie für sich selber tun würde, tut sie immer und ohne eine Sekunde zu zögern für ihren Kleinen; ob der Alte murrt oder nicht, kommt ungefähr aufs gleiche heraus.

Doch er brummt heute nicht und ist auch nicht unzufrieden. Gaétan plaudert, diskutiert, erklärt, doziert: das Penizillin und Fleming. Und schließlich, wie immer, Androy:

»Der Süden! Dort weiß man sich zu helfen und verschwendet nichts. Die Natur selbst geht mit dem guten Beispiel voran, denn sie kennt den einzigen wirklichen Reichtum des Landes: das Wasser. Jeder Baum hat die richtigen Wurzeln, um auf einer Fläche, die zehnmal größer ist, als es den Anschein hat, das wertvolle Naß zu sammeln. Du siehst ein Krüppelbäumchen … Versuche doch, es auszureißen. Wenn du es schaffst, begräbt es dich unter einer riesigen unterirdischen Mähne, die ihm erlaubt, das kleinste Wassermolekül anzuziehen, es einzufangen, es einzusaugen.

Und das Grasbüschel ohne Mund und Hände – es hängt am Baum und hat keine Wurzeln –, das seine Blätter der einzigen Regenwolke am Himmel zuwendet. Und die vielen Bäume, die sich vor lauter Wasserspeichern verformen: der Flaschenbaum, der Affenbrotbaum, der Baobab-Bauch. Groß wie ein Haus sind sie, die Baobab-Bäuche. Es ist das unter Druck stehende Wasser, das sie aufrecht stehen läßt. Der Wanderer, der nicht vor Durst sterben will, braucht bloß seinen Wasserhahn mitzunehmen. Er bohrt ein Loch in die Baumrinde, bringt seine Armaturen an: Er ist gewappnet. Er kann seine Korbflasche, seinen Bottich, seinen Eimer, sein Becken darunterstellen. Der Baum aber schrumpft gleichzeitig; schließlich bleibt nur noch ein Häufchen übrig, das der Wanderer zusammenrollen und in die Tasche stecken kann, wenn er will.

Daher, sparsam, wie du es dir nicht vorstellen kannst, die Pflanzen in Androy. Die kleinen Münder – Stomata, man nennt sie, Stomata –, die sonst bei allen Pflanzen den Wasserdampf in den Himmel spucken, sind bei ihnen fast immer zu. Alle übrigen Öffnungen sind sorgfältig abgedichtet, mit Lack, mit Wachs. Nicht das kleinste Fitzelchen Wasser wird vergeudet.«

P'tit-mé ist glücklich, wenn Großvater erzählt. Er sperrt vor Staunen den Mund auf, schwebt im siebten Himmel, lacht. Wenn er wüßte, was Händeklatschen bedeutet, würde er keinen Moment zögern, um so mehr, als er jetzt wieder die Kraft dazu hat.

Auch Großmutter ist glücklich. Ist glücklich über P'tit-més Glück. Der Gedanke streift sie nicht einmal, so glücklich ist sie, daß man die Sparsamkeit, von der Großvater erzählt, ganz anders nennt, wenn sie gewisse Grenzen überschreitet; daß Baobabs nie die Eier fremder Hühner schlürfen und daß sie ihren Teil Nahrung bezahlen würden, wären sie menschliche Wesen. Nein, sie denkt an diesem Abend an nichts dergleichen. Sie ist glücklich, Großmutter. Für ihren Aimé. Das ist alles.

4

Großmutter läßt ihr riesiges Rispenbündel gegen die Hauswand unter dem Blechfries plumpsen. Sie richtet sich wieder auf, trocknet sich mit dem Ärmel die Stirn, bevor sie den um ihre Taille geknoteten Kuhstrick löst.

»Nicht anrühren, Mademoiselle Caoudin«, sagt sie, wobei das Mademoiselle reiner Hohn ist, hat die Caoudin doch schon zwei Kälber geliefert und die damit einhergehenden Hunderte von Litern Milch.

»Nicht anrühren, das ist für morgen, und ich rate dir, tüchtig zuzugreifen, denn ich weiß nicht, was es nachher zu futtern gibt.«

Du scherzt, Margrite. Du sagst das bloß im Scherz. Du darfst: Die aufbrausende Caoudin weiß genau, und daher ihre gute Laune, wann ihr Magen bis zuoberst voll ist. Sie weiß genau, jetzt, wo die Zuckerernte vorbei ist und somit auch ihr Manna an frischem Futter, daß du Hecken und Gräben abgrasen wirst, Gartenzäune, Hofeinfassungen, und ihr daher nie etwas mangeln wird, weder die Sanddistel noch die zarte Gänsedistel, weder das Saugras noch das Gottesauge.

Margrite richtet sich auf, streckt das Kreuz. Nein, nicht das Kreuz: Sie hat keines. Hierzulande dürfen nur die Alten sich darauf berufen, ein Kreuz zu haben, und wehe, wenn ein Junger auf den Gedanken käme zu behaupten, er hätte Kreuzschmerzen.

Sie bindet die Caoudin an ihrem Mangobaum fest. Sie wäscht in der Zisterne mit den kleinen Karauschen und Aalen – Aale, jawohl, sie hat eben gestern junge ausgesetzt, Mane-tis Geschenk – die klebrige Erd- und Schweißschicht ab. Die immer gleichen Gesten seit Wochen und immer im Licht der eben untergegangenen Sonne, in der leichten Brise, die von der Ebene heraufsteigt, heute aber einen anderen Duft hat, eine andere Konsistenz.

Das Verknoten des Stricks, die rasche Toilette – das große Bad muß bis nachts warten –, ihre Gesten wirken energisch wie ein Schlußpunkt. Großmutters Müdigkeit steigert sich heute abend zu einem Gefühl erfüllter Pflicht. Verwandelt sich in Freude über die Befreiung, in Stolz über den Sieg: Großmutter hat die letzten Gitter des Zuckerrohrgefängnisses zum Einstürzen gebracht. Sie ist erleichtert, glücklich, frei.

Glücklich auch P'tit-mé, der ihr lachend etwas zuruft. Er steht oben auf der Stiege zur Remise, einer Garage für Mylord, aus der Gaétan nach der Heirat mit Marguerite »seine« Garage gemacht hat oder vielmehr *Nach Kytheras* Grab.

Glücklich also P'tit-mé, der es geschafft hat, die zwölf Stufen hinaufzusteigen, und ohne Stock, bitte sehr. Das stille Glück weicht jedoch erstauntem Jubel, als er durch die Türritzen den schönen, allzu schönen – einzige Möglichkeit, eine Schuld einzutreiben, denn Großvater hätte ihn niemals gekauft –, den herrlichen, allzu herrlichen, den schwarzen, den trotz der dicken Staubschicht glänzenden, den fünfzehn-PS-sechs-Zylinder-Vorderantrieb Großvaters entdeckt.

»Mensch! Ist der schön. So etwas Schönes habe ich noch nie gesehen.«

Nur Großvater ist nicht glücklich. Doch anstatt des üblichen Gezeters, wenn ihm etwas über die Leber kriecht, schimpft er bloß vor sich hin, knurrt, murrt. Denn vorläufig kann er P'tit-mé ja nichts vorwerfen und Großmutter erst recht nicht. Er hat jedoch begriffen, daß die Entdeckung Ärger bedeutet. Denn er wird Begehrlichkeiten wecken, *Nach Kythera*, ob eingestandene oder nicht. Forderungen, die Großmutter mehr oder weniger klar formulieren wird: ihren Wunsch sowie die Wünsche P'tit-més.

Genug jetzt! Nein, Großvater wird ihn nicht holen, den großen Schlüssel, der in seinem Schlafzimmer an einem Nagel hängt. Er wird die vielen Stufen nicht hinaufsteigen. Wird die Remisetür nicht aufsperren. Wird den Schlingel nicht ans Lenkrad lassen und ihn dann bitten, auf die Seite zu rücken, damit er, Gaétan, versuchen kann, den Wagen in Gang zu setzen.

Ha, eine schöne Gaudi, die die zwei sich aushecken. Aber er, Gaétan, wird sich nicht dazu hergeben, ganz gewiß nicht. »Man kommandiert den alten Bénard nicht einfach herum.« Er läßt sie stehen, kehrt ihnen den Rücken: Zeit für einen kleinen Spaziergang bis zu Mane-tis Laden.

Abends bei Tisch – Großmutter spürt undeutlich, daß es sich um ein Erpressungsmanöver handelt – meint der Alte nebenbei:

»Bist du nicht auch der Ansicht, Marguerite, daß es höchste Zeit ist, dieses Kind wieder in die Schule zu schicken?«

Großmutter, die eine frühe Mango für ihren P'tit-mé schält, tut zuerst nichts dergleichen. Sie schält ruhig weiter, als habe sie nicht gehört, wendet dann ruhig – äußerlich ruhig – den Blick ihrem Enkel zu. Aimé seinerseits hat bereits zu ihr aufgeschaut, noch bevor der Alte den Satz beendet hat. Er sagt nichts, Aimé, doch sein zuerst erschrockenes, gleich darauf beschwörendes Gesicht ist die deutlichste Antwort.

Großmutter wendet sich wieder ihrer Mango zu. In was mischt er sich ein, dieser Bénard? Hat man ihn vielleicht gefragt, wie spät es ist? Was für Wetter es ist? Natürlich, die Frage hätte sich früher oder später gestellt, doch warum muß er es sein, der sie aufwirft? Und schon jetzt? Jetzt, wo sie nicht mehr gezwungen ist, P'tit-mé im Morgengrauen zu verlassen, um ihn erst in der Dämmerung wiederzusehen? Hätte er sie nicht wenigstens ein paar Wochen in Ruhe beieinander lassen können, sie und den Kleinen?

Großmutter ist wütend auf Bénard. Wenn er unrecht hätte, wäre sie nicht wütend. Doch zugegeben, der Kleine ist bestens imstande – langsam zwar und sich Zeit nehmend –, die zwei Straßenkehren zu bewältigen, die zum Schulhaus führen.

Aber ob Großmutter es will oder nicht, P'tit-mé wird eines Tages den Versuch mit der Schule wagen müssen. Mit eben besagter nimmt das Eisen der Hacke die Geschmeidigkeit eines Füllers mit Feder an, der Holzhocker polstert sich mit Leder, der alte Tisch mit seiner angeborenen Beinluxation wird zu einem soliden Schreibtisch aus lackiertem Tamarindenholz, die Krankenkost – Kräuterbrühe und aus dem Wasser gezogener Kürbis – wird durch stärkende Täubchen-Erbsen ersetzt. Und vom Heu geht man zum Benzin über, vom Karren zum Auto. Die Mitfahrerin – ein altes Weib mit verdorbenen Zähnen und schlaffem Bauch, das du bist – verwandelt sich in Maskarawimpern, Brüste und rundes Hinterteil in schwarzen Spitzen. Und hoppla das Glück, zumindest das Vergnügen, ist es doch dessen Synonym.

Trotz ihrer bald vierundsiebzig Jahre versteht Großmutter das alles. Sie macht sich keinerlei Illusionen, selbst was die schwarzen Spitzen angeht. Hat sie das Recht, ihrem Kleinen die verführerischen Dessous vorzuenthalten, die festen Brüste und das runde Hinterteil dazu?

Sie reicht P'tit-mé die Mango. Ihre Gedanken schweifen weiter.

Und wenn ihm nach langen mühsamen Jahren nichts anderes als tiefe Bitterkeit und jede Menge Komplexe bleiben und er sich nicht einmal getraut, seinen Namen zu nennen? Und die unweigerlichen Schuldgefühle obendrein? Wozu wären dann alle Entbehrungen gut gewesen? Die endlosen Lektionen?

Zwei mal zwei, viiier
Tak-tak-tak, sechs
Tok-tok-tok, acht
Tek-tek-tek, zehn …

Das Einmaleins mag ja noch angehen, auf die eine oder andere Weise wird er es immer gebrauchen können, doch Gallieni, der das madagassische Häschen mit Brot füttert, Bugeaud und seine Sippe, der berühmte Mont-Gerbier-des-Joncs und seine rechtsufrigen Zuflüsse …

Man braucht sich doch bloß den Fall Huguette anzusehen. Die Tochter von Madame Nièl, ihrer Nachbarin, die, seit sie ihre zwei Abis und eine gute Anstellung als Lehrerin von ich weiß nicht was in der Tasche hat, ihrer Mutter das Leben vergällt, wo sie nur kann. Ihr verbietet auszugehen, zu reden, ja sogar zu telefonieren, ohne um Erlaubnis zu fragen, vor allem, bevor sie ihr nicht lange genug die Mitteilung für das Telefon »korrekt!« nachgeplappert hat.

»Ich kann Sie nicht besuchen kommen. Wiederhole!«

»Ich kann Sie nicht besuchen kommen.«

»Es tut mir leid.«

»Es tut mir leid.«

»Aber ich gratuliere Ihnen von ganzem Herzen zum Geburtstag.«

»Aber ich gratuliere …«

Was bildet sich diese *je-tu-moi* eigentlich ein, die erst gestern noch gern die Süßkartoffel naschte, die Großmutter für sie aus Dame Caoudins gekochter Ration fischte, und die ihr nun von oben herab knapp noch einen guten Tag gönnt? Wo holt sie ihren Dünkel her, wenn nicht von ihrer Schule, ihren zerknitterten-vergilbten-fadenscheinigen Abis, von ihrem protzigen Franzosenauto, ihrem Telefon?

Ai, ai, Kopfzerbrechen und kein Ende, diese Schulgeschichte. Großmutter steht auf, geht zur Tür, gießt den Rest Wasser aus dem Krug über ihre vom Saft der etwas zu reifen Mango klebrig-gelben Hände.

»Bist du nicht auch meiner Ansicht, daß es höchste Zeit ist, den Jungen wieder in die Schule zu schicken?«

Er läßt also nicht locker. Hat sich alles gut zurechtgelegt. Will dich wohl in die Enge treiben. Geh ihm nicht auf den

Leim, aber antworte trotzdem. Du mußt antworten, Margrite. Du mußt! Irgend etwas Unverfängliches. Rege dich ab. Gewinne wenigstens ein paar Stunden Zeit.

»Ich denke darüber nach, Bénard, ich denke darüber nach.«

Auch wenn er mit einem Schulterzucken antwortet, mit einem diskreten, aber deutlichen »Zsst«, er wird dir eine Atempause gönnen, der Alte. Was P'tit-mé angeht, ein freundliches Wort, ein Gutenachtkuß noch liebevoller als sonst, und er wird sich bis morgen beruhigen.

Zu behaupten, die Welt um P'tit-mé gehe unter, als er am nächsten Morgen Großmutter im Sonntagsstaat sieht – schwarzes Kleid, Schnürschuhe, Frauenhut –, wäre übertrieben. Er hat seit dem gestrigen Abend Zeit gehabt, sich schon etwas in sein Schicksal zu fügen. Er sagt sich zwar immer wieder, daß für ihn nun Sense ist, daß der Hammer bald folgen wird, aber in seinem Innersten verflucht er nicht einmal Großvater, außer als er ihn sagen hört:

»Meinst du nicht, daß du ihn mitnehmen solltest?«

Zum Glück ist sie da, Großmutter.

»Um mitzukommen, braucht er anständige Kleider. Du weißt doch, daß er keine hat. Ich werde ihm gewiß keine neue Hose nähen lassen, solange er nicht angemeldet ist.«

Trotzdem ein bißchen bange, unser P'tit-mé, als Großmutter hinter der Sprenger-Kurve verschwindet.

Die Bange löst sich schnell auf. Denn Großmutter kehrt schon nach kurzer Zeit zurück. Sie erklärt rundheraus, daß es vorläufig und noch lange unmöglich ist, P'tit-mé in der Schule anzumelden. Sie gibt ihm – ihm, P'tit-mé – ein Geldstück, was seine Freude vervollkommnet: Er soll sich etwas kaufen gehen, sofort, in Mane-tis Laden. Er wird doch wohl imstande sein, allein und ohne Stock hinzugehen, oder?

Großmutter nutzt die sich so geschaffene Gelegenheit, um dem Alten den Grund für diese Unmöglichkeit zu erklären und sich endlose Streitereien zu ersparen: Die Direktorin verlange Kopf und Eingeweide des Salzfisches, die, wie jedermann weiß, auf den Sandbänken Neufundlands zurückgeblieben sind. Sie verlange einen Brief des Krankenhausarztes, eine Abmeldebescheinigung der früheren Schule, ein Papier des Einwohnermeldeamtes, in dem bestätigt wird, daß Großmutter P'tit-més rechtmäßiger Vormund ist; mangels einer solchen Bestätigung die Sterbeurkunde der Eltern und einen doppelten Auszug aus dem Familienbuch.

Großvater, der sich sonst öfter aufregt als nötig, Großvater sagt nichts, stellt keine Fragen und warnt sogar vor der schneller als vorgesehenen Rückkehr des Kleinen. Dann steht er auf, als ginge ihn das alles nichts an, humpelt an seinem Stock in den Salon, wo der Kalender an der Wand hängt. Kehrt dann vergnügt zurück, war doch der Tod des Tagesheiligen ein ganz besonders grausamer.

Margrite hingegen ist ganz und gar nicht vergnügt. Sie zieht das Sonntagskleid aus. Sie wäscht sich mit reichlich Seife das Gesicht, die Arme, die Hände, hofft, damit die Traurigkeit abzuwaschen, die von ihr Besitz ergriffen hat, hofft, sich von der Angst sauber zu waschen, die ihr zuerst heimlich, dann immer spürbarer die Kehle zuschnürt. Weil Wasser und Seife nicht helfen, versucht sie, den Zorn heraufzubeschwören, der sie – allein schon beim bloßen Gedanken an das Benehmen der Direktorin – tausendfach erfassen könnte.

»Es wird doch wohl einen Vater haben, dieses Kind. Ich will den Vater sehen.«

»Die Mutter, die Mutter soll kommen.«

»Man hat Ihnen gesagt, sie sei gestorben. Doch Sie sind nicht nachsehen gegangen, oder?«

Und wenn dieses Miststück recht hätte? Und wenn die »Andere« eines schönen Tages auftaucht und ihren Sohn zurückverlangt? Was würde sie tun, Großmutter? Nicht, damit P'tit-mé bleibt – sie weiß, daß sie mit gezückten Krallen kämpfen würde, um ihn behalten zu können –, aber um ihn vor dieser Auseinandersetzung zu bewahren und nicht für immer zu verstören.

Und Großmutter zieht wieder ihr Sonntagskleid an, ihre Schuhe, setzt ihren Frauenhut auf:

»Sie will eine Sterbeurkunde? Sie soll sie haben.«

5

Die Sterbeurkunde läßt sich zwar problemlos beschaffen. Einerseits beruhigt es sie, die »Andere« schwarz auf weiß tot vor sich zu sehen, andererseits läßt es die Trauer um ihren Joseph wieder aufflammen. Die Abmeldebescheinigung hingegen ist unmöglich aufzutreiben: Von dem Tag an, als sein Vater starb, hat das Kind seinen Fuß nicht mehr in die Schule gesetzt.

Großvater, nachdem er sich erst einmal – leise und sich vergewissernd, daß P'tit-mé es nicht hört – über das »rückständige Verhalten dieser unverantwortlichen Mutter« empört hat, die die Bildung verweigerte, verschwindet, um bei Mane-ti Dampf abzulassen. Dort schimpft er über die Unnachgiebigkeit, das Sektierertum, die Sturheit der Direktorin »dort unten«, während er an der Theke seinen abendlichen Vermouth schlürft, und zwar mit um so größerem Behagen, weil er ihn einmal mehr nicht bezahlen muß.

»Diese Lehrer, zsst!, borniert bis zum Geht-nicht-mehr dank der Departementalisierung, die die Kommunisten, Kommunisten wie ich, Gaétan Bénard, vom französischen Parlament erwirkt haben, obwohl uns das nichts gebracht hat! Wegen eines Fetzens Papiers weigert sie sich, meinen Enkel zu unterrichten, einen aufgeschlossenen, klugen, intelligenten, lernwilligen Jungen, der mehr taugt als alle Fraktionäre der Welt zusammen!«

Kaum wieder zu Hause bei Marguerite, erklärt Gaétan nach den ersten paar Bissen mit gespielter Feierlichkeit:

»Monsieur Aimé, ich werde Ihre Ausbildung in die Hand nehmen. Sie haben wohl nichts dagegen einzuwenden. Also dann, morgen punkt neun Uhr, Lebenskunde, dann Poesie, dann Orthographie, vielleicht Rechnen …«

Rechnen nur vielleicht, denn Gaétan mag weder rechnen noch zählen. Sogar das Geld nicht. Vor allem das Geld nicht. Er ist knauserig, aber nicht geizig.

»Das Geld, zsst! Jedem nach seinen Bedürfnissen, und ich scheiße auf das Gold – das Geld! Das ist eine philosophische Frage. Halt, Philosophie, wir müssen sie ebenfalls auf deinen Lehrplan setzen.«

Philosophie? Aimé hat dieses Wort selbstverständlich nie gehört. Wie auch immer, für die Schule hat er rein gar nichts übrig, selbst wenn Großvater sie hält. Margrite hingegen ist unbeschreiblich glücklich. Sie hätte Gaétan für diesen Entschluß am liebsten umarmt. P'tit-mé wird Gelegenheit haben zu lernen, er wird nicht in eine Schule gehen, die er nicht mag, und sie, sie wird ihren Kleinen den ganzen Tag um sich haben.

Später, wenn er alle notwendigen Fortschritte gemacht haben wird, wird Großmutter nochmals bei der Direktorin vorsprechen. Und wehe, wenn sie sich weigert! Es gibt noch Inspektoren, stellvertretende Rektoren, eine Schulaufsicht. Es gibt noch Zeitungsschreiber und Zeitungen. Ja, Großmutter wird persönlich zu ihrer schönsten Feder greifen. Ha, die werden schon sehen! Sie hat zwar nicht viel Schulbildung genossen; Antoine-Joseph fand die Lehrer in Vincendo viel zu spießig und holte seine Kinder schon nach kurzer Zeit von den Schulbänken, doch der Wettstreit in »schönen Sätzen«, der jeweils abends in der Familie ausgefochten wurde – und schriftlich, bitte sehr –, wird ihr endlich nützlich sein. Oh, sie würde bestimmt Sätze finden, sicher weniger schöne als seinerzeit, aber ätzende, schneidende, genau richtig.

»Und ich schwöre dir, Grite Bellon, daß P'tit-mé durch das Haupttor in jene Schule eintreten wird!«

»Morgen, Schulbeginn in Großvaters Schule«, denkt Margrite laut, sagt sich, daß P'tit-mé »ein neues Heft braucht, einen Kugelschreiber, ein Lineal, kurz, alle die Kinkerlitzchen, die Schulkinder unbedingt brauchen.« Großvater erschrickt, daß er Anlaß zu soviel Verschwendung gegeben hat und reduziert die Ausgaben auf angemessenere Proportionen:

»Ein kleines Notizheft genügt vollauf. Dann eine Feder und ein Tintenfaß, es sei denn, der Kugelschreiber kostet weniger. Ich bin nicht gegen das Moderne, gewiß nicht. Doch den Wert des Unterrichts macht es nicht aus. Wer Köpfchen hat, wird es trotz materieller oder moralischer Schwierigkeiten schaffen, mein Sohn zum Beispiel ...«

Großvaters Rede bricht abrupt ab. »Mein Sohn!« Worte, die keiner aussprechen darf. Er schaut unruhig zu Großmutter hinüber, die, ganz damit beschäftigt, P'tit-més Scheitel geradezuziehen, die richtigen Knöpfe durch die richtigen Knopflöcher zu stecken, anscheinend nichts gehört hat.

»Es ist ja erst halb neun«, meint sie sogar. »Wir haben noch viel Zeit, P'tit-mé und ich, bei Mane-ti das Schulzeug zu besorgen.«

Großvater ist nun allein und kehrt zu seinem Sohn zurück. Zu den Worten, die ihm entschlüpft sind. Seine Unruhe hat sich zwar verflüchtigt, aber einem Ekel vor ihm selbst Platz gemacht.

Bist wohl stolz, was? Prahlst damit! Es geschafft, das hat er tatsächlich. Und sogar bei den indirekten Steuern, bitte sehr. Sie haben es absichtlich getan, die zwei Giftkröpfe, die frigide Alte und der alte Kastrat, Omammi und Opappi, von denen der Herr Inspektor so respektvoll sprach. Denn er war Inspektor, mit dreißig bereits Inspektor, als du ihm zum ersten und hoffentlich zum letzten Mal begegnet bist.

Euer Gespräch begann mit einem Monolog. Seinem Monolog. Denn du hütetest dich davor, ihm wie auch immer zu helfen, während du dir so deine Gedanken machtest.

»Man hat mir gesagt, daß Sie mein Vater sind.«

Sein Erzeuger, meint er damit. Wenn er wüßte, wie egal es mir ist, ob ich sein Spermium geliefert habe oder nicht. Er hat nichts von Esther. Wenn er wenigstens Esther ähnlich sähe, meiner kleinen Esther. Wenn er wenigstens ihre fast durchsichtig zarte Haut hätte, ihre Feingliedrigkeit, ihre Sanftheit, und im Widerspruch dazu die Glut in der Tiefe ihrer Augen, ihren Willen, ihren Charakter. Er hingegen wirkt plump, die Haut, die Augenbrauen, das Kinn … und ist trotzdem mager. Nichts von Esther. Alles die alte Hexe.

»Omammi und Opappi haben nie etwas Schlechtes über Sie gesagt.«

Ich aber, wenn ich mich gehen ließe, könnte dir eine ganze Menge über sie sagen. Und vor allem, daß sie aus dir einen kleinen Angeber gemacht haben, einen kleinen Spießer mit der Jungfrau – in Gold! – um den Hals, einen Weichling mit einem Silberkettchen am Arm mit eingraviertem Namen. Wie heißt du überhaupt? Patrice? Fabrice? Glaub bloß nicht, daß ich mir den Hals verrenke, um deinen Vornamen zu entziffern. Gabriel vielleicht. Ja, Gabriel.

»Ich habe in der Rue du Grand Canal nach Ihnen gesucht …«

Du bist zehn Jahre hintendrein, Kleiner. Im August 42 wohnte ich bereits nicht mehr in der Rue du Grand Canal.

»Da ich mir nicht anders zu helfen wußte, habe ich Maman nach Ihrer Adresse gefragt. Sie hat sie mir spontan gegeben. Sie schien glücklich darüber zu sein, daß ich Sie kennenlernen wollte.«

Esther lebt! Erinnert sich nach dreißig Jahren noch an dich. Sie kennt immer noch deine Adresse, nach vier Wohnungswechseln deinerseits, darunter Androy. Sie ist dir also gefolgt, Schritt für Schritt. Sie liebt dich immer noch. Sie liebt dich, und du bekommst nach dreißig Jahren noch feuchte Hände bei der Erinnerung an sie, und dein Herz klopft zum Zerspringen. Laß dich nicht gehen, Gaétan. Fasse dich. Opappi und Omammi sind immer noch quicklebendig, die auch.

»Man hat mir gesagt, Sie seien Atheist. Stimmt das?«

Ausgezeichnete Frage, mein Junge. Du hast gut daran getan, sie mir zu stellen. Als du Esther erwähnt hast, wärst du mir beinahe sympathisch geworden. Jetzt bist du wieder der kleine Scheißkerl, der du bist. Eins sage ich dir: Vorsicht vor dem Gegenangriff!

»Natürlich bin ich Atheist. Was glauben Sie denn?«

Und er hat seinen Teil abbekommen, der Enkel der alten Hexe. Und nicht nur, was die Frömmelei angeht. Auch für seinen Rang eines Steuerfahndungsinspektors. Ich habe sogar vor seinen Augen den Schwanenhals meines verbotenen Destillierkolbens aus dem Versteck hervorgeholt: »Er hat genau den richtigen Erhitzungsgrad erreicht, mein Rum. Ein paar Dutzend Kilogramm Ananas im Gärzustand.«

Und dann habe ich ihm die Geschichte von Mutel erzählt, meinem Kompagnon – meinem Komplizen, wenn ihm das lieber war –, der auf seinem Hügel oben vor den zu Fuß nahenden Gendarmen gewarnt wurde: mit einemn Wald aus weißen Bettlaken, die eigens aus den Schränken geholt, von Haus zu Haus, von Laken zu Laken, von Verschwörer zu Verschwörer trocken an die Sonne gehängt wurden, so daß er eine gute Stunde Vorsprung vor der Polente hatte.

Nachdem er alles sicher versteckt hatte, den Destillierkolben und die Flaschen, wartete er geduldig mit einem leeren Blechkanister in der Hand. Und als sie anlangten, flüchtete er. Durch Dornenbüsche natürlich, unter Wespennestern hindurch, über Geröllfelder, über Hochwasser führende Wildbäche. Verlangsamte seine Flucht je nach Bedarf, beschleunigte das Tempo etwas, wenn man ihn beinahe einholte. Nach stundenlanger Verfolgungsjagd – er mußte allen guten Willen aufbieten, damit das Gesetz ihn nicht aus den Augen verlor –, als besagtes Gesetz erschöpft, zerschlagen, zerstochen, zerfetzt, verdreckt aufgeben wollte, ließ sich mein Mutel fangen. Als dann die fetten rosigen Schweine ihren Rüssel in die Öffnung des Blechkanisters steckten, der bloß nach Geraniumessenz roch, begann er zitternd, mit gespielter Angst zu flennen:

»Ich habe nichts verbrochen. Ich schwöre. Ich habe nichts verbrochen.«

»Warum rennst du denn vor uns davon?«

»Weil ihr hinter mir herrennt, was sonst?«

Er schien meinen Humor nicht besonders zu schätzen, der Herr Steuerinspektor, und meine ungesetzliche Freizeitbeschäftigung noch weniger. Doch er sagte nichts, stellte vor dem Gehen nur noch eine Frage:

»Maman, wußte sie davon?«

»Warum hätte sie mich denn sonst jeden Morgen ausgeschimpft, wenn ich sie bis vor die Kirchentür begleitete?«

Er geht mir wirklich auf den Zahn, der kleine Scheißer.

Großmutter und P'tit-mé biegen in die Auffahrt ein.

»Schon?« denkt Großvater und zieht seine Armbanduhr, die ihr Armband verloren hat, aus der Tasche. Zehn vor neun: »Also los, es ist Zeit.«

Großmutter, die, außer in ungewöhnlichen Situationen, nur die Sonne nach der Zeit fragt, denkt, daß Gaétan ungeduldig ist.

»Beeilen wir uns«, sagt sie zu P'tit-mé. »Wir wollen deinen Herrn Lehrer nicht warten lassen.«

Großmutter hat beschlossen, daß sie bei den Schulstunden nicht zugegen sein wird. Sie will nicht Einmischerin sein, Stemmeisen, das sich zwischen Schüler und Lehrer drängt, Schmeißfliege, schlimmer: Polizist, der die Arbeit anderer kontrolliert. So hat sie um zwei Minuten vor neun – Gaétans Zeit – bereits ihre Arbeitsschürze an, das Gartenmesser hinten in den Gürtel gesteckt. Eine Minute vor neun winkt sie P'tit-mé liebevoll zu, der bereits auf seinem Hocker Großvater gegenübersitzt und wartet, bis dieser – Uhr in der Hand – den Schulbeginn verkündet. Um neun Uhr überquert sie den kleinen Steg über dem Abzugsgraben an der Straße unten – mit einem seltsamen Stich im Herzen, P'tit-mé in der Schule zu wissen.

Als Jünger Rousseaus – dafür hält er sich zumindest – legt Großvater größten Wert auf praktischen Anschauungsunterricht, also beginnt P'tit-més neue Einschulung mit einer Lektion im Fach Lebenskunde.

»Aaalso, hol bitte das graue Kaninchen.«

Nach einer flüchtigen Prüfung des Fells, die das Tier der nützlichen Klasse der Säugetiere zuordnet, nachdem er kurz dessen Schneidezähne untersucht hat, die aus dem Kaninchen einen Nager machen – vielleicht sogar einen *Lagomorphus* –, kommt Großvater zum eigentlichen Zweck der Übung:

»Kannst du das Männchen vom Weibchen unterscheiden?«

Und ohne auf die Antwort zu warten:

»Halt ihn fest!« und übergibt Aimé die Pfoten des Tieres.

Er selbst packt mit einer Hand die Ohren des jungen Kaninchens und wühlt mit der leicht zitternden anderen – das Alter oder die Rührung? – im dichten Fell zwischen den Schenkeln.

»Hier, schau, die zwei Kugeln. Was könnte das wohl sein?«

P'tit-mé ist anstatt einer Antwort rotbraun geworden – Blut und kreolischer Teint –, kirschrot, herzkirschrot.

Großvater ist ärgerlich.

»Nein. Nicht du. Keine solchen Tabus, bitte. Die Tabus hat die Klerikaille erfunden. Nieder mit den Tabus! Nieder mit der Klerikaille! Die Dinge, über die wir jetzt sprechen ...«

Großvater senkt genau in dem Moment die Stimme um zwei, ja drei Tonlagen, als ein müder Hausierer, Komore wahrscheinlich, seine zwei schweren Koffer auf dem Steg vor der Auffahrt abstellt.

»Diese Dinge sind wissenschaftlich, man darf offen darüber reden. Dieses Kaninchen ist ein Männchen. Es ist ein Männchen. Diese Kugeln nennt man Hoden. Hoo-den. Komm, setz dich jetzt, ich werde dir das Wichtigste diktieren, das du für morgen lernen wirst. Warte ...«

Und Großvater stützt das Gesicht in die Hände und beginnt eine Zusammenfassung, auf die Buffon-selig eifersüchtig gewesen wäre.

»Das Kaninchen Komma ein sanftes und friedliches Säugetier Komma wird gebeizt gegessen. Das Männchen Komma das Männ-chen ...«

Dann, wohl um in der sie umgebenden Natur eine Inspiration zu suchen, hebt er das Gesicht und stellt fest, daß P'tit-mé nichts aufgeschrieben hat. Aus einem einfachen Grund: P'tit-mé kann nicht schreiben.

Voller Geduld, die am ersten Schultag als Feuerzunge auf die Apostel der Pädagogik niederzugehen pflegt, beginnt Großvater anstelle von P'tit-mé zu schreiben, was diesem trotzdem ermöglichen wird, seine Lektion zu lernen. Doch P'tit-mé kann nicht lesen. Da beschließt Großvater erstaunlich nachsichtig, es ihm beizubringen. Ab morgen.

Und es wird morgen. Großmutter, ihren Prinzipien treu, überquert zwei Minuten vor neun, das Messer im Gürtel, den Steg. Die Suche nach frischem Gras, Frühstück für Dame Caoudin, liefert ihr den unumstößlichen Vorwand, um zu verschwinden.

Großvater, nach einer ausschließlich mündlichen Lektion über das Fehlen des Paarungswerkzeugs beim Hahn, stürzt sich in die erste Lesestunde.

Mangels einer Fibel, mangels jeglichen Schulbuches, hat er zur letzten Ausgabe des *Pfaffen* gegriffen.

»Schau, Aimé: Dieses Stäbchen mit einem Punkt darüber, das ist ein i. Ein Rohr, zwei Rohre, drei Rohre – und wir haben ein m. Ein anderes Stäbchen mit seinem Punkt, und ich lese imi ...«

»Nochmals: imi-tieren wir die Russen und die Chinesen. Schau, sieh dir das Bild gut an. Mit Fußtritten in den Arsch muß man sie zum Teufel jagen, die Pfaffen. Mit Fußtritten in den Arsch!«

P'tit-mé muß laut lachen. Das »Sieh-dir-das Bild-an« und der Tonfall von Großvaters Stimme ermutigen ihn. Das Bild – die zwei verkleideten Kerle, die gemeinsam einem Pfarrer in seiner schwarzen Soutane einen Fußtritt verabreichen – ist wirklich komisch. P'tit-mé hat zwar nicht richtig begriffen, was Großvater mit »zum Teufel jagen« meint, das mit den Fußtritten in den Arsch hingegen, das hat er sehr gut begriffen. Im übrigen, allein schon das Wort Arsch mitten in der Schulstunde hätte fast genügt, um ihn fröhlich zu stimmen.

Aimé muß also laut lachen. Und Großvater auch. Aber der Ton ändert sich, als es darum geht, zu wiederholen.

»Also, dieses Stäbchen mit dem Punkt darüber, was ist das?«

Mit oder ohne Punkt, für Aimé bleibt ein Stäbchen ein Stäbchen.

Rund, bleibt das Runde rund. Oder, wenn Großvater wirklich darauf beharrt, ein Autoreifen vielleicht, ein Fünf-Franc-Stück, der Mond, wenn er sich ganz gefüllt hat.

P'tit-mé begreift nichts von dem aufgereihten Gekritzel – wie Opa Saintanges Erdnußstauden, um die ihn alle beneiden. Er sitzt mit offenem Mund da und weigert sich, auch nur einen Buchstaben weiterzugehen.

»Ein Esel ist er, ein Dickkopf bleibt er«, platzt Großvater schließlich heraus.

6

»Dickkopf, Dickkopf, Dickkopf! So ein Dickkopf!« donnert Großvater. »Reine Zeitverschwendung!« fügt er an P'tit-mé gerichtet hinzu, der bloß eine Spur schuldbewußt und beschämt, aber ganz offensichtlich erleichtert das Gewitter über sich ergehen läßt. »Ich habe Vernünftigeres zu tun.«

Doch der Zyklon zieht ebenso rasch ab, wie er aufzieht. Großvater ist schnell auf der Palme, kommt aber gleich wieder herunter.

»Weißt du überhaupt, P'tit-mé, weißt du überhaupt, was dir entgeht? Hör zu!«

Und Großvater beginnt feierlich zu deklamieren:

Einsam zwischen hohen Felsen
Harrt verborgen ein gastlich Traum
Der von der ersten Stund …
Der von der ersten Stund …

Er wiederholt, stammelt, nimmt die Strophe wieder auf:

Der von der ersten Stund …
Der … von der ersten Stund …

Dann, verärgert, in einer so schönen Kulisse Leconte de Lisle – und sein Gedächtnis! – zu verlieren, schmettert er ein dröhnendes »Scheiße« über das Blumenbeet, den Hof und den Garten, die, abgesehen von P'tit-mé, ausgestorben sind.

Als Großmutter nach Hause kommt, beschwert sich Großvater bitterlich bei Marguerite:

»Alles gleitet an ihm ab wie Wasser an einem Taroblatt. Ich habe den Eindruck, er kapiert überhaupt nichts.«

P'tit-mé hingegen läuft befreit, ja rennt fast auf die Remise zu, um durch die Ritzen *Nach Kythera* zu bestaunen, schluckt vor Beklemmnis beim Anblick von *Nach Kythera*, das Herz schlägt ihm bis zum Hals wegen *Nach Kythera*.

Großmutter ist von der Intelligenz ihres Kleinen allzu überzeugt, um aus dem Kabeljauschwanz, den Großvater ihr hinhält, einen Walfisch zu machen. »Sogar die Krätze heilt man mit Geduld«, denkt sie, »P'tit-mé wird bestimmt von selbst etwas finden, dem sich seine Intelligenz anpaßt. Was soll's ... Wenn nicht die Feder, dann eben der Hobel, der Schraubenzieher, genau wie sein Vater und wie seine Bewunderung für Gaétans Auto vermuten läßt. Jede Schnecke muß ihr Kraut finden, jeder Hochzeiter den passenden Handschuh.

Gros-gaby zum Beispiel, der – wie der Alte behauptet – Dame Caoudins Gespann sein könnte, zaubert wunderbare Melodien aus seiner Geige, die er aus einem Ölkanister und vier dürren Lianen gebastelt hat, während der Doktor mitsamt seiner Gelehrtheit und seiner Medizin nicht in der Lage ist, seiner sündhaft teuren Trompete auch nur ein Windchen zu entlocken.

Claude-Ingwerwurzel – wegen seiner verkrüppelten Zehe so benannt –, auch Claude-der-Sandfloh gerufen aufgrund dieser zweifellos alten Mißbildung, deren Folgen erst mit dem Tod verschwinden, mußte seinen jüngsten Sohn aus der Schule nehmen. Nach drei Jahren schöner Hefte, schöner Bücher, schöner Schulmappen, nach drei Jahren mütterlicher Leckereien vorher, kleiner Süßigkeiten nachher, nach drei Jahren väterlichem Zorn, Prügeln, Wutausbrüchen, wußte dieser Packesel weder wie die Vorder- noch die Rückseite eines Buches aussieht. Heute jedoch fährt der sogenannte Trottel, ein Absud aus Dummheit und Dümmer-geht-nicht-mehr, den Lastwagen seines Vaters, allerdings muß man ihm Schuhe mit dicken Sohlen anziehen, damit seine Füße überhaupt die Pedale berühren.

Ja, jeder krautet in seinem eigenen Garten, und manche haben mehr als einen, um so besser für sie. Jeder Hand ihren

Handschuh, und zum Glück für sie finden ihn manche schnell. Andere wiederum nehmen sich Zeit, gelangen auf Umwegen zum Ziel. Man muß jedenfalls dem Zicklein Zeit lassen, die Hagebutte vom Gottesauge zu unterscheiden, und P'tit-mé Gelegenheit geben, seine Wegspur und seinen Acker zu finden. Kommt Zeit, kommt Rat. Wenn der Kleine lieber eine grobe Tuchhose und die Wärme seiner Hunde mag, anstatt Spitzen, Brüsten und parfümierten Hintern nachzulaufen, wenn er einem weichen Bett den Stein vorzieht, der seinen Schädel unter rußtriefenden Maiskolben hervorstreckt – sie hätte gewiß nichts dagegen einzuwenden.

Großvater regt sich über Großmutters Gelassenheit auf.

»Du hältst ihm noch die Stange, was? Eines sage ich dir, er ist stur wie ein Ochse. Wie ein satter Ochse. Versuche, den zum Essen zu bewegen, wenn du es schaffst!«

Der Alte und seine ewigen Geschichten! Was dich, Großmutter – zieht Gedanken ... –, an eine Geschichte aus den Kriegsjahren erinnert: die Geschichte von Felix und seiner Kuh, die eines Abends aus einer Laune heraus das Futter verweigert. Gewiß, gekämpft wurde weit weg, dennoch endlose Schlangen für einen bloßen Bissen Maniok. Noch keine blitzblanken Töpfe, nein, aber Faseriges und Fades und Klägliches, was wenig für den Magen der Menschen, hingegen viel für den Kompost abgab.

Und Felix also, der um seine Kinder zu ernähren – die Milch, die Proteine und das Kalziumtriphosphat, würde Großvater sagen – mitten in der Stadt unten eine Kuh aufzieht. Er muß natürlich einen Stein an ihrem Schwanz befestigen, damit sie nicht alle Welt stört, wenn sie über die Blechdächer und die Dachschindeln hinweg muht. Und weil er die Fladen in einem Holzkübel mit Deckel einsammeln muß, damit der Geruch die Nachbarn nicht belästigt, füttert er sie jede halbe Stunde im Abstand von mehreren halben Stunden.

Eines Abends, als er zu Fuß von seiner Arbeit nach Hause zurückkehrt, kommt er an frischem Futter vorbei. Ein Segen.

Er lädt sich eine Ladung Honigklee, Wassermiere, wilde Hirse und Akazienlaub auf den kahlen Kopf, und nichts, nicht einmal einen alten Schlapphut zwischen dem grünen Reibeisen und dem nackten Schädel. Schwitzend, keuchend, erschöpft langt er schließlich zu Hause an. Er wirft das Grünzeug auf den Boden. Komplimentiert wie immer die Marquise zum Essen, denn er hat für sie weder eine Futterkrippe aus Gold noch einen Futtertrog aus Platin. Und die Schöne, die Heikle, die Wählerische ziert sich. Kurz, das Miststück weigert sich zu fressen. Felix – »Heilige Geduld, betet für mich!« – kniet nieder, hält ihr das knackigste Blatt hin, die zarteste Knospe, krault sie am Ohr, streichelt ihr das Maul. Nichts zu machen. Da wird Felix von heiligem Zorn gepackt, haut mit aller Wucht der Zimperliese die Faust in die Weichen.

Felix war weder der alte Marcel, Grand-gabys Vater, der zwei Ballen Reis übereinander auf dem Kopf trug, noch der Aik, auch Doppelrippe genannt, weil er mit bloßen Armen ein volles Faß heben konnte. Er war eher wie Grünchinese, der seinerzeit friedlich seine Erdnüßchen pintweise verkaufte – eine Arbeit für Faultiere, sogar für Weiße zu wenig anstrengend –, im Zorn hingegen nicht einmal von fünf oder sechs kräftigen Burschen festgehalten werden konnte.

Doch an jenem Abend versetzte die Kuh Felix in rasenden Zorn. Seine Faust traf das Tier mit solcher Heftigkeit, daß es zusammenbrach und nicht wieder aufstand. Er mußte es zuerst opfern, dann Knochen und Fleisch auf dem Schwarzmarkt verkaufen, um sich eine neue Kuh kaufen zu können.

Daran muß Großmutter denken, an jenes Rindvieh, das nicht essen wollte. Sie muß lachen bei der Erinnerung an Felix, der bis zu ihr, seiner Halbtante und Freundin, hinaufgekommen war, um ihr – »das wenigstens, bitte, Tante Margrite« – die Fadenspulenwirbel des Kuhschwanzes zu verkaufen. Sie lacht, Marguerite. Sie lacht! Großvater hingegen ärgert sich wie ein gehänselter Puter.

»Und sie lacht auch noch! Wenn ihr glaubt, daß ich mich euretwegen länger aufrege ... bitte, ich geh' lieber einen heben.«

Er nimmt seinen Stock und räumt zornglühend das Feld.

Großvaters schlechte Laune verfliegt den ganzen Tag nicht, so daß P'tit-mé es vorzieht, sicheren Abstand zu wahren: den Abstand zwischen dem Schatten des Mangobaumes zum Beispiel, wo der Alte vor sich hin schimpft, und den Ritzen der hinteren Remisewand, wo er stundenlang den verführerischen, schnittig-eleganten schwarzen *Nach Kythera* bewundert.

Großvater mümmelt, brummelt, wettert. Gegen den Bäcker, in dessen Brot – seinem, Gaétans Vesperbrot – Jutefäden stecken. Gegen Mane-ti, der schon längst den Bäcker hätte wechseln müssen. Gegen den Postboten, der ihm die Zeitung nicht gebracht hat. Gegen die Zeitung, die sich erlaubt, immer mehr Ausgaben zu überspringen, ohne auch nur eine Rupie zu vergüten.

Großvater läßt sich sogar dazu hinreißen, von seinem Mangobaum aus Witwe Madame Grüne-Mango-selig zu beschimpfen.

»Es brennt!« schreit er hinter ihr her. »Es brennt, und weit und breit keine Feuerwehr.«

Die Gute, die zwar kein bißchen versteht, was er damit meint, bleibt Großvater trotzdem keine Antwort schuldig, was diesem heute nicht einmal Spaß macht.

Hätte man ihn greifen können – mit einer Zange notfalls –, hätte er sich das niemals erlaubt. Kaum hätte er über dem Brillenrand die knusperige Witwe erkannt, hätte er seinen Stock genommen und wäre ihrem Duft gefolgt. Und anstatt ihr seine Zoten nachzugrölen, hätte er sich mit Brummeln begnügt:

»Sie ist läufig, Mann. Sie ist läufig.«

Und selbst wenn er ihr nachgegeifert wäre, nachgegeifert bis zu Mane-tis Ausschank und sogar auf dem Heimweg noch gegeifert hätte, hätte er bloß mit vielleicht etwas zu lauter Harthörigenstimme geknurrt:

»Dieses Hinterteil, dieses Hinterteil! Die Hitze, die ihr Hinterteil ausstrahlt ... Du liebe Güte, die röstet ja ihren Maniok darauf.«

Am nächsten Morgen, kaum hat Großmutter das Haus verlassen, ruft Großvater, kein bißchen mehr kratzbürstig, aber einen bösen Schalk im Blick, den Kleinen zu sich. Aimé schwant nichts Gutes, doch anstatt ihn zu einer Lektion zu verdonnern, schickt ihn Gaétan mit honigsüßer Stimme ein großes, fast reifes Bananenbüschel holen, das er gestern abend entdeckt hat:

»Es ist riesig, sage ich dir ... noch ein bißchen weiter, ein bißchen weiter ... mehr rechts ... im großen Gebüsch dort, ganz hinten, hinter der Sternfrucht ...«

P'tit-mé geht auf besagten Baum zu und erblickt – eindeutig riesig und groß wie ein großer Maisworfelkorb, doch kein Bananenbüschel – ein Wespennest! Und dazu auch noch auf Kopfhöhe an den untersten Ästen hängend. Er entdeckt es in genau dem Moment, als der Korb explodiert und sich ein haßsummender gelber Wirbelsturm daraus ergießt. P'tit-mé bringt sich schleunigst in Sicherheit. Doch die Vorhut des Zyklons geht bereits zum Angriff über. Die Stafetten stürzen sich mit blankgezogenem Stachel in die Verfolgungsjagd. Ein, zwei, drei, vier Stiche direkt in die Schädelhaut, als ob die abscheulichen gelben Biester genau wüßten, wo es am meisten schmerzt, fünf, sechs in den Hals, eine Nachzüglerin erwischt den Rücken.

Der Alte krümmt sich vor Lachen. Und zwischen zwei Anfällen:

»Grand-gaby hat recht gehabt, es ist wirklich riesig.«

Dann, nachdem er sich etwas gefaßt hat, an den Kleinen gewandt, der weder weint noch wimmert – klar, daß er bei den Stachelstichen aufgeschrien hat –, sondern versucht, die brennenden Stellen mit Essig einzureiben:

»Gib her.«

Und P'tit-mé gibt her. Großvater reibt ungeschickt die sich

abzeichnenden Schwellungen ein, die sich ausbreitenden Feuersbrünste.

»Bist du mir böse?«

Nein, P'tit-mé ist ihm nicht böse. Dieser Streich ist so uralt – alle Jungen haben ihn irgendwann einmal ausprobiert oder sind darauf hereingefallen –, daß er dazugehört. Und sogar Großmutter wäre zwar nicht begeistert, würde sich aber nicht weiter aufregen.

Und plötzlich, mir nichts, dir nichts, zieht Großvater einen großen Schlüssel aus seiner abgetragenen Weste!

»Nimm!«

Schließlich mag er ihn, diesen Jungen! Der so lieb ist. Und vielleicht gar nicht so dumm.

Warum nicht die Seite wenden, jetzt, wo Großvater ihm die sich aufdrängende Lektion erteilt hat und weil er es ist, der den Schlußpunkt hinter diese Episode setzt? Warum nicht ein neues Kapitel aufschlagen? Denn Großvater sehnt sich nach einem neuen Kapitel. Einem ebenso kameradschaftlichen wie die vorangehenden. Also zieht er den Schlüssel zu seiner Garage aus der Tasche, hält ihn P'tit-mé hin und sagt:

»Nimm!«

Das Knarren des riesigen Torflügels schlägt eine Eidechse in die Flucht, die sich hinter einen großen Strebepfeiler aus Eisenbaumholz rettet. Eine Kugelspinne, mit einem riesigen, mit Eiern prallvollen Kokon – einer *Kalmin**-Pille – unter dem Bauch, schleppt sich mit dem schwerfälligen Gang einer Zwillinge tragenden Frau zu ihrer Behausung in einem leeren, versehentlich vom Maurer angebrachten Zapfenloch. An einem Dachbalken baumelt ein Weberknecht wie der Kopf eines Tappergreises. Die Ameisenlöwen, aufgeschreckt durch die Sandkörner, die unter P'tit-més Sandalen in die heimtückischen Trichter rieseln, lecken sich bereits die Mandibeln in der irrigen Erwartung einer ihrem Schicksal ausgelieferten Ameise.

* ein Medikament

Und trotz des Staubs und des Termitenkots: *Nach Kytheras* herrliches Schwarz!

»Sieh dir das an!« sagt Großvater. »Sieh dir das an!«

Und er reibt sanft mit dem Finger über den verchromten Türgriff, der in all seinem Glanz erstrahlt.

»Paß auf, das darf man mit dem Lack nicht tun, sonst ist er futsch.«

Nach ein paar Minuten andächtigen Schweigens:

»Mußt ihn mir erst einmal waschen.«

Dann:

»Es ist nicht gesagt, daß er noch startet, weißt du?«

7

Margrite findet sie alle drei schön, ausnahmslos: Aimé, Großvater, Gaby.

Aimé zuerst, der sich trotz Großmutters Angst, er könnte sich womöglich erkälten, das Kraushaar mit Wasser geglättet hat, um sich zumindest vorzustellen, es sei schön glatt. Aimé, der wieder Fleisch angesetzt hat, der seine Glieder wieder bewegen kann. Aimé in seinem neuen Anzug – der Zeitpunkt war gekommen und die Gelegenheit richtig, um ihm den ersten Stolz einer langen Hose schneidern zu lassen.

Dann Gaétan, für den sie, Marguerite, den Anzug aus weißer Baumwollserge hervorgeholt und gewaschen, die Abnäher hinten aufgetrennt und den Bundknopf versetzt hat, damit die Hose etwas bequemer sitzt. Oh, er sieht noch stattlich aus, Gaétan Bénard, barhäuptig und mit seinem Haarkranz, nein, keine wirren, am Nacken klebende Fäden mehr, sondern kurz geschnitten, fast rasiert, von seinem alten Freund Saintange überdies, dem pingeligen Maurer, der sonntags mit Hilfe einer gespannten Schnur seine Erdnüsse pflanzt.

Und auch Grand-gaby in seiner Arbeitskleidung, der – so etwas wie *Nach Kytheras* fünftes Rad und nur wegen der Kurbel mit von der Partie – erst in letzter Minute benachrichtigt worden ist. Der eben dabei war, Möhren auszulichten, eine Arbeit, die er haßt, und der nur gerade Zeit gehabt hat, sich die Hände zu waschen, die Beine kurz im Wasser des Abzugsgrabens abzuspülen, seine am Mangobaum hängende Joppe herunterzuholen. Ein flotter Bursche, Grand-gaby, mit seinem eine Spur albernen Lächeln.

Sie stehen alle drei nebeneinander vor der funkelnden Kühlerhaube, spontan aufgereiht wie für das Gruppenfoto. *Nach Kythera* hingegen ist schlicht überwältigend. Gestern abend ist er nochmals poliert, das schwarze Blech mit einem alten Lappen und schäumender Marseiller Seife glänzendgerieben, die Radkappen mit einem *Pipangaille*-Schwamm, mit einem entkörnten Maiskolben, gebürstet worden. Und zu guter Letzt hat P'tit-mé noch, Eimer um Eimer, fast die ganze Zisterne über *Nach Kythera* ausgegossen.

Großmutter, obwohl glücklich, ihren Kleinen so kräftig und geschäftig und den vielen Schweiß zu sehen – nicht vom Fieber, sondern von der Arbeit –, der überall an ihm hinunterfloß, sorgte sich, als sie kaltes Wasser und Schweiß nebeneinander über seinen kaum genesenen Körper rinnen sah. Also setzte sie schnell einen großen Topf Wasser auf, nahm das Überleben der Fische als Vorwand, die sonst bald Bauch nach oben in der Zisterne schwimmen würden, damit er aufhört, ein Bad nimmt, sich abtrocknet, sie ihn mit Alkohol einreiben kann. Und Gaétan, sie und P'tit-mé sich zu Tisch setzten, denn der Nebel war schon lange aufgestiegen.

Nach Kythera strahlt also wieder. Wie in den Zeiten, bevor Großvater – nicht um einen Schlußpunkt zu setzen, aber eindeutig, um sich das Dienstmädchen zu sparen, und wahrscheinlich, um jemand an seinem Totenbett zu haben – Marguerite Bellon um ihre Hand bat.

Damals sah sie ihn drei-, viermal die Woche in seinem gestärkten Weiß, aufrecht am Steuer seines wie ein polierter Schuh glänzenden Autos vorbeifahren.

»Ich habe nochmals bei meinem Notar vorbeischauen müssen«, erklärte er jedem, der es hören wollte – Marguerite zum Beispiel –, wenn er nach seiner Rückkehr, Stöckchen in der Hand, seinen Liter Milch holen kam und freundlich und ohne Hintergedanken ein paar Minuten mit ihr plauderte.

Und fügte besorgt, bekümmert, scheinheilig hinzu:

»...heikle Angelegenheiten, die geregelt werden müssen.«

»Sie müssen wohl sehr viel Takt erfordern, seine heiklen Angelegenheiten«, dachte Marguerite belustigt, »wenn es weiße Serge, Schlips und Parfüm braucht, um sie zu regeln.«

Und dann, eines schönen Tages: keine weiße Serge, kein Stöckchen, kein *Nach Kythera* mehr.

»Und keine heiklen Angelegenheiten mehr«, dachte sich Grite. »Wetten, daß sein Muli keinen Durst und keinen Hunger mehr hat, was alle Probleme löst.«

In Wirklichkeit nahmen sie in den Augen des Alternden erst jetzt ihren Anfang. Genauer, neue Probleme – Muliprobleme eben – hatten die alten vertrieben. Gaétan versuchte alles, um ihn wieder triumphierend zum I-ahen zu bringen, seinen Aliboron, der innerhalb von wenigen Wochen und ohne ersichtlichen Grund verstummt war. Zumindest alles, was ein Mann – ein einstiger Mann – versuchen kann. Mit Ausnahme von Frauen, weder einer bestimmten noch vieler verschiedener, weil sein Stolz es nicht zuließ, sich ihnen in unterlegenem Zustand zu präsentieren. Natürlich versuchte er es mit Zärtlichkeiten – verbalen und manuellen. Dann mit Ermahnungen, mit Bädern, Beschimpfungen, Medikamenten. Sehr schnell mit Medikamenten.

Weil der alte Doktor Déramond, der Arzt der Familie – Gaétans Familie bestand zwar nur aus seiner Person –, sich weigerte, ihm Zinkphosphid zu verschreiben, gab er dem »alten Trottel« grob und ohne Bedauern den Laufpaß. Da sich das Zink als unwirksam erwies, ging er zu einem anderen Phosphid über. *Mâ-khanch!* Nichts! Er verlangte also Testosteron, doch keine einzige Apotheke hatte es vorrätig. Also rang er sich dazu durch, zu den Pflanzen zu greifen, unter der Bedingung allerdings, daß sie – ungeachtet seiner Knausrigkeit – aus der Apotheke stammten, kurz, aus Europa.

Er probierte zuerst die Judenkirsche aus, Meisterin der Gefäßerweiterung. Dann die Salbei, dann die Pfefferminze. Dann Belladonna und Stechapfel. Er legte seine Pimpeleien in kaltes Wasser ein, fügte nur ein klein-kleinwenig Alkohol bei, was die Eigenschaften verstärken soll, und trank – auf seinem Schiffsliegestuhl ausgestreckt – die Mixtur schlückchenweise, anstatt und anstelle von Kaffee. Dann setzte er die Tasse ab, schloß die Augen, und seine Hand glitt zwischen den Hosenträgern unter den Gürtelbesatz, wagte sich durch den Unterhosenschlitz vor, wo sie das ach so kranke Kind streichelte, das trotz der Behandlung nicht mehr aufwachen mochte.

Als Sellerie und Spargel an die Reihe kamen, weigerte er sich strikt, wandte sich statt dessen den einheimischen Produkten zu – Ingwer, Spanische Fliege, Trepang – und ärgerte sich gleichzeitig über sich selbst, weil er dem Aberglauben verfiel. Es dauerte nicht lange, und er begann *Nach Kythera* zu vernachlässigen, fing an, vor sich hin zu brummen, wenn hübsche Frauen vorbeigingen. Und warb hartnäckig um Marguerites Hand, die – wahrscheinlich von seiner Beharrlichkeit mürbe geworden – schließlich ja sagte.

Großvater legt den ersten Gang ein. *Nach Kythera* zuckt nicht, rührt sich nicht von der Stelle. Er nimmt vorsichtig den Fuß vom Pedal, die Kupplung rückt langsam ein. Er tritt erneut aufs Pedal. Der Wagen – »die Limousine«, wie Gaétan sagt, »meine Limousine« – gleitet langsam, ruhig, mit schleifender Kupplung ein paar Dutzend Zentimeter vorwärts, bleibt dann auf der gepflasterten Auffahrt stehen. Großvater testet die Bremsen, die einwandfrei reagieren. Er läßt sich von Aimé wiederholen, daß er die Säure in der Batterie, das Wasser im Kühler, die Kerzen kontrolliert hat, daß er die platinierten Schrauben geputzt, daß er den Reifendruck geprüft hat, was mit einem Fersenhieb geschieht. Marguerite hat einen vollen Benzinkanister gespendet. Der gute Gaby sitzt hinten, die Kurbel in der

Hand, für den Fall, daß der Anlasser versagt. Alles läuft also wie geschmiert: Großvater läßt den Motor an.

P'tit-mé winkt feierlich-fröhlich Großmutter zu, die, das dringende Bad für ihre Beine vorschützend, nicht hat mitfahren wollen: damit alle drei ihre Ausfahrt »unter Männern« genießen können. Auch wenn die Vorstellung sie vor allem amüsiert, treffender hätte sie es nicht ausdrücken können.

Nach Kythera schlägt also wie ein Gespann, das den Weg kennt, von selbst die Straßen ein, denen er seinen Namen verdankt: Hier hatte Marie-Pierre sich dazu bewegen lassen, sich neben Gaétan zu setzen. Dort hatte er Laure auf dem Lederpolster herumgekriegt. An jener Kreuzung wohnte Joséphat, die erfahrene, die gerissene …

Bei der Erinnerung an Joséphat … in genau dem Moment wird der Wallach wieder zum Hengst! Gaétan spürt, wie er ganz sachte den Kopf hebt und vorwitzig aus seiner Nesseltuchbox blinzelt.

Ungläubige Verblüffung.

Freudiges Staunen.

Jubel!

Und dann sein Herz, daß zu jazzen anfängt, zu schlagen, zu trommeln. Großvaters Gesicht läuft rot an, das Blut schießt ihm derart zu Kopf, daß dadurch sogar P'tit-més Freude getrübt wird.

»Es ist nichts, mein Kind, es ist nichts«, flüstert Großvater.

Doch dieses Nichts, das wilde Klopfen seiner alten Blutpumpe, zwingt ihn, am Straßenrand anzuhalten, die Hand auf die Brust zu legen, als wolle er sie am Zerspringen hindern.

Dann kehrt die Ruhe von allein zurück. Großvater zieht es jedoch vor, in einem gemächlichen Tempo nach Hause zurückzufahren.

Gaétan, der sich sein Leben lang alle möglichen Gefahren ausgedacht hat, um sich die schlimmsten Ängste einzujagen, hegt nun angesichts einer greifbaren Bedrohung nur noch mäßige Befürchtungen, worüber er in seinem Innersten nicht wenig stolz ist. Ist das vielleicht der Preis, um wieder zu der Männlichkeit zurückzufinden, die er während mehr als fünfzig Jahren gewesen war? Also beschränkt er sich darauf, sich in der Stadt – was würde Mane-ti für seinen alten politischen Komplizen nicht alles tun – eine Schachtel *Dragénan* besorgen zu lassen, das Gaétan ausnahmsweise nicht vorsorglich einnimmt, sondern in die Tasche seines weißen Sergeanzugs steckt, der den Ausfahrten vorbehalten ist.

Denn es folgen weitere. Viele weitere. Es ist nun Gaétan, der das Benzin bezahlt, der das Trinkgeld für eine eventuelle Kurbelunterstützung durch einen Passanten nicht vergißt, da Grand-gaby unmöglich jedesmal mitfahren kann.

Die Ausfahrten wurden mit der Zeit zu richtigen Spritztouren, zu Ausflügen, Ritualen, Pilgerfahrten. Kaum fuhr der erste Nachmittagsbus von der Stadt herauf, brodelte Gaétan vor Ungeduld. Vor halb fünf konnte man jedoch unmöglich losfahren: Zu seiner Zeit verließen die Schönen das Haus zu ihrer abendlichen Promenade genau nach der Fünf-Uhr-Sonne. Nicht, daß er etwa Lust gehabt hätte, eine aufzugabeln. Das Anschwellen seines Penis zu spüren, das genügte ihm fast. Sich mit ihm unterhalten zu können, wenn auch nur zwischen den Zähnen. Ihm bei beginnender Erektion zu schmeicheln, ihn ermutigen, ihn necken, ihn mit der Stimme streicheln, weil das Lenkrad und die Anwesenheit des Kleinen jegliches echte Abschweifen zwischen den Hosenträgern in Richtung Vogelhäuschen unmöglich machten. Dann, bei zunehmender Steife, ihn mit »Keiler« bezeichnen, mit Vogelnamen, Reptiliennamen, Werkzeugnamen: »du Bandit«, »du altes Klappergestell«, »mein Knüppel«. Bei vollendeter Schwellung ihm die verdiente Schelte geben: »Was du mir nicht alles angetan hast! Was ich deinetwegen nicht alles gelitten habe! Und mich gequält.« Dann, wenn die hölzerne Härte erreicht war – *an boi*, wie man auf kreolisch sagt –, ihn »elenden Hund« schimpfen, »Thiers«, »Guy Mollet«, ihn mit dem Namen sonstiger Imperialisten bedenken, »Gallieni«, »Bugeaud« ... Denn Gaétan Bénards Stift wurde antikolonialistisch spitz.

»Ich zahle sie dir heim, die zivilisatorische Mission, du Kanaille«, dachte er zu P'tit-més Verwunderung manchmal brummelnd. »Ich werde sie dir zeigen, ich, Gaétan Bénard, die Größe Frankreichs!«

Nicht verwunderlich also, daß es eine Frau aus Androy war, Ruth-Bathseba, die als erste ihre Stellung wiedereinnahm. Gewiß, sie hieß weder Ruth noch Bathseba, aber sollte er, Gaétan – trotz aller Freundschaft, die er dem Volk der Dornen entgegenbringt –, etwa seine Zunge verrenken, um sich antandrouillisch zu artikulieren? Und obwohl er sich jetzt das Gegenteil einredete, diese Frau hatte jedenfalls vor ihm nie existiert und verschwand bei seinem Weggang wieder. War es also nicht die natürlichste Sache der Welt, daß er ihr einen Namen gab, wo er ihr doch das Leben geschenkt und im gegebenen Moment wieder genommen hatte?

Ruth und Bathseba, die zwei aus der Bibel entliehenen Namen, hatten ihm etliches Kopfzerbrechen bereitet, denn es gab auch Esther. Esther, die einzige, einzigartige, die Christin gewesen war. Ihretwegen hatte er sich mit der Religion angelegt, ja, aber zehn Jahre waren seither vergangen! Sich für die erste Frau, mit der er sich nach Esther einließ, auf die Bibel zu berufen, bedeutete die Seite wenden, seine Unabhängigkeit und seine Freiheit wiedererlangen. Und schließlich, die Treue, was ist das? Und was hätte Engels von ihm gedacht?

Er wagte also den Schritt, wählte biblisch. Ruth zuerst, weil er sich mit siebenundvierzig zwar alt vorkam, ihn aber der Gedanke erregte, nach all den Jahren Enthaltsamkeit wieder zu lieben. Er sah sich bereits als Boa – *goldene Sichel im Sternenfeld* –, wie er garbenweise blühende junge Mädchen und reifende Ährenfrauen erntete. Auch weil sie »das« mochte, weil sie beständig auf der Suche war, ständig läufig, *en rut*, ein Wort, das seiner Ansicht nach mit einem h hätte geschrieben werden müssen.

Und Bathseba, weil er, Gaétan, sie das erste Mal wie einst König David erblickt hatte, diese Frau, aber von der Veranda seines Hauses und nicht vom Dach eines Palastes aus; weil er gesehen hatte, wie sie badete, vielmehr sich mit Regenwasser aus einem Schildkrötenpanzer wusch; weil er sich – wiederum wie König David – unwiderstehlich von ihr angezogen fühlte, sie raubte und in sein Haus führte. Alles, alles wie David – oder fast –, dessen Psalmen Großvater, dieser altgediente Atheist, auswendig kannte, so wie er auch das zweite Buch Samuel, 11. Kapitel, auswendig kannte, in dem die Geschichte besagter Bathseba erzählt wird:

Da begab es sich eines Abends, als David von seinem Lager aufstand und auf dem Dach des königlichen Palastes sich erging, daß er vom Dach aus ein Weib sich baden sah. Das Weib aber war von sehr schöner Gestalt. Und David sandte hin und ließ nach dem Weibe fragen, und man sagte: Das ist ja Bathseba, die Tochter Eliams, das Weib des Hethiters Uria.

Wie schön von Angesicht sie doch war! Und überall! Zum Glück für ihn, Gaétan, daß Uria, der Hethiter, seinen Speer schon lange zerbrochen hatte und auch seinen Reislöffel und seine kleine Tonpfeife, in der er grünen Tabak rauchte. Zum Glück, daß die Zebus – vier an der Zahl, wenn er sich richtig erinnerte – ihm ermöglicht hatten, das Familienoberhaupt zu kaufen, denn auch wenn ihr Zopf sich in ein königliches Lager verwandelte, hatte er dennoch einen stattlichen Preis für die *ramatoa*[*] bezahlt.

»Bathseba!« Sie haßte es, wenn er sie Bathseba nannte.

»Ich bin kein 'rrrak«, sagte sie, weil sie glaubte, daß sie diesen Namen dem heimlich gebrannten Rum verdankte – *bet'sabets'*, wie man auf madagassisch sagt –, den Gaétan vor der Nase und hinter dem Rücken der Verwaltungsbeamten und Gendarmen brannte und seinen paar wirklichen Freunden kredenzte.

* madagassisch: junge Frau

»Ich bin kein Arrrak!«

»Kein Arrak! Obwohl ich mich an ihr berauschte. Sie war schön, leidenschaftlich, geschäftstüchtig. Nicht nötig, besonders helle zu sein, um zu kapieren, warum sie sich ausgerechnet im Feigendistelfeld vor meinem Haus wusch und obendrein noch in der Blicklinie meines Sessels, wo es doch im Busch von Schildkrötenpanzern nur so wimmelte.«

... Ich stehe auf und verschütte dabei meinen Vermouth; wenn ich allein bin, trinke ich Vermouth. Nicht etwa, weil ich Vermouth brauche, um die Glut meiner Begierde zu schüren. Ich lasse meinen Maki das Tablett aufschlecken, gehe mit feuchten Händen, mit trockener Kehle, mit hämmernden Schläfen, mit hämmerndem Herzen auf sie zu. Beim Geräusch meiner Schritte im roten Sand richtet sie sich auf, wendet sich mir lächelnd zu, mit zitternden Nasenflügeln, die Lippen leicht geöffnet. Dann, weil ich einen Moment lang zögere – Esther, verzeih mir, Esther! –, macht sie die letzten Schritte, schmiegt sich an mich, küßt mich, nimmt flink meine Hand und führt sie durch ihr Hüfttuch zu ihrer Distelfeige ...

8

Gaétan hatte sich ganz und gar verändert; er war fröhlich geworden, umgänglich, immer zu Scherzen aufgelegt. Er beschimpfte Madame Grüne-Mango-selig nicht mehr, wenn sie vorbeiging. Im Gegenteil, sein Stöckchen in der Hand, das den anmaßenden Stock verdrängt hatte, ging er bis zur Straße hinunter, lüpfte sogar seinen nagelneuen Panama, erkundigte sich bei der jungen Frau nach ihrem Befinden, Vorwand, um ein Gespräch anzuknüpfen. Sie glaubte jedoch, es stecke böse Ironie dahinter, ein verkappter Spott, und gab ihm wie früher zurück, kehrte ihm dann den Rücken und ging triumphierend ihres Weges. Er aber, er folgte ihr mit dem Blick bis zum Ende seines Prospekts.

Und auch wenn er immer noch »die Glut« murmelte, »du liebe Güte, sie glüht«, so war der Tonfall nicht mehr der gleiche, war nicht mehr der eines Kranken, eines Verbitterten, sondern drückte den Stolz eines echten Mannes beim Anblick des zu verführenden Weibchens aus.

Anstatt sich verbal mit Vivano-die-Flamme zu prügeln, was immer wieder vorgekommen war, seit er herausgefunden hatte, daß er nichts zu befürchten brauchte, versuchte er es jetzt mit väterlichen Ratschlägen:

»Trink nicht soviel, Mann. Trink nicht soviel! Du wirst sehen, es zahlt sich aus.«

Doch der warf ihm bloß Beschimpfungen an den Kopf, auf die Gaétan, fast eine Spur verzweifelt, nicht antwortete.

Auch die Rätsel, die er P'tit-mé stellte, hatten alle Bissigkeit verloren.

»Willst du mir nicht eine Rechenaufgabe lösen, Kleiner? Nein, brauchst keine Angst zu haben. Es ist ein Spiel, nur ein Spiel. Also: Einsundvierbeineaneinerleine, wieviele Beine sind das?«

Großvater lachte über die unwahrscheinlichsten Resultate, die P'tit-mé willkürlich einfielen.

»Heinz und sein Hund an der Leine, das sind sechs Beine, du kleiner Dummkopf.«

Unter dem Vorwand, das gehöre zu P'tit-més Allgemeinbildung, ließ er sich sogar dazu hinreißen, Romanzen aus alten Zeiten zu singen, denn »es steckt wenigstens etwas dahinter, es steckt etwas dahinter, hör zu:

Ich hab so sehr um dich geweint
Hab glühende Tränen vergossen ...!

Er mußte früher eine schöne Stimme gehabt haben, Gaétan. Sie war im übrigen noch durchaus passabel, nicht gebrochen, nicht zittrig, selbst bei den Tremolos nicht.

Gaétan sang querbeet nicht nur Romanzen, sondern auch schwülstig-martialische Lieder:

Hast die Mütze, hast die Mütze ...
Hast Papa Bugeauds Mütze gesehn?

Natürlich zog der Name Bugeaud zuerst die geschichtlichen, dann die politischen Erläuterungen nach sich. Von Bugeaud ging Gaétan zu Gallieni über. Von Gallieni ging er zum Schweigen über, verlor sich im Traum, denn Gallieni, das war vor allem das Land der Dornen.

... obwohl der Morgen noch kaum angebrochen ist, herrscht Höllenhitze, Kalaharidürre. Dein Maki hüpft vom kleinen runden Tisch auf den knarrenden Fußboden der Veranda. Er rennt übers Feigendistelfeld Bathseba entgegen, die mit ihrem wassergefüllten Schildkrötenpanzer in der Hand auf das Haus zukommt. Sie wäscht sich nicht mehr zwischen den Dornen, sondern in deinem Zimmer. Sie rollt deinen Pyjama zu einer Wurst zusammen und macht daraus ein behelfsmäßiges Wasch-

becken auf einem Stuhl. Dein Pyjama! Du protestierst natürlich.

»Macht nichts! Trrrocknet alles schnell.«

Und obwohl sie jedesmal »schau weg« zu dir sagt, stellt sie sich genau in die Brennlinie des Fensters. Du brauchst nicht einmal den Hals zu recken, um zu sehen, wie sie ihr Hüfttuch bis unter die Achselhöhlen schürzt …

Dreißig Jahre sind es her, und allein schon beim Gedanken erhebt sich dein Pferd wieder; sein vorwitziger Kopf zeichnet sich unter dem Nesseltuchstall ab. Es wiehert vor Ungeduld, bäumt sich … Du kommst nicht einmal auf den Gedanken, es irgendwo in der Savanne zu befreien. Du genießt ganz einfach die Freude, dich noch als Mann zu wissen, die Genugtuung zu spüren, wie es sich aufrichtet, aufsteht, herausfordernd, siegreich, glücklich. Du hörst die Pumpe deines Herzens klopfen, klopfen, klopfen, deinen Blutdruck in die Höhe treiben. Du hörst dein Blut steigen, steigen, steigen …

Zu hoch, Gaétan, zu hoch. Hol schnell das Schächtelchen aus deiner Westentasche und aus dem Schächtelchen die Pille. Bring es zum Fallen, das Blut, die beklemmende Angst, die unweigerlich folgt. Zügle dein Pferd, denn es muß sein! Deine Eitelkeit wird nicht darunter leiden, im Gegenteil:

»Stell dir vor«, sagst du dir, »jetzt bist du gar gezwungen, Medikamente zu nehmen, um es zu zwingen, den Kopf einzuziehen! Mit vierundsiebzig Jahren! Stell dir vor!«

Aber warum machst du dir nicht Luft? Warum gehst du nie bis zum Ende? Warum versuchst du nichts, träumst nicht einmal davon?

Einziger Fehltritt: die kleine Friseuse. Genauer gesagt, die Frau des Friseurs. Naise heißt sie. Die das Rasiermesser ihres Mannes übernimmt, wenn der betrunken ist, mit anderen Worten, von morgens bis abends. Zweimal hast du dich in ihren Sessel gesetzt – doppelt schlimmer Verrat der Treue, die du Saintange schuldest, deinem Barbier seit vielen Jahren. Er hat es dir übelgenommen, weißt du?

Aber sie hatten recht an der Theke in der Kneipe: Sie hat, in aller Tugendhaftigkeit, eine Art, einem die Kopfhaut zu massieren ... ob behaart oder nicht. Du in deinem Sessel hast einen Steifen bekommen, einen Steifen ... Aber du kannst dir mit deinem bereits glattgeschorenen Schädel nicht auch noch die Borsten scheren lassen, oder? Doch es dauert, dauert eine Ewigkeit, bis das Zeug wieder nachwächst.

Seine Männlichkeit in ihrer ganzen Pracht wieder erleben zu können, verleitet Gaétan dazu, einen Teil seiner Erfahrung an P'tit-mé weiterzugeben. Da P'tit-mé noch so jung ist, begnügt sich Gaétan mit Andeutungen, bruchstückweisen Schilderungen, allgemeinen Ratschlägen.

»Es gibt welche, die sagen, sie mögen es grob. Ich sage dir aber: Nein. Man muß zart umgehen mit ihnen. Sehr zart.«

Diese Weisheitsvermittlung ist nicht etwa an bestimmte Tageszeiten gebunden: Eines Nachts, als die zwei Männer, jeder in seinem Zimmer, bereits im Bett liegen, während Großmutter in der Eßdiele stundenlang ihre Beine mit den aufgegossenen Kräutern badet, ruft Großvater durch die Wand hindurch mit der lauten Stimme Harthöriger (alle harten Schwellungen der Welt vermögen nichts gegen die Presbyakusis, ein Wort, das von *presbus*, alt, und *akouain*, hören, stammen soll) P'tit-mé zu:

»Aimé, schläfst du?«

Und da der Kleine nicht antwortet:

»Schläfst du schon?«

»Noch nicht, Großvater.«

»Sag, was hältst du denn von der Geschichte von Adam und Eva?«

»?«

»Ein Mann und eine Frau nackt nebeneinander, und die Pfaffen haben nichts dagegen einzuwenden. Reden ganz offen darüber. Meinst du nicht auch, daß da etwas nicht ganz stimmen kann?«

»???«

»Begreifst du wirklich nicht, warum die Klerikaille schweigen müßte, wenn die Geschichte tatsächlich stimmen würde? Adam soll doch aus ihr seine Mätresse gemacht haben. Tja, kann man das Übel nicht verjagen, muß man's mutig tragen.«

Großmutter, die unfreiwillig alles mit angehört hat, ist der Ansicht, daß er etwas zu weit geht, der Alte. Sie sagt sich, daß sie ihren Kleinen wenigstens nachts vor solchen Schweinigeleien bewahren muß. Sie wird schon irgendeinen Vorwand finden. Genau: der Goldregenast, der den Dachvorsprung über dem kleinen Zimmer streift und einen Höllenlärm macht, wenn es nachts windet. Oder vielleicht die ungesunde Nähe – für junge Lungen zumal – des Misthaufens. Oder ... Und im übrigen, wenn er hartnäckig damit fortfährt, wird Margrite kein Blatt vor den Mund nehmen und ihm die Leviten lesen.

Die Nacht greift vermittelnd ein, und am nächsten Morgen, als Großmutter die zwei so einträchtig beieinander sieht, feststellt, wie hingebungsvoll sich der Alte um ihren Kleinen kümmert, findet sie den Mut nicht, was und wie auch immer mit ihm zu schimpfen. Sie hält es auch gar nicht mehr für notwendig. Denn, ehrlich Margrite, konntest du mehr Zuneigung und Verständnis für deinen Kleinen erhoffen als das, was Gaétan ihm gibt?

Er, Gaétan, will sogar demnächst Aimé – der im siebten Himmel schwebt – erlauben, *Nach Kythera* im Hof zu fahren. Anfangs ist Gaétan etwas bange; er setzt sich neben den Jungen, den Mund voller Ratschläge, die Hand zwei Fingerbreit vom Lenkrad entfernt, horcht auf das kleinste Knirschen der Kupplung, aufs wahrscheinliche Absaufen des Motors. Doch nichts von alledem: Joseph hatte seinem Sohn so oft erlaubt, die Wagen auf dem Garageareal zu verstellen, daß gewisse Befürchtungen sich mehr als überflüssig erweisen.

Also läßt Großvater von da an P'tit-mé nach dem Frühstück allein auf dem festgetretenen Vorplatz, wo einst der Kaffee trocknete, ein paar Minuten lang schwarzfahren, derweil er selbst seinem grünen Liegestuhl zustrebt.

Das Verdauungsschnäpschen – Gaétan hat sich eine Flasche Vanillelikör gekauft und genehmigt sich nach dem Essen ein Gläschen pur, bevor er vom Tisch aufsteht –, das Brummen des Motors und seine wollüstigen Träumereien bringen ihn wieder auf Vordermann, denn ein Mann ist ein Mann. Und auch wenn er nicht immer hölzern wird, die Gewißheit, daß er es später werden wird, wenn sie »auf Aufriß« gehen – so pflegt er in seinem Innersten die abendlichen Spritzfahrten zu bezeichnen –, ist so beruhigend, daß er heiter ein Viertelstündchen oder zwei eindöst.

Wenn er wieder aufwacht, schläft P'tit-mé in seinem Sessel. Denn der Kleine klettert schon nach kurzer Zeit aus *Nach Kythera*, wenn auch nur widerstrebend. Auf ausdrücklichen Befehl Margrites. Es kann nicht die Rede davon sein, auf dem Buckel Großvaters literweise Benzin zu vergeuden. »Seltsam«, denkt Grite, »die Rollen sind vertauscht, ich bin es jetzt, die knausert.« Es kann auch nicht die Rede davon sein, sich mitten in der Februarhitze zu erhitzen, um nicht das bißchen Muskeln und die hauchdünne Fettschicht zum Schmelzen zu bringen, die er so mühsam angesetzt hat. »Meinetwegen soll er spielen, bis er außer Atem ist, aber wenn der Schatten der Sonne so lang ist wie der Baum, besser noch, wenn sie so tief steht, daß sie an Calixtes Stein in der Küche leckt, und nicht, wenn sie einem senkrecht auf den Kopf herabbrennt, wenn ihre Höllenglut einem den Schädel fast zum Platzen bringt.«

Nach der Siesta greift Gaétan nach einem alten Almanach, nach einer alten Zeitschrift und vertreibt sich die Zeit, bis Großmutter Aimé zu seiner kleinen Brotzeit ruft. Eine kleine Brotzeit, an der er, Großvater, großzügig teilhat. Dann bereitet er sich mit seinem jungen Schüler für die tägliche Ausfahrt vor; »auf zu unserer Sumpftour«, sagt Gaétan zu P'tit-mé, der das Wort nicht versteht und daher um so begeisterter zustimmt.

Großvater überläßt ihre Ausflüge nie dem Zufall, er wählt sie aus wie der Sultan seine nächtliche Favoritin. Einmal ist es die Route Alicia, dann wiederum die Route Célia, dann die Route Joséphat ... Die Namen tauchen in seiner Erinnerung wieder auf, und Großvater ist glücklich darüber: »Auch das Gedächtnis kehrt zurück.« Es gibt mehrere Routen Louise und Marie-Pierre zusammen, die Großvater in ausgelassene Stimmung versetzen; eine Route Dositéa, eine und nicht mehr in Ermangelung von Besserem.

Ohne P'tit-mé etwas davon zu verraten, geht Großvater nochmals die Wege, wo er einst in Begleitung seiner Schönen gegangen war. Er hält mit laufendem Motor einen Moment lang bei den einzelnen Küssen an – manchmal erinnert er sich genau, oder dann erfindet er sie eben –, läßt an den Stellen, wo er sich zu erinnern glaubt, eine vernascht zu haben, den Motor etwas länger laufen. Er versucht auch ihr Haus wiederzufinden, ist enttäuscht, wenn es verschwunden oder unerkennbar geworden ist – und erst recht, wenn ein alter weißer Haardutt hinter der Fensterreihe auftaucht. Dann schaltet er in den ersten Gang und wendet nervös.

Abschließend fahren sie regelmäßig den endlosen, monotonen Strandboulevard entlang, der, wenn in gemächlichem Tempo befahren, eine Vibration, Komplizin der Erektion, hervorruft, die bis in die Eingeweide dringt, ein Dröhnen, das in die Lenden übergeht.

Wenn Pauken und Trompeten in der Unterhose widerhallen, blickt Gaétan Bénard starr geradeaus, die Hände um das Lenkrad geklammert, als beanspruche die Straße seine ganze Aufmerksamkeit, aber er ist rot im Gesicht wie eine Litchipflaume. Und sein Herz klopft zum Zerspringen. Was ihn nicht daran hindert, einen, zwei, drei Kilometer weiterzufahren, die Zeit, um sich von seiner Männlichkeit ganz durchdringen zu lassen. Dann hält er irgendwo am Straßenrand an, zieht sein Pillenschächtelchen aus der Rocktasche, schluckt eine, manchmal zwei Pillen, eine für Dositéa, zwei für Louise und Marie-Pierre ... Wartet ein paar Minuten, bis das Medikament seine Wirkung tut, bevor er – wieder alt – langsam nach Hause zurückfährt.

Dort beginnt die Prozedur des Aussteigens.

Trotz der vorgerückten Abenddämmerung parkt Gaétan *Nach Kythera* unter dem Mangobaum, wo »die Atmosphäre gesünder ist«, wie er sagt. Dann, um sich keine Erkältung zu holen, weil »die Luft schon recht kühl ist«, bittet er Aimé, eine der hinteren Türen zu öffnen, was ein allmähliches Absinken der Temperatur »ohne zu heftige Turbulenzen« ermöglicht. Aimé muß dann die andere hintere Tür öffnen, was selbstverständlich einen Luftzug bewirkt, der aber den Fahrersitz nur schwach streift. »Schlicht eine Frage der Vernunft.« Gaétan zwängt sich schließlich aus seiner Limousine, nimmt den Umweg über die rechte Vordertür: die Tür der Schönen.

Auf Aimés Schulter gestützt, schreitet Gaétan erschöpft auf das Haus zu, läßt sich in seinen Liegestuhl fallen, den Großmutter auf die Veranda geschoben hat. Nach einem kleinen Viertelstündchen hat er genügend Kräfte gesammelt, um sich das Gesicht zu waschen, seinen Pyjama anzuziehen. Dann kehrt er für ein Weilchen in seinen Liegestuhl zurück.

Erst zum Abendessen wird er seine laute Stimme wiedergefunden haben, seine ansteckende Heiterkeit, seine didaktischen Kehrreime, einen seiner vierzehn Jahre würdigen Appetit.

9

Aimé hat noch geschlafen, als Gaétan weggefahren ist, und er schläft bestimmt noch. Wenn er erwacht, wird er sich nicht über die leere Garage wundern. Der Alte hat ihn nicht angelogen, hat ihm die heutige Spritztour nicht verheimlicht. Aber hinterher klingt das Wort unendlich falsch.

Gaétan hat den Kleinen bisher immer auf seine amourösen Eskapaden mitgenommen, hat ihn an den Momenten des Vergessens, der Betäubung teilhaben lassen, und darum handelt sich auch an diesem Morgen. Er hat ihm also gestern abend erklärt, daß er nicht mitkommen kann. Aimé hat nicht protestiert, hat keine Fragen gestellt.

Bis jetzt hat Gaétan es nicht gewagt. Er hat jenes enge Gäßchen gemieden – inzwischen fast ein Boulevard –, wo er ihrer Spur gefolgt war, jene Straßenecke, wo er sie im Schutz der Dunkelheit der ersten Morgendämmerung, die die Zyklonwarnung noch unheimlicher erschienen ließ, endlich zum ersten Mal an sich gepreßt hatte. In einer ersten atemlosen Umarmung unter dem vorwurfsvollen Blick der alten Anstandsdame, die sie, zehn Meter hinter ihr her, zur Frühmesse begleitete.

Sie hätte noch mißbilligender dreingeschaut, die Aufpasserin, hätte sie das Zittern ihrer Kleinen wahrgenommen, die sich an diesen sozusagen Unbekannten schmiegt, die zärtliche Glut ihrer Lippen, die vollkommene Hingabe ihres Körpers, ihrer Seele – von diesem ersten Kuß an! –, und hätte sie begriffen, daß die Initiative zu letzterem von ihrem Schützling ausgegangen war, hätte sie eine Ahnung von der Wollust gehabt, die in der Kleinen erwachte, sie wäre an einem Herzschlag gestorben.

Seit seiner Wiederauferstehung – seiner *Resurerektion*, hat er sich noch vor drei Tagen respektlos kichernd gesagt, er, der behauptet, Gott zu ehren – weiß Gaétan, daß er zu jener Stelle zurückkehren wird. Wenn »vorher« nicht die Rede davon sein konnte, impotent vor sie hinzutreten, selbst in der Erinnerung nicht – Gaétan hätte es nicht ertragen –, so ist es »nachher« unumgänglich geworden. Gestern hat er also beschlossen, daß er heute im Morgengrauen für die halbe Stunde bis zur Stadt seine alte Karosse nehmen wird. Daß er sie genau dort parken wird – nicht wie früher, denn damals war er noch ein unbedeutender mittelloser Journalist und daher zu Fuß durch die engen Gassen gegangen, die zu ihr führten –, wo er zwei Schritte weiter weg wartete, bis sie vorüberging.

Gaétan läßt den mit der Kurbel in der Hand schlafenden Grand-gaby allein auf dem Rücksitz zurück. Er klettert aus dem Auto. Die Luft ist fast lau. Er geht zu der Bank unter dem großen Banjanbaum, der inzwischen mit seinen kräftigen Ästen das Gitter des Stadtparks aufspießt und mit seinen knorrigen Wurzeln die Umfassungsmauer aus den Grundfesten hebt. Seine runden, kleinen, in der Nacht heruntergefallenen Früchte knirschen wie einst unter den Sohlen; der Straßenfeger beginnt seine Arbeit erst um viertel nach sieben. Gaétan setzt sich auf die Bank, wie er es für sie tat: übergeschlagene Beine, mit verschlungenen Händen das aufgestützte Knie umklammernd, eine reiflich überlegte Haltung; weder zu ungeniert wie zum Beispiel die Hinterbacke an einem Ende der Bank, einen Fuß auf der Erde, das Bein längs auf der Bank ausgestreckt; noch zu schüchtern, die ganz banale sitzende Stellung also; noch zu lässig, die ausgebreiteten Arme auf die Rückenlehne gelegt.

Er setzt sich, läßt vielmehr seinen alten Hintern darauf fallen. Er muß verschnaufen – er war nicht kurzatmig damals und vor allem nicht für sie, zumindest nicht zu Beginn des Abenteuers.

... So richte dich doch auf, Gaétan, richte dich auf! Sie kommt, Kreuz-Schock-Schwerenot! Sie kommt in Begleitung ihrer unvermeidlichen Anstandsdame. Du hättest dich etwas weiter vorn hinsetzen können, denn sie und ihre Aufpasserin werden den gleichen Weg nehmen wie du. Doch du mußt hier auf sie warten: Die Gassen sind noch zu dunkel, und wenn du dich ihr eines Tages nähern willst, darfst du ihr unter keinen Umständen angst machen. Du setzt dich also an diesen offenen, hellen Platz, wo bereits Menschen vorbeigehen, die wie sie zur Frühmesse eilen.

Sie kommen, sie und die alte Kinderfrau, Tochter eines indischen Landarbeiters, die die Religion ihrer Vorfahren verraten hat. Sie ist Mädchen für alles der Eltern und wahrscheinlich die einzige Freundin der Tochter.

Du rührst dich nicht, als sie vorbeigehen. Sie zuckt nicht mit den Wimpern, wendet sich zu der Alten um, die sie am liebsten am Arm nähme, es aber aus Respekt vor dem jungen Fräulein unterläßt.

Schämst du dich nicht, Gaétan, du, Atheist und militant obendrein (deine letzten Zeitungsartikel haben in den tropischen Weihwasserbecken einen ziemlichen Sturm verursacht), hinter diesem Kirchenfrosch her zu sein, der sich nicht nur sonntags, sondern an jedem Tag, den der Teufel uns gibt, endlose fromme Bäder gönnt?

Nein, du schämst dich nicht. Warum solltest du dich schämen? Im Gegenteil: Bist du nicht einfach dem Versprechen treu, das du dir selbst gegeben hast? Damals, als du frühmorgens auf dem Weg zu deiner Zeitung warst, um die Angriffe jener Kuttenkabale zu parieren, die dir deinen Broterwerb wegnehmen wollte? Hast du dir nicht vorgenommen, die erste Nonne zu bumsen, die dir über den Weg läuft? Oder, halt, jenes Täubchen – im übrigen gar nicht übel, appetitlich sogar –, das in die Kirche eilt, um ihren Jesus anstelle des Frühstücks zu schlucken?

Schämst du dich nicht, die Schwelle zur Höhle deiner bigotten Kollegen zu überschreiten? Wobei du dir sagst, daß er dich tüchtig unterstützt hat, dein in trüben Gewässern schwimmender Zitteraal, dein röhrender Hirsch, dein dreister Bengel auf der Pirsch nach dem Weibchen, als er im Kirchhof ungeniert den Kopf in der Unterhose reckte. Mit niedergeschlagenem Blick und Sündermiene die Heilige Stätte betreten und obendrein noch mit einem sozusagen Steifen ... Du hast es dir nicht verkneifen können, was?

Die Frühmesse wird immer noch um halb sechs gelesen. Nichts hat sich seit nun bald vierzig Jahren geändert. Der Pfarrer vorn vor dem Altar ... Laß bitte den Pfarrer aus dem Spiel, Gaétan, du hast heute sowenig mit ihm zu tun wie einst. Das einzige, was sich wirklich geändert hat, ist die Zahl der Gläubigen. Es sind nur noch ein paar verschrumpelte Weiße da und vereinzelte verhärmte Schwarze. Früher mußtest du dich verrenken, damit sie dich sehen konnte. Gestern noch hättest du dich darüber gefreut. Heute jedoch ...

Wirst du dich an ihren Platz setzen? Oder wirst du dich an die Säule lehnen, die sich immer noch an die erste Bankreihe stützt, was dir erlauben würde, dich diskret nach ihr umzusehen und ihr zu zeigen, daß du sie anblickst?

Du entscheidest dich für die Säule.

...Nach monatelanger Geduld, nach schmachtenden Blicken und leidender Miene sprichst du sie schließlich eines Tages an. Besser gesagt, du gehst neben ihr her. Die Aufpasserin – die keusche Liebe, oh, dafür ist sie zu haben – geht langsamer, bleibt absichtlich dreißig Schritte zurück. Ihr geht Seite an Seite. Trotzdem ein bißchen gehemmt, weißt nicht, an welchem Ende das Gespräch anknüpfen. Sie ist es, die als erste etwas sagt:

»Ich habe Ihre atheistische Prosa gelesen.«

Ai, ai, die Dinge komplizieren sich. Doch sie hat sich immerhin über den Bannfluch hinweggesetzt, was ein gutes Zeichen ist.

»Sie prangern die Voreingenommenheit an, doch was sind Ihre Gegenargumente? Ich habe in Ihren siebzehn Artikeln kein einziges gefunden.«

Ihre Stimme ist trotz der Strenge ihres Vorwurfs nicht spröde. Sie klingt voll und weich. Voll wie ihre Brüste, die wohl ebenfalls weich sind. Du begehrst sie. Ein Stier, du bist ein brünstiger Stier.

Ruhig, o ruhig, mein Penis, und halte dich still.

Eines, Gaétan: Sie anlügen, das wäre der größte Fehler. Oder besser, du kannst sie über alles belügen, außer über eines: deinen Materialismus. Sie wird niemals an deine Bekehrung glauben. Argumente hast du zuhauf, aber lege sie ihr bitte nicht dar, versuche vor allem nicht, sie zu überzeugen. Siehst du dich tagelang deinen Atheismus rechtfertigen? Ihre Religion mit deiner Dialektik spalten? Nach einem Jahr wärst du keinen Schritt weitergekommen. Geh vielmehr forsch vor. Stelle die Dinge auf fruchtbaren Grund: den der Gefühle. Und hopp, wage den Schritt.

»Fräulein, ich liebe Sie.«

Spuckst gleich große Worte, Gaétan. Gehst du nicht etwas zu überstürzt vor? »Ich liebe Sie!« Warum nicht gar: »Hallo, können wir uns unter vier Augen treffen, Puppe?«

Schau, schau, sie ist verwirrt, die Kleine, sie schwankt. Wunderbar: Sie ist bis über beide Ohren in dich verliebt. Die kleine Betschwester, die sich vor Liebe zu Gaétan verzehrt – dem Gottlosen, dem Ungläubigen, dem Antichristen. Du reichst ihr den Arm, damit sie sich darauf stützen kann. Sie faßt sich schnell, braucht ihn nicht. Sie verabschiedet sich.

»Bis Montag, mein Herr, bis Montag.«

Sie liebt dich. Guter, großer Gott, sie liebt dich! Es ist geritzt.

Sie hat dir die Hand nicht hingestreckt. Schade. Du hättest gern ihre feuchte Haut gespürt. Doch wie auch immer, das ist ein Beweis für die Gefühle, die sie dir entgegenbringt. Jemand die Hand hinzustrecken, das ist eine Entscheidung. Scheidet auch aus. Da sie dich begreiflicherweise nicht küssen kann, läßt sie den Kuß in der Schwebe.

Du stellst bald fest, daß sie alles über dich weiß. Daß du vom Weggehen träumst. Daß Madagaskar dich lockt. Daß du heimlich Rum brennst. Sie sagt sich, daß es dir wohl vor allem darum geht, dem Gesetz ein Schnippchen zu schlagen. Den Behörden jeglichen Ranges. Sie ist dir deswegen nicht böse, möchte aber lieber … Du bleibst fest. Was dies angeht, könntest du ruhig lügen, aber dir ist überhaupt nicht danach. Die Auseinandersetzung wird heftiger. Ein paar Sekunden lang. Sie ist es, die schnell nachgibt. Sie hat Tränen in den Augen. Sie weint wirklich. Du bist jetzt gezwungen, dergleichen zu tun. Gezwungen oder nicht, du Mistkerl. Du nimmst ihre Hand. Nur ein paar Sekunden. Sie preßt deine Finger mit all ihrer kindlichen Kraft, bevor sie sich freimacht.

Erster Montag des Monats Mai 1937.

…Hosianna! Hosianna! In einer halben Stunde, einer Stunde höchstens, hast du die mit dir eingegangene Wette gewonnen, schlüpfst ruckzuck wieder in deine Unterhose, knöpfst die Hose zu … O Gott des Lichts und des Vögelns.

Die anderen, die alte Hippe und der alte Dussel – du hast dich über ihre maulfrommen Eltern erkundigt –, sie sind zu ihrem todkranken Schwager gefahren. Mauritius ist nicht weit weg, doch das Schiff kehrt erst in vier Wochen zurück.

Hosianna! Sie öffnet das Tor. Du darfst eintreten. Du trittst ein. Die Aufpasserin rauft sich das Haar.

Hosianna!

Posaunen an allen vier Enden des Universums. Aufersteht, ihr Toten.

Es ziert sich nicht, das Nönnchen, keine Sperenzchen, zittert bloß ein bißchen. Ihr ist bloß ein bißchen kalt, ein bißchen bange: Es ist das erste Mal. Du, du hast andere entjungfert, zwei sicher, eine dritte behauptet es. Und in wenigen Minuten wirst du diese beknien und wirst nicht nur die Bigotterie beknien, sondern auch die Religion, die Nonnen, die Päpste und Unter-

päpste, die Inquisition, die Intoleranz. Ein Triumph des Humanismus' der Sinne. Und du hast die Menschheit auf deine Art gerettet.

Der Christus der Fleischeslust heißt Gaétan.

Dann sagst du dir, daß nichts in dieser kleinen Kirchenmaus so sein darf wie vorher, damit dieser Sieg vollkommen ist, Befreiung und nicht Vergewaltigung – nicht ihre, sie hat damit nichts zu tun, das arme Ding. Das ist vielleicht das Wichtigste. Daß sie von einer Gottesbraut zu einer Sinnenbraut wird. Laß nur meine Arme, meine Hände, meinen Mund machen. Also beruhige dich, mein Penis.

Zuerst streichelst du sie. Ihre Schläfen, ihre Stirnlocke, ihren Nacken, ihre Schultern. Du küßt sie, Küßchen auf die Stirn, die Wangen, die Lippen. Du preßt sie an dich, du drückst ihren Kopf an dein Schlüsselbein. Deine Hände gleiten zu ihren Hüften, ein erstes Mal durch den Stoff. Du beginnst wieder von vorn, jetzt auf der nackten Haut, läßt, einen nach dem andern, die Druckknöpfe aufspringen, die ihren Rücken gefangenhalten. Jetzt ist sie nackt. Du ziehst sie zum Bett.

Weihnachten! Weihnachten! Der Erlöser ist da!

Du hast deine Wette gewonnen, Gaétan. Sie wischt sich zwei verstohlene Tränen ab und lacht durch den Nebel, sie schmiegt sich im Bett wieder an dich, verliebter denn je, befriedigt, glücklich.

Du hast gewonnen!

*Inzwischen ist es Zeit aufzustehen, in deine Unterhose zu schlüpfen, deine Moreske** auszuschütteln … Und dann schönen guten Tag, unsere Heilige Mutter Kirche!*

Doch du stehst nicht spöttisch lächelnd auf. Du schüttelst deine Hose nicht, um sie zu entknittern, um alles zu entknit-

* weite, oft karierte Hose aus dünnem Baumwollstoff, Pyjama, lange Unterhose. *Sekwé son morés* – die Moreske ausschütteln: eine flüchtige Liebschaft haben

tern, was auch immer ... Du betrachtest sie vielmehr, du bewunderst ihren Hals, ihre Schulter, die sanft geschwungene Linie ihres Rückens, ihre Hüften. So etwas hast du noch nicht gesehen.

Geh jetzt. So geh jetzt endlich! Finde zu deiner Anmaßung zurück und zu deinem Sarkasmus. Schüttle deine Hose ...

Jetzt klammert sie sich an dich, küßt dich auf den Mund, Herz, was begehrst du mehr. Doch woher kommt diese Glut, diese Sinnlichkeit? Sie schaut dir in die Augen. Ihre Augen sind wunderbar tief. Schwarz, wie sie bei einer Weißen nicht sein dürften. Du begehrst sie wieder.

So geh jetzt endlich, bevor es zu spät ist!

Du bleibst. Und ihr liebt euch nochmals. Du, der drei entblättert hat – entjungfert, wenn du lieber willst –, du hast nicht gewußt, wie schön es ist, der Liebe willen zu lieben.

Ihr Kopf liegt auf deiner Schulter. Bevor ihr euch ein weiteres Mal einander hingebt, habt ihr das Bedürfnis zu plaudern. Sie ist nicht dumm und hat keine Vorurteile, sie hat keine Komplexe, wie sie sagt, bevor das Wort Mode wurde, und ist kein bißchen pedantisch. Sie hat eine Unmenge gelesen: von Tolstoj bis Zola.

Die Tage vergehen. Ihr liebt euch von Tag zu Tag inniger, als sei es jedesmal das letzte Mal. Glut. Tränen in den Augen, Lachen auf euren Lippen. Ihr verschlingt eure vier Wochen. Die Zündschnur brennt an beiden Enden. Allein wären sie nicht so schnell vergangen.

Die Aufpasserin ist verschwunden. Nur noch die mittags und abends bereitgestellte warme Mahlzeit ist von ihr zurückgeblieben – ihr eßt sie, kalt, um drei Uhr nachmittags und mitternachts. Und die ständig nachgefüllten Wasserkrüge, die frischen Handtücher im Badezimmer auf dem Flur.

Ernestine, so hieß sie, sahst du erst sechs Monate später ein einziges und letztes Mal wieder.

Esther nie mehr.

»Nach ihrer Rückkehr haben sie das Fräulein in ihrem Zimmer eingesperrt. Und dann, vorige Woche, haben sie sie aufs

Schiff gebracht. Es war ihr inzwischen bereits zu deutlich anzusehen.«

Unmöglich, mehr zu erfahren, außer daß die Alte verlegen blickte, als du fragtest, wie Esther es erträgt, und heftig den Kopf schüttelte, als die Verblendung dich zu der Bemerkung verleitete, daß sie bestimmt freiwillig weggegangen war.

Sechs Monate lang hofftest du verzweifelt. Jeden Tag. Zuerst auf der Bank unter dem Banjanbaum. Wenn die Frühmesse begann – fünf Uhr dreißig auf deiner Uhr –, tratest du den Rückweg an, denn sie war nie zu spät in die Kirche gekommen. Du gingst bis zu ihrem Haus.

Die Gasse war damals schmutzig; die Abwässer versickerten zwischen den unregelmäßigen Pflastersteinen des Straßengrabens. Kleine wurmstichige Läden öffneten sich in Kniehöhe auf die Scheißeimer. Heute ist der Straßengraben trocken. Die Läden sind vollkommen morsch. Da und dort sind nur noch die Angeln übriggeblieben und dahinter gähnendes Nichts: eine kleine kubische Nische, wo Gänsedistel und Sauerampfer wuchern.

Du gelangst ins herrschaftliche Wohnviertel. Das Haus hat sich nicht verändert. Mit dem einzigen Unterschied, daß es damals neu war und jetzt durch und durch von den Termiten zerfressen sein wird. Es ist immer geschlossen, immer dunkel. Das Tor ist fest verriegelt: eine doppelte Kette und ein riesiges Vorhängeschloß. Du rütteltest damals mit beiden Händen an den Gitterstäben. Beschwörung, rasende Wut, Verzweiflung.

Verzweiflung.

Du irrst wie damals durch die Straßen. Dir ist, als sei es erst gestern gewesen. Du kehrst zur Bank zurück, zum Wagen. Er wirkt düster, *Nach Kythera* in seiner schwarzen Trauerkleidung. Der schwarze Witwer, ja. Der gute Gaby schnarcht auf dem Rücksitz. Du schüttelst ihn, um ihn aufzuwecken. Er wischt mit dem Ärmel seiner Mörderweste den aus seinem Mund rinnenden Speichelfaden ab. Er lächelt. Der arme Kerl.

Du gehst nochmals langsam vor dem Kirchentor vorbei.

Wieviele dieser verdammten Morgen, die Gott einem aufzwingt, bist du hierhergekommen? Bist durch das Tor gegangen? Hast dich an die Säule gelehnt, weil dir schwarz vor Augen wurde?

Jetzt liest du die Bibel – die Bibel, die sie dir gewidmet hat –, und du sagst nicht mehr »gottverdamm-mich«. Abends, wenn dich die Sinnenlust erfaßt – Erinnerung an die Zeit, wo ihr euch liebtet –, ist es das Hohelied Salomos. Und wenn du verzweifelst, liest du die Apokalypse. Es endet übrigens immer mit der Apokalypse.

Du hast es mit dem Kirchenblatt versucht: *Gott und Vaterland*. Unmöglich. Es stinkt nach monarchistischer Kolportage an kolonialer Soße. Hat sie damals schon *Gott und Vaterland* gelesen? Sie hat nie etwas davon erwähnt. Du verzichtest auf die Lektüre dieses infamen Käseblattes. Weiter gehen als sie würde bedeuten, dich gänzlich zu verraten, auch sie zu verraten natürlich.

Hättest du nicht einfach mit den anderen niederknien können? Sie tat es. Die Säule rettete dich. Zumindest durch das Fehlen eines Betschemels, was das Problem nicht löste, aber umging.

Du fährst langsam, ziellos durch die Straßen. Zu Marguerite zurück? Trotz ihrer Freundlichkeit, ist das ein Ziel? Höchstens eine Gewohnheit.

Aimé! Ja, da ist ja noch Aimé! Vielleicht Aimé ...

Dein Kopf ist leer. Außer Esther ist nichts mehr da.

...Es ist schon über ein Jahr her, daß sie verschwunden ist. Inzwischen hat sie ihr Kind bekommen. Doch du hast nichts mit diesem Kind zu tun. Sie töten die Liebe, die Kinder. Du darfst die Brust der Mutter nicht mehr berühren, ohne daß sie glaubt, daß du ihr ihre Brut wegnehmen willst. Ohne das Kind wäre sie wahrscheinlich in der Stadt. Du hättest sie schließlich wiedergefunden. Ohne das Kind hätte sie sich vielleicht aufgelehnt. Wäre vielleicht zu dir zurückgekehrt. Du haßt dieses

Kind. Vielleicht ist es schlicht das Fehlen – und das Kind ist der Grund dafür – der Monatsbinden an der Wäscheleine gewesen, was das Drama ausgelöst hat.

Behafte es nicht mit allen Sünden Israels, dieses Kind. Und wenn es die dunklen Ringe waren, die sie verraten haben? Augenringe so groß wie Worfelkörbe und violett wie Kerribeeren, die du verschuldet hast?

Du glaubst, die Tiefe des Abgrunds erreicht zu haben, doch das Schlimmste kommt noch.

»Ich bin der neue Pfarrer, ich heiße Ferrut. F e r – zwei r – r u t. Ferrut!

Er rollt seine r, wie es sich für einen richtigen Pyrenäer gehört. Er will die ganze Pfarrei auf Vordermann bringen. Soll er doch. Dir ist das egal. Du betrachtest von deiner Säule aus Esther. Manchmal nimmt sie die Gestalt einer sehr alten, sehr schönen Frau an, die in ihrem Gebetbuch liest. Du siehst sie, wie sie in fünfzig Jahren sein wird. Du stellst sie dir in deinem kleinen Haus vor, auf deiner Veranda, lesend – warum nicht Claudel oder Mauriac, wenn ihr danach ist? Du schließt die Augen: Es ist die Esther, die du gekannt hast, an die du dich erinnerst, die vor dir auftaucht. In ihrer Abwesenheit und deiner Trauer.

»Vade retro! Vade retro, Satanas!«

Die dröhnende Stimme reißt dich aus deinem Traum.

»Vade retro!«

Er steht vor dir, dieser Ferrut, rollt wütend die Augen. Er besorgt heute die Kollekte selbst, um mehr zu sammeln, und hat dich erkannt, dich und deine siebzehn gottlosen Artikel.

»Vade retro Satanas! Vade retro, Kommunist!«

Er schüttelt die Holzschale voller klirrender Münzen vor deinen Augen. Er hätte bestimmt Wedel und Weihwasser vorgezogen, doch er kann bloß die Moneten schwenken: ein Symbol.

Du gehst, beschließt hinauszugehen.

»Vade retro«, *brüllt er hinter dir her.* »Vade retro!«

Du gehst wortlos hinaus. Ihretwegen. Einzig und allein ihretwegen.

Ist wohl klüger.

Nein, es war nicht klüger.

Ihm mit dem Handrücken eins in die Fresse hauen, dieser Hyäne, das ist es, was du hättest tun müssen! Ihm mit seiner Soutane mitsamt Stola und Chorhemd den Mund stopfen. Ihnen allen eins in die Fresse hauen. Vor allem ihren Eltern, nachdem du mit einer Eisenstange Ketten und Vorhängeschloß gesprengt hast. Sie packen, die zwei Aasgeier, ihn am Bart, sie am Haardutt, die beiden zwingen, verdammt, vor dich hinzuknien, wo sie das doch so gern tun. Sie zwingen, dir zu verraten, wo sie sie gefangenhalten. Auf der Stelle zu ihr eilen …

Du hast jedoch zugelassen, daß sie dir mit diesem Dolch das Herz durchbohren. Dieser Schmerz, dieser grausame Schmerz …

Nimm dein Herz in beide Hände. Laß das Lenkrad los.

Nimm dein Herz. Beschütze es mit beiden Händen.

Die Pillen! Wo sind meine Pillen! Die verflixten Pillen …

»Esther, rette mich! Esther!«

DRITTER TEIL

I

Margrite sitzt unter dem Mangobaum und verliest ihren Reis. Es sieht nur so aus: Ihre Hand ist es, die verliest, ihre Hand findet von allein das nicht entspelzte Reiskorn, legt sich von allein darauf, den kleinen, flintweißen Kiesel, der sich als Reiskorn ausgibt, findet die wenigen Strohhalme, die häufigen Grashalme. Während die Hand verliest, schweift der Geist durch Höhen, durch Tiefen, durch Stürme und Abgründe.

Gestern Gaétans Bestattung, und heute verliest Margrite ihren Reis. Wie sie es immer getan hat, jeden Tag seit fünfzig und ein paar Jahren.

Außer gestern und vorgestern.

Heute morgen hat Margrite ihre alltäglichen Verrichtungen wieder aufgenommen. Sie hat zum Beispiel die zwei üblichen Pints Madagaskarreis in den geflochtenen Bambuskorb geschüttet. Zwei Pints, das ist heute zuviel im Vergleich zu vorher.

Ob sie will oder nicht, das Leben wird nie mehr sein wie früher.

Empfindet Margrite Kummer? Zweifellos, wenn es um ihren Kleinen geht, der so sehr an dem Alten hing. Was sie selbst angeht, was sie selbst betrifft, sie wüßte es nicht zu sagen. Sie weiß nur, daß es sich nicht einstellen will, das noch vor kurzem ersehnte Gefühl von Befreiung.

Mit Sylvert war es genauso gewesen. Sie hatte sich nach seinem Tod nicht erleichtert gefühlt. Obwohl es keinen einzigen Sonntag gegeben hatte, an dem sie ihn nicht herbeigewünscht hätte, diesen Tod. Wenn er mit seinen Söhnen aus erster Ehe Rum pichelte und sie, ob Wind, ob Regen, am Fuße des steilen, bartgrasgesäumten Pfades auf ihn wartete.

Betrunken, sie wußte es von vornherein, daß er es sein würde. Aber in welchem Grad? Einfach schwankend, so daß sie ihn bis zum festgestampften Vorplatz ihres Hauses stützen konnte? Bis obenauf mit Arrak abgefüllt, so daß er sich schlicht in ein Feld legte, das ihnen nicht einmal gehörte? So daß sie überdies gezwungen war, beim Nachbarn um Hilfe zu betteln? Zum Ärger der hochnäsigen scheelsüchtigen Person, die jener um jeden Preis hatte heiraten müssen.

Würde er singen? Würde er flennen? Würde er noch einigermaßen sauber sein oder von Kopf bis Fuß mit Kotze verschmiert? Und wenn seine Blase überlief, würde sie nicht gezwungen sein, ihm den Hosenlatz aufzuknöpfen, seine Urinmade herauszufischen, damit zur Kotze nicht auch noch die Pisse kam?

Denn da war Joseph – und das Bild, das er sich von seinem Vater machte. Undenkbar, daß Joseph ohne Vater aufwuchs. Oder mit einem Trinkervater. Oder mit einem betrunkenen, kotzebesudelten, pissedurchtränkten Vater.

»Josephs Vater ist nicht faul; er ist einfach alt und müde vom lebenslangen Sich-Abrackern.«

»Josephs Vater hat nicht seinen Vanillepunch, seinen Rum pur, sein Schnäpschen, seine zahllosen Schnapsschnäpschen erbrochen; er hat in seiner Kindheit Steine und Kiesel essen müssen, er hat einen empfindlichen Magen und verdaut nichts mehr.«

»Josephs Vater hat nicht in die Hose gepißt, in seine weite Unterhose, auf seine Beine ...« Dafür mußte sich Margrite keine Entschuldigung ausdenken, denn sie holte jeweils seine Traufröhre hervor, bevor er sich naßmachte, sich mit Rum und stinkendem Blasensaft durchtränkte.

Margrite hält also den Rüssel eines besoffenen Graukopfes, damit er aufrecht pissen kann, wie es sich für einen Mann gehört. Und es furzt hinten, rülpst vorn, spritzt aus seiner schlaffen Wurst, die auch sie bespritzt, wenn sie nicht aufpaßt.

Oh, das versetzte sie in rasende Wut. Sie war so wütend, daß sie sich nicht wiedererkannte. Sie ist zwar von Natur aus eine eher ruhige Person, Margrite, und bedingungslos ergeben, doch einem Säufer den Schwengel halten … Nein, das konnte sie nicht hinnehmen. Hätte es sich nur um sie gehandelt, hätte sie zornig – ritsch-ratsch – die dreckige Blunze abgerissen und sie ihm, glaubt mir, vor die Füße geworfen. Hätte sie mit den Absätzen zerquetscht, die mit grüner Madenscheiße gefüllte Plauze.

Sie hätte es ihm in die Schlucht hinuntergeschmissen, das alte schweinigelige Schwein, das sie zwingt – jawohl, zwingt, denn was fängt man sonst an mit dem Drum und Dran des Lebens, das einen mit seinem ganzen Gewicht erdrückt? –, seinen dreckigen Pißpinsel zu halten.

Doch sie hatte einen Sohn. Und dieser widerliche alte Trottel war sein Vater. Ein guter Vater obendrein. Eher ein guter Großvater, denn sie war es, sie allein, die den Kochtopf auf den Herd setzte, Feuer darunter und Essen darin machte. Sie war es, die das Kind badete, anzog, in die Schule schickte, ausschimpfte, es, wenn nötig, strafte – was allerdings, das stimmt, selten der Fall war.

Er, Sylvert, spielte mit und für »seinen« Joseph mit verkümmerten Jackfrüchten das Knöchelchenspiel, bastelte für ihn Litchi-Kreisel, Windrädchen aus Zuckerrohrblättern. Ja, ein guter Großvater für seinen jüngsten Sohn. Mit seinen Lausbengeln aus erster Ehe war er bestimmt strenger gewesen.

Deswegen und nur deswegen schmiß ihn Margrite nicht in die Schlucht, setzte ihm das Essen vor, das sie mit ihrer Arbeit verdiente, wusch seine Hose, die sie mit ihrem Schweiß bezahlt hatte, und hielt ihm die Kaulquappe, wenn er am Sonntag um neun Uhr abends betrunken wie ein Schwein von einem Besuch bei seinem ältesten Sohn, den er einer anderen verdankte, nach Hause kam.

Wenn sie es sich überlegt, Gaétan hat viel mehr Achtung vor ihr gehabt und war auch ein viel wertvollerer Mensch. Doch Margrite hat es bis obenauf satt, ewig nur das Dienstmädchen von Männern zu sein und obendrein auch noch Greise zu bemuttern. In der Zeit vor P'tit-mé stellte sie sich oft vor, wie erleichtert sie wäre, wenn Bénard seine Reisgabel verschlucken würde. Sie wünschte sich manchmal sogar in ohnmächtigem Zorn, daß er wie ein Hund am Straßenrand verreckt. Und dann, jetzt, wo Gott sein letztes Werk getan hat, leidet sie für P'tit-mé, wie sie bei Sylverts Tod für Joseph gelitten hat. Sie braucht nur daran zu denken, wie gut die zwei zueinander paßten. Bei der Erinnerung an Aimés Lächeln, wenn Großvater zu ihm sagte:

»Beeil dich, Kamerad! Wir werden uns deinetwegen noch verspäten. Hast du etwa unsere Sumpftour vergessen?«

Ihr Herz krampft sich zusammen beim Gedanken an das Lachen ihres Kleinen, wenn Großvater an sie gewandt hinzufügte:

»Er ist mein Kumpan, weißt du?«

Sie verspürt also Kummer für ihren P'tit-mé. Um so mehr, als Gaétan sich in der letzten Zeit mustergültig verhalten hatte. Daß sie ihm seit Wochen nichts mehr vorwerfen konnte.

Nicht einmal, was seinen Tod angeht. Nein.

Zuerst einmal, weil er das Kind nicht darin verwickelt hat. Er hat P'tit-mé zu Hause gelassen. Als ob er gewußt hätte, daß er sterben würde. Das erste und einzige Mal, daß er ohne Aimé ausfährt, und siehe da, er stirbt. Er wußte es, das ist sonnenklar. Und er hat ihm den Schock ersparen wollen. Wie könnte sie ihm nicht dankbar sein?

Und dann hinsichtlich der Umstände seines Todes. Kein Erbrochenes, kein Durchfall. Und überdies darauf bedacht, in seinem schönen, sauberen Sergeanzug zu sterben. Und ohne das Parfüm, das vielleicht – oh, nicht sie, Margrite, Tochter des Antoine-Joseph und Calixtes Nichte – seine paar wenigen Freunde gestört hätte: Saintange, seinen Sonnabendbarbier, Mane-ti, seinen Politikgenossen, Grand-gaby, seinen Kurbeldreher.

Blieb Margrite nur noch, mit einem letzten sauberen, trockenen Lappen über seine Schuhe zu fahren, mit dem Kamm durch den noch verbliebenen Haarkranz um seinen kahlen Schädel.

Bei Onkel Calixte war das ganz anders gewesen. Margrite war dank ihrer Sorglosigkeit – du, Grite Bellon, mit deiner Ironie im falschen Moment – gezwungen gewesen, mit dem Küchenmesser, bitte sehr, den Gips aufzuschneiden, der sich weigerte, sich den Ärmel des Trauerkleides überstreifen zu lassen. Sie verdankte ihm also nicht nur ihre verkrüppelte, krumm zusammengewachsene Faust, sondern auch eine drei Monate lang in einer Schlinge baumelnde Hand.

Margrite sieht ihre kleinen geschwollenen Wurstfinger wieder vor sich, die zwischen den roten und weißen Karos hervorlugten und zum Heulen schmerzten. Sie hätte es der anderen, der Drückebergerin, mit ihrer heilen Hand gezeigt, wenn die kräftige nicht ständig beschäftigt gewesen wäre und noch dazu gleich am selben Tag damit, die verkrusteten Schwielen von den Füßen des toten Calixte zu bürsten. In Gesellschaft der verwaisten Hundemeute, die winselnd und jaulend den Salon gestürmt hatte.

Und Tante Yoyo, die mit vierundachtzig ohne Leichentuch, ohne Leichenhemd stirbt? Nichts außer ausgefallener Wäsche, madagassischer Stickereien, geblümter Röcke! Zwei ganze Schränke vollgestopft mit dem Zeug.

Ja, Gaétan ist seinen letzten Gang mit äußerster Höflichkeit gegangen. Margrites große Angst war gewesen, ein menschliches Überbleibsel pflegen zu müssen, je länger, je disparatere Reste, kaum erkennbar, immer ekliger: Zuerst verabschieden sich die Beine, dann die Arme, bis man nur noch vor Öffnungen steht. Ausgeleierte, geifernde, triefende, unkontrollierbare Löcher, die ständig abgetrocknet, abgewischt, abgetupft werden müssen. Nein, Gaétan hat dafür gesorgt, daß er als Ganzes stirbt und nicht Stück um Stück, wie gewisse Leute es tun, damit die anderen – angefangen bei denen, die sie lieben – genügend Zeit haben, ihren eigenen Tod auszukosten.

Apropos als Ganzes sterben, anstatt Stück für Stück: Onkel Fernand – auch der verrückt wie die anderen in der Familie, dem Margrite herzlich zugetan war – hatte auf seinem Totenbett Cousine Elise einen schönen Streich gespielt. Die letzte Ölung war ihm gewährt worden, schlimmer noch, sämtliche Sünden waren ihm erlassen worden. Die Nieren funktionierten nicht mehr, die Augen waren gebrochen, das Herz schlug so leise wie eine Berlocke an einen dünnen Kettchen. Sogar der Mund mümmelte nur noch kaum wahrnehmbar. Und die alte Cousine – bereits mit gezücktem Rosenkranz und einstudierten Gebeten zwei Schritte neben dem Totenbett –, die sich laut fragt, welches Kleid sie am Tage des Begräbnisses wohl anziehen soll.

»Mir ist alles recht, wenn ich bloß deinen alten fetten Hintern nicht sehe«, sagte Fernand plötzlich, bevor er sich in das Vestibül des Todes zurückzog. »Der Rest ist mir scheißegal.«

Margrite trocknet sich heute noch die Augen.

»Lachtränen«, behauptet sie, »Lachtränen.«

Bei der Angst, die Gaétan vor allem gehabt hat und ganz besonders vor dem Tod, hätte es Margrite nicht gewundert, ihn in der Stunde des Todes verschreckt die Augen in den Höhlen verdrehen zu sehen, ihn schreien zu hören, schreien wie ein angestochenes Schwein, um das Herz des Sensenmannes zu erweichen. Doch nein, er ist ruhig in seinem *Nach Kythera* gestorben.

Laut Grand-gaby, der gegen neun Uhr morgens mit dem Toten in den Armen nach Hause gekommen ist – er ist es langsam gewohnt, Leichen auf diese Art zu tragen, der gute Gaby:

P'tit-mé in der Zwergpalmenallee am Tag des Zyklons, P'tit-mé im Krankenhaus, wer weiß wieviele Kameraden in Indochina, sogar den von einem Viet oder einem Minh getöteten Feldwebel, Gaby hat das nie so genau unterscheiden können –, laut Grand-gaby hat Großvater den Wagen etwas weiter unten, in der Sprenger-Kurve am Straßenrand geparkt. Er hat den Motor abgeschaltet, hat sich ein paar Sekunden die Brust gehalten, hat ein paar unverständliche Worte gemurmelt und ist dann über dem Lenkrad zusammengesunken.

Er ist also äußerst zuvorkommend vorgegangen. Und auch was den Wagen angeht, *Nach Kythera*, mit dem Margrite wahrscheinlich nicht weiß, was anfangen. Mane-ti hat keinerlei Mühe gehabt, ihn in Gang zu setzen und nach Hause zu fahren.

Vorhin ist Madame Nièl vorbeigekommen.

»Ich teile deinen Schmerz, weißt du?«

»Natürlich weiß ich das.«

»Ich wäre gestern abend gern zur Totenwache gekommen. Aber ich konnte nicht, weißt du?«

»Ich weiß.«

Sie setzt sich nicht einmal, obwohl du glaubst, sie dazu auffordern zu müssen, haspelt schnell-schnell ihre paar mitfühlenden Worte, schaut dabei ständig zu ihrem Haus hinüber für den Fall, daß ihre Tochter unerwartet nach Hause kommt. Sie sputet sich, um nicht ertappt zu werden, die arme Madame Nièl. Und auch arme Huguette, die sich für ihre Mutter mehr schämt, als wenn sie den lieben Gott umgebracht hätte.

Und jetzt, Margrite, wo du deinen Reis verlesen hast, wartest du, bis es elf ist, um ihn aufzusetzen? Warum nicht gleich, mit Salz und Safran, um ihn statt des Frühstücks aufzutragen? Gaétan und P'tit-mé werden sich die Finger … Gaétan!

Sieh einer an, jetzt beginnst du gar zu flennen! Nein, schnell eine seiner Geschichten. Die von Ostern:

»Was ist mit dir los?«

»Unser Herrgott ist gestorben.«

»Dummes Ding, erzähl keinen Unsinn.«

2

Der Reis war übergar, doch P'tit-mé schlief immer noch. Zum Kummer kam noch der Schlafmangel hinzu. Angefangen bei der langen Totenwache.

Wenn sie Sitten und Bräuchen entsprochen hätte, die Totenwache, abends mit einer Rumrunde nach der anderen, mit Kaffee am frühen Morgen, wenn man schallend lachend Karten auf den Tisch geklopft oder mit Dominosteinen geklimpert hätte, Rätsel gestellt und das Gegrüßet-seist-du-Maria gebetet, wenn das alles zwischen ihm und seinem Kummer gewesen wäre, dann hätte P'tit-mé vielleicht Schlaf und ein bißchen Frieden gefunden. Doch Großmutter und Gabriel hatten beschlossen, daß es eine Nacht des Schweigens und der Andacht sein würde.

Gabriel, Gaétans Sohn, von dessen Existenz, trotz der Vorsichtsmaßnahmen seines Vaters, alle wußten – Mane-ti benachrichtigte ihn im Auftrag Margrites –, hatte entgegen aller Erwartungen umgehend sein klimatisiertes Büro verlassen, wo er gewöhnlich – wie die einen sagten – bis spät nachts arbeitete oder – wie andere behaupteten – nachts galante Besuche empfing.

Er war gekommen.

Und um sich in Ruhe sammeln zu können, hatte er sogar höchstpersönlich – er, der nie seine Sonntagsmesse ausließ – die Anführerin der Klageweiber – eine Imitation der Maria Magdalena, die beim Nahen ihres eigenen Todes angefangen hatte Buße zu tun, die zwar niemand herbeigeläutet oder benachrichtigt hatte, die aber über einen ausgeprägten Geruchssinn für Trauerndes verfügte – vor der geschlossenen Tür stehenlassen.

»Danke, wir haben heute abend keinerlei Bedürfnis nach Ihren Unservatern«, hatte er erklärt. »Gehen Sie bitte.«

»Unser Herrgott hat ihn bereits bestraft. Er wird ihn nochmals strafen«, gellte die andere, während ihr Gefolge, das sich auf ein paar Kirchenschaben und Weihwasserunken beschränkte, ihm ihre »Ich-glaube-an-Gott-den-Vater« entgegenschleuderte wie lauter Verwünschungen.

»Er wird euch bestrafen. Er wird euch allesamt bestrafen.«

Die Verwünschungen ließen den Sohn kalt. So wie es ihn nicht kümmerte, späte Freundschaften vor den Kopf zu stoßen, die der Totenwacheschnaps zu fördern pflegt. Also hatte er mit Großmutters Einverständnis Grand-gaby gebeten – der auf der Veranda draußen blieb, wie es sich für seinen Rang gehört und dementsprechend seine Beziehung zu dem Verstorbenen respektierend –, nur die echten Freunde einzulassen.

Dann hatte er sich in der Dunkelheit auf einen Stuhl neben den Holzpfosten gesetzt, der das Dach von Großvaters riesigem Zimmer stützt.

Weder seine Anwesenheit, die ganz und gar diskret war, noch der kurze Besuch Mane-tis und Mane-kins, dessen Gattin, noch der von Marcel, Gabys Bruder, vermochten P'tit-mé von seinem Schmerz abzulenken. Die ganze Nacht hindurch hatte er neben Marguerite auf der kleinen Bank gesessen, die Saintange in der Annahme, sie werde vielleicht gebraucht, auf den Kopf geladen und hergebracht hatte.

Manchmal hielt P'tit-mé Großmutters Arm fest. Dann wieder lehnte er den Kopf an die alte Schulter. Oder dann, wenn der Schmerz die Tränen aufsteigen ließ – vererbte Gewohnheit? Großmutter saß auch so da –, richtete er sich steif auf und weinte still vor sich hin.

Großmutter sagte nichts, tat nichts, überließ ihn ein paar Minuten seinem Schmerz, nahm dann seine Hand und drückte sie fest.

P'tit-mé verbrachte so die ganze Nacht. Großmutter fragte sich, wie er dem Schlaf widerstand. Sein Kopf sank zwar zwischendurch vornüber, seine Augen fielen zu, doch gerade bevor er hinüberglitt, fand er sein Bewußtsein und seinen Schmerz wieder.

Gabriel – Esther war es gelungen, die zwei ersten Buchstaben von dem Vornamen ihres Geliebten zu retten, um daraus den Namen ihres Sohnes zu machen – hatte lange gedacht, nur der Sohn seiner Mutter zu sein. Er glaubte sich im übrigen zu erinnern, daß seine Großeltern etwas Ähnliches gemurmelt hatten, wenn sie von ihrer fernen Insel auf Urlaub nach Tours kamen, wo er in einem Internat aufwuchs.

»Ganz und gar Esthers Ebenbild.«

»Er hat ihre Frömmigkeit. Die Ärmste ging jeden Morgen zur Kommunion.«

»Er hat ihre Inbrunst.«

»Den Blick, den gleichen Blick.«

»Und eigensinnig, ganz wie sie.«

Sein Steuerinspektordiplom in der Tasche, hatte er eine Versetzung auf die Insel beantragt, nicht die Geburtsinsel und dennoch die seiner Mutter. Dort hatte er schließlich einen Versuch gewagt, sich einen Vater zu geben.

Als er unter den zahllosen Bénards endlich den richtigen fand, warnte ihn die Omammi, die er eingeweiht hatte, um, wie er glaubte, keine Unterlassungssünde zu begehen, in Wirklichkeit aber aus unbewußter Rache für die endlosen lieblosen Jahre.

»Ja, es ist der richtige Bénard, aber ...«

»Aber?«

»Vergiß es. Nicht von ungefähr haben wir es vorgezogen, Opappi und ich, dich weit weg von hier auf die Welt kommen und aufwachsen zu lassen. Vergiß es, du wirst bloß enttäuscht sein. Er wird dir wehtun.«

Und dann, als sie sah, daß sie ihn nicht zu überzeugen vermochte, ging sie zum kleinen Sekretär und zog unter dem Bündel richtiger, seit dreißig Jahren beglichener Rechnungen ein Kuvert mit der Aufschrift *Alte Wasserabrechnungen* hervor, das die siebzehn Zeitungsartikel enthielt, die Gaétan verbrochen und die dazu geführt hatten, daß der »Fehltritt« seiner Mutter einerseits und ihre »Verführung« andererseits zu einer nicht wiedergutzumachenden Sünde wurden.

Gabriel hatte die »infame Prosa« gelesen und war schockiert. Er suchte seinen Vater auf, der alles tat, um ihn zurückzuweisen: gehässige Blicke, Bekenntnis zum Atheismus, Stolz auf illegale Beschäftigungen, erklärter Anarchismus ... Trotz? Wegen? der offensichtlichen Provokation war er zutiefst enttäuscht nach Hause zurückgekehrt.

Heute, nach reiflicher Überlegung, war er sich bewußt, einen Teil Schuld an ihrer Nichtbegegnung zu tragen. Heute, denn nicht nur war sein Vater jetzt tot, sondern weil sich inzwischen vieles in seinem Leben geändert hatte.

Während seine Frau das »bißchen Zeit, das ich noch zu leben habe«, wie sie zu sagen pflegte, bei der Vereinigung »Bewußtes Sterben« verbrachte (sich mit achtundvierzig auf der letzten Warteliste einzuschreiben! Gabriel hätte sich nicht erlaubt, verächtlich zwischen den Zähnen zu pfeifen, aber er dachte sich nichtsdestotrotz seinen Teil), hatte er sich in Célia verliebt. Die Einundzwanzigjährige, die er zufällig kennenlernte, enthüllte ihm sein wahres, sinnliches Wesen. Sie weckte im Grunde nur das Fleischliche in ihm und machte ihn zudem mit dem Alkohol bekannt, dem er allerdings in vernünftigem Maße zusprach. Und überdies mit den Tafelfreuden, zu denen er schon immer einen Hang gehabt hatte.

Sein Bauchansatz und seine vorgerückte Kahlheit ließen ihn je länger, je mehr Gaétan gleichen, für den er jetzt um so größeres Verständnis aufbrachte, als er ihn in vielen Belangen nachahmte.

»Der alte Schürzenjäger«, sagte er sich beim Anblick seines Vaters auf seinem letzten Bett.

Denn er hatte nach ihrer damaligen Begegnung Erkundigungen eingezogen.

»Der alte Schürzenjäger!«

Aber es war eher als verkapptes Kompliment gemeint.

»Alter Coco*, den selbst die Cocos ablehnten.«

Gewiß, Gabriel war kein Kommunist, doch er hatte schon so viele brave Kerle und ebenso viele Lumpen jeglicher Couleur gesehen.

»Alter Atheist.«

Doch wenn die Bannstrahlschleuderin von vorhin Christin war, dann: »Es lebe der Atheismus.«

»Schnapsbrenner.«

Er hatte seine Meinung geändert, der Große Steuerfahnder, was den sakrosanten Respekt vor dem Gesetz anging. War er nicht schon oft von höchster politischer Stelle gebeten worden, die Augen vor Machenschaften zu verschließen, die weitaus schlimmer waren als ein paar verbotenerweise aus purer Herausforderung gebrannte Liter Rum?

Gabriel verstand seinen Vater. Doch war er wirklich sein Vater? Daß seine Geburt alles andere als willkommen gewesen war, Gabriel konnte sich das sehr gut vorstellen. Daß Umstände und Zufälle der Grund dafür gewesen waren, er wollte es gern zugeben. Doch hätte er vielleicht »gewünscht« sein können? Verliebt und von Liebe erfüllt, war er sogar zu einer Art Mitgefühl bereit unter der Bedingung, daß sein Erzeuger seine Mutter aufrichtig und mehr als bloß fleischlich geliebt hatte. Denn das war die einzige Voraussetzung dafür, daß er, Gabriel Lapierre, ersehnt gewesen war, zum gegebenen Zeitpunkt gewollt.

Die einzigen Hinweise, die er bis jetzt besaß, waren spärlich und widersprüchlich. Zum Zeitpunkt jener denkwürdigen Begegnung war Esther schon lange versöhnt. Der uralten Inderin hingegen, der alten Kinderfrau der Familie, die er oft befragt

* Spitzname für Kommunist; kreolisch: Dummkopf

hatte, bevor sie starb, hatte er nicht gerade viel entlocken können: »Ja, Herr Gaétan« – und die Stimme sank zu einem Flüstern, der verängstigte Blick wandte sich zum über zwanzig Kilometer entfernten Haus der früheren Herrschaft – »wartete auf dem Weg zur Kirche auf Fräulein Esther. Ja, er betrat hinter ihr die Frühmesse. Ja, er begleitete sie nach Hause.« Nein, sie wußte nicht mehr, außer daß das Ganze eine Zeitlang dauerte und daß Fräulein Esther während dieser Zeit viel gelacht hatte.

Daß Esther verliebt gewesen war, ihr Sohn zweifelte nicht daran. Aber er, Gaétan, hatte er diese Liebe erwidert? Bei jenem unglückseligen Gespräch mit seinem Vater hatte er versucht, dieses Thema anzuschneiden:

»Ich habe Mama nach Ihrer Adresse gefragt«, hatte er gelogen und gleichzeitig gebetet, seine Mutter möge ihm diese Lüge verzeihen. »Sie schien sich darüber zu freuen, daß ich Sie kennenlernen wollte.«

Doch der alte Gaétan Bénard hatte nicht nur keinerlei Versuch gemacht, sie wiederzusehen, sondern er hatte nicht einmal mit den Wimpern gezuckt.

Das waren die Gedanken, die dem Herrn Leitenden Steuerinspektor in dem leeren, baufälligen Haus durch den Kopf gingen, während er die kleine Alte betrachtete, die ihm im Morgengrauen – nachdem sie den Jungen zu Bett gebracht hatte, in seinem so rührenden Kummer – auf einem wackeligen Tisch mit dem Wachstuch darüber, in einer alten Blechkanne Kaffee kochte.

Gabriel stand auf, nahm die zwei kleinen, neuen Porzellantassen, die der Chinese gestern abend für die Alte aus seiner Vitrine geholt hatte. Er gab Rohzucker in den Kaffee – drei kleine Löffel für sie und bloß zwei für sich selbst – und ließ ihn in der Tasse zergehen. Er stand sogar auf, um der letzten Lebensgefährtin jenes Mannes die Tasse zu reichen, den er aufgrund seiner Reife und seines Alters gern zu seinem verstorbenen Vater gemacht hätte.

Und sie war mit einer freundlichen Dankesgeste – der Korb, der nicht leer zurückkehrt nach dem Geschenk aus Früchten und Gemüsen aus dem Garten vor dem Haus – aufgestanden, war hinübergegangen, hatte die Hand unter das Kopfkissen des Verstorbenen geschoben, wo dieser sein schwarzes Buch versteckte.

Der Sohn nahm das alte Buch und stellte erstaunt fest, daß es die Bibel war. Seine Verblüffung war um so größer, als er überrascht die mit einer engen Handschrift geschriebene Widmung las:

Für Dich, Gaétan,
damit du sie wenigstens aus Liebe zu mir liest.
Esther.

Das Buch war ganz abgegriffen. Gabriel wurde warm ums Herz. Doch – war besagter Gaétan am Ende seines Lebens vielleicht aus Angst vor dem Tod in Bigotterie verfallen? Und hatte sich an die alte Bibel erinnert?

»War er gläubig geworden?«

Und weil Großmutter zögerte:

»Ging er in die Kirche? Ging er zu einem Pfarrer, um sich mit ihm über Religion zu unterhalten?«

Als Großmutter fast entrüstet verneinte, da hatte Gabriel endlich einen Vater.

Er setzte seine halbvolle Tasse ab, stand auf, ging ins Totenzimmer hinüber, hob das Laken über dem Gesicht des Toten, betrachtete ihn lange. Kniete dann nieder und betete, einzig um Gott zu danken.

Als er nach der Bestattung wieder in das alte Haus zurückkehrt, das sein Vater verlassen hat, sagt Gabriel:

»Tante Marguerite ...«

Die Frau seines Vaters und so freundlich überdies verdient es bestimmt, Tante genannt zu werden.

»Tante Marguerite ...«

Von Gaétans Sohn so genannt zu werden, hätte Großmutter ganz einfach freuen müssen, doch der vertraute Klang der Stimme – einer jüngeren natürlich –, das *gue*, das Gaétan bis jetzt als einziger in der Mitte ihres Namens ausgesprochen hatte, rühren sie zu Tränen.

»Ich weiß, daß alles in diesem Haus Ihnen gehört …«

Großmutter protestiert heftig.

»Hier sind eine ganze Menge Dinge, die … die Gaétan gehörten, das Bett, der Schrankkoffer …«

Der berühmte Schrankkoffer! Großmutter hat ihn ganz vergessen.

Sie erinnert sich plötzlich an den Schrankkoffer mit seinem zugesperrten und zugenagelten Deckel. Auch wenn dieser sie damals ein bißchen ärgerte, jetzt versetzt er sie geradezu in helle Aufregung. Mit seiner Kette und dem großen Schloß enthält er bestimmt etwas äußerst Wertvolles, ein wichtiges Geheimnis. Ob das eine oder andere, Schatz oder Geheimnis, Großmutter hat kein Anrecht darauf. Diebstahl oder Einbruch, sie will sich nichts zuschulden kommen lassen.

»Das ist Gaétans Schrankkoffer.«

Gabriel versucht mit einem Achselzucken, mit einer Grimasse, mit einer Geste der rechten Hand – die linke preßt die Bibel an seine Brust –, Großmutters Weigerung vom Tisch zu wischen. Sie behält alles, alles steht ihr zu, alles gehört ihr.

Doch sie will nichts davon hören. Also legt sie das Problem klar auf den Tisch, beharrt darauf, daß alles schnellstens geregelt wird, daß Gabriel zum Beispiel den Schrankkoffer mitnimmt.

Auch der Sohn, den diese Geschichte, die langsam nach Neugierde riecht, nach erbschaftlicher Habgier, in Verlegenheit bringt, will nicht an den Koffer rühren. Obwohl ein kleiner Schlag mit einem Stemmeisen aus seinem Wagen genügt hätte, verlangt er, daß jemand geholt wird. Warum nicht der hilfsbereite Chinese?

Großmutter ist erleichtert. Kurz darauf kommt Mane-ti mit Beißzange, Schraubenzieher und Metallsäge.

Mane-ti ist mehr oder weniger gleich alt wie Gabriel, aber einen guten Kopf kleiner und zwanzig Kilo leichter. Hager, sehnig, mit seinen Gummisandalen an den Füßen, sieht er aus wie ein vietnamesischer Widerstandskämpfer – wäre seine Gesichtsfarbe nicht die, die er hauptsächlich von seiner indischen Mutter hat. Er pflegt im Spaß von sich selbst zu behaupten:

»Ich bin ein Vietminh, und Truman soll sich in acht nehmen.«

Zum verstorbenen Gaétan hat er gesagt, um ihn zu necken:

»Truman, das seid Ihr vielleicht, wenn ich es mir überlege, ja, Ihr gleicht ihm unheimlich. Oder seid Ihr vielleicht Churchill, der andere Helfershelfer des Imperialismus?«

»Er schob die Brille bis auf die Nasenspitze, Gaétan-selig«, erzählt Mane-ti fast den Tränen nahe, während er mit der Beißzange hantiert. »Er schaute mich über die Brillengläser hinweg an, suchte die treffende Antwort: ›Bist du sicher, daß du nicht eher Bao Dai gleichst?‹ Witze machen, das verstand er, Gaétan-selig.«

Und obwohl Mane nicht aufhört zu reden, während er die Nägel aus dem Kofferdeckel herauszieht, um wahrscheinlich – Gabriel und Großmutter sagen kein Wort – das Schweigen des Todes zu verscheuchen, verstummt er in dem Moment, als besagter Deckel nachgibt.

Abgesehen von einer alten Schuhschachtel voller vergilbter Papiere, ist der Koffer leer. Margrite ist fast glücklich darüber. Zwischen belanglosen alten Briefen, nach deren Durchsicht man sich fragt, warum Gaétan sie aufbewahrt hat, ein altes Dokument, gestempelt mit *République Française, Ministère des Colonies*. Die Salzmine!

Gabriel liest laut vor:

Ich, unterzeichnender Vincent D., Generalgouverneur von Madagaskar, erteile Herrn Bénard Gaétan, französischer Staatsbürger, die Konzession für eine Salzmine in …

Das Dokument ist mit einem dicken schwarzen Tintenstrich durchgekreuzt; am Rand ist mit einer feinen, engen Handschrift vermerkt:

Dem Volk von Androy heute, am 17. November 1938, zurückgegeben.

Als Gabriel die anliegende Landkarte entfaltet, fällt das Foto einer schönen jungen Madagassin heraus. Sie steht auf der Veranda eines bescheidenen Kolonialhauses. Auf der Rückseite ist mit eindeutig der gleichen, aber unregelmäßigeren, vielleicht hastigeren – oder gerührten? – Handschrift vermerkt:

Das eine wie das andere, Haus und Ramatoa, dem Volk von Androy heute, am 19. November 1938, zurückgegeben.

»Ich fürchte, das ist Humor auf Kosten dieser jungen Frau«, meint Gabriel.

Ferner ein Brief des *Großen Orients* Frankreichs.

Und ein Kuvert mit zwei Louisdor darin – Grund für Vorhängeschloß und Nägel – und einem Streifen Papier, auf dessen Rückseite geschrieben steht (die Handschrift hat sich wieder beruhigt):

29 325 Francs der Compagnie française d'Afrique, durch mich, Gaétan Bénard, am 17. September 1956 gegen Louis eingetauscht, auf ausdrückliches Ersuchen von Simon Abart …

»Simon Abart-selig«, präzisiert Mane-ti.

»Der Vater von Vivano-die-Flamme«, fügte Großmutter an Gabriel gerichtet hinzu, »ein armer Kerl, der seinen Wahlausweis für eine Angelvoll Fische verkauft hat.«

Auf Bitte des Betreffenden dem ersten nüchternen Vertreter seiner Nachfahren oder der Nachfahren seiner Nachfahren usw.

Gabriel, der nichts von den Umständen und Nebenumständen dieser Angelegenheit begreift, besteht darauf, daß sie schnellstens erledigt wird. Er wendet sich Großmutter zu:

»Ich nehme an, Vater hätte das längst geregelt, wenn es in dieser Familie …«

Großmutter wendet sich zu Mane-ti, der den Ausschank führt und diesbezüglich am besten Bescheid weiß:

»Sie trinken alle gern einen über den Durst, der Sohn, der Enkel, sogar das Schwein, wenn der Arrak in Reichweite seines Rüssels ist.«

Gabriel kann ein Lächeln nicht unterdrücken:

»Wie auch immer, wir können dieses Geld nicht behalten.«

Er streckt das Gold Großmutter hin, die es Mane-ti übergibt.

»Die älteste Enkelin vielleicht, die demnächst heiratet?« fragt der.

Großmutter stimmt frohen Herzens zu. Und ebenso frohen Herzens entspricht sie dem Wunsch des Sohnes, die alten Papiere aufbewahren zu dürfen.

3

Die Sonne steht schon hoch am Himmel; sie dringt jetzt durch das kleine Küchenfenster und brennt auf den kahlen Schädel von Calixtes Stein. Großmutter klaubt mit den Fingern ein paar Safranreiskörner vom Löffel: Er ist gar, der gelbe Reis, hat wohl auf dem Boden des Kochtopfes eine Kruste gebildet, so wie P'tit-mé es mag. P'tit-mé, der noch nicht aufgestanden ist.

Vielleicht schläft er noch, was ein Segen wäre. Doch vielleicht ist er bereits in trübe Gedanken versunken und sitzt in einen Tränennebel gehüllt im Bett, drauf und dran, den vor ihm liegenden neuen Tag davonlaufen zu lassen.

Ein Tag ist ein Tag, auch wenn P'tit-mé noch zu jung ist, um darüber Buch zu führen. Unmöglich, ihn einfach gewähren zu lassen, ohne wenigstens zu versuchen, etwas dagegen zu unternehmen. Also schiebt Großmutter schnell die brennenden Scheite auf die Seite, verteilt mit dem Schürhaken die Glut unter dem Kochtopf, damit der Reis schön warm bleibt, eilt dann so schnell sie kann zum Zimmer ihres Kleinen im großen Haus drüben. Sie öffnet behutsam, vorsichtig wie eine diebische Katze, die Windfangtür: P'tit-mé schläft.

Großmutter ist erleichtert. Er atmet ruhig. Die quälenden Alpträume scheinen verflogen zu sein. Psst, das Kopfkissen drückt ein bißchen auf den Nasenflügel und behindert den Atem. Großmutter schiebt mit der Hand die Kapokfüllung unter dem Stoff zurecht, um die Nasenlöcher freizumachen.

Sie setzt sich auf einen Stuhl ans Kopfende des Bettes. Sie wartet. Bis P'tit-mé von selbst aufwacht. Oder sie wird ihn vielleicht zart streicheln, wenn die ersten Regungen des Tages in seinen Schlaf dringen, damit sich sein Fuß nicht gleich auf das wuchernde Kummerkraut setzt.

Aber wie auch immer, sie beide müssen möglichst schnell weg, müssen irgendwohin gehen. Dieses Irgendwohin wird P'tit-mé selbst aussuchen. Nach Stalingrad hinunter zum Beispiel, um ein paar späte Mangos zu pflücken oder Zwergtomaten, richtige Wildfänge, die niemandes Hilfe brauchen, um voll zu reifen. Vielleicht auch unter dem strengen Auge des grünen Basalts die Schlucht hinaufklettern bis zu der Stelle, wo die Rinnsale auf tatkräftige Unterstützung der Sommerregen warten, um sich dann als Barbarenhorden in die Ebene zu ergießen. Vielleicht sogar bis zum stillen Weiher, wo sich die Libellen paaren und die Eintagsfliegen über dem Wasser wirbeln.

Und warum nicht in die Stadt hinunter mit ihrem endlosen Verkehr in den Straßen, den Auslagen mit hübschen Kleidern und Kosmetik und in den Schaufenstern die ersten Fernsehgeräte, die P'tit-mé vielleicht noch gar nie gesehen hat. Großmutter würde die Stadt vorziehen; P'tit-mé darf nicht ungesellig und naiv aufwachsen wie sein Vater, um dann schließlich in die Fuchtel der Erstbesten zu laufen.

Ja, sie müssen irgendwohin: Großvaters Geruch unter dem Mangobaum ist noch allzu gegenwärtig, seine Stimme zu deutlich und – seltsam – sein Sessel zu leer.

Sie müssen irgendwohin: Der Schmerz ist ein Stubenhocker, er gedeiht nur in der Luft, die der Verstorbene bereits geatmet hat, nur vor dessen leerem Glas, nur im Kapitel, das er nicht Zeit gehabt, fertig zu lesen.

Sie müssen irgendwohin, müssen gehen, gehen, bis sie erschöpft sind: Der Schmerz mag weder die Hitze der Anstrengung noch den Schweiß, weil der Körper anscheinend nicht genug Wasser für Schweiß und Tränen gleichzeitig hat.

Das Ziel ihres Ausflugs wird also P'tit-mé bestimmen. Der liebe Gott möge dafür sorgen, daß der Pfad so steil aufwärts führt, daß der Kummer allein schon vom Keuchen ordentlich

Milzstechen bekommt. Oder so steil abwärts, daß sich dieser verflixte Kummer die Zehen an den Steinen wundstößt oder sich das Knie ausrenkt.

P'tit-mé braucht keine Angst zu haben, geschickt wie er ist. Und was sie, Großmutter, angeht, so werden die alten Schorfe am Bein sie kaum zum Stolpern bringen.

Im Südosten ballte sich vorhin der Himmel zu dicken schwarzen Wolken. Soll es doch endlich regnen! In Strömen! Soll der Regenschauer doch Körper und Herzen tüchtig waschen! P'tit-mé ist inzwischen kräftig genug, das bißchen Wasser wird ihm gewiß nicht schaden. Großmutter wird jedenfalls, zuunterst im Korb und gut im Wachstuch eingewickelt, Handtuch und ein trockenes Hemd verstecken.

Sie werden von nun an jeden Tag irgendwohin gehen. Dann, wenn aus Rücksicht auf den Schmerz des Kleinen die notwendige Zeitspanne abgelaufen ist – Rücksicht bedeutet allerdings nicht, gemeinsam im Schmerz wühlen oder das Wühlen zulassen –, wird Großmutter Spiele und Wege finden, um ihn abzulenken. Nein, sie wird sich nicht zwingen müssen, weder für das Windrädchen aus Zuckerrohrstroh, das sich so blitzschnell dreht, daß es stillzustehen scheint, noch für die Pfeife aus Binsengras, die fast so schön singt wie eine Flöte, noch für Himmel und Hölle, die sie mit Kreide auf dem Fußboden des Salons zeichnen wird, damit sie an Regentagen drinnen spielen können – und wenn sie dank ihrem schlechten Augenmaß keinen Platz für das Paradies hat, was soll's ... Das Paradies, das sind sie zwei. Oder die ganze Welt. Doch bitte, wo liegt der Unterschied?

Die Taubenkröpfchen, die du zwischen den Fingern zum Knallen bringst, dürfen nicht bloß eine Ablenkung sein, ein Zeitvertreib, ein Kummertöter für deinen Kleinen, nein, auch du, Großmutter, mußt Spaß daran haben. Und wenn P'tit-mé deinen Spaß nicht teilt, sparst du ihn eben für später auf. Doch wenn er Spaß daran hat, deinen Spaß zu teilen, Freude, deine Freude zu teilen, ja dann wirst du jede Menge Spiele erfinden.

Doch warum sich von jetzt an nicht mit dem Auto zur Arbeit begeben, wo P'tit-mé doch fahren kann und ihr *Nach Kythera* besitzt?

Mit dem Auto auf ihr steiniges, borstiges Feld fahren, wie die Reichen über Land. Großmutter stellt sich vergnügt lächelnd das Bild vor. Warum eigentlich nicht? P'tit-mé sitzt mit einer feschen Mütze ausstaffiert vorn am Steuer, und sie, sie thront auf dem Rücksitz wie der Präfekt, den sie in der Stadt hat vorbeifahren sehen.

»Fahrer, zu meinen Ländereien bitte. Ich muß Kaiserkraut sammeln, um meine Beine damit zu baden.«

Trotz ihres Kummers unter der glimmenden Asche muß Großmutter lachen. Die Vorstellung ist allzu komisch.

»Langsamer, Fahrer: Wenn die Mützenonkel uns sehen ...«

Das Pech, auf den vielen Seitenwegen oder in den dichten Kasuarinenwäldern den Onkeln in ihrem Jeep, Khakiuniform und Pistole im Halfter, zu begegnen, ist allerdings selten.

»Danke, Aimé, danke. Halten Sie hier an. Und vergessen Sie mir bitte nicht, das Pferd gut abzureiben.«

Während P'tit-mé heute zum ersten Mal sein Chrompferd zwischen Zittergras, Mäuseklee und Vogelkraut über die Feldwege nach Stalingrad fährt, erinnert sich Großmutter an ein anderes Pferd, ein richtiges: das von Antoine-Joseph Bellon, ihrem Vater. Nicht der Gutsbesitzer, sondern der Verwalter auf fremden Gütern. Nicht in Vincendo, sondern in Sainte-Marie, wenn diese Fremde und alle anderen, die nach der gleichen Erniedrigung riechen, beim Namen genannt werden müssen. Sogar jenes Pferd, das er vorher nie besessen hatte und das als ein Privileg hätte angesehen werden können, war nur eine alte Rosinante, mager wie ein Kasuarinazweig. Eine Erniedrigung mehr.

Antoine-Joseph, der zu den Zeiten, als er noch Gutsbesitzer gewesen war, keinerlei Wert auf den Rang legte, litt jetzt darunter, daß er zusehends den Rang verlor, der ihm seiner

Ansicht nach zustand. Allerdings, daß er seine neue Aufgabe verachtete und dem Rum verfiel, führte schließlich zu einer noch tieferen Erniedrigung: Weil er sie vernachlässigte, wurden ihm zuerst die humusreichen Felder in der Ebene entzogen, dann die ertragreichen etwas weiter oben. Blieben ihm bald nur noch die steinigen, wo auf der dünnen Erdschicht über den Lavafeldern bloß roter Pfeffer und Taubenerbsen gedeihen – wo nur »Makkaroni und Salz« wachsen, wie die dort ansässige Boshaftigkeit spottete.

Je tiefer seine Stellung sank, desto aufrechter wurde sein Gang. Je deutlicher sein Verfall wurde, desto würdiger gab sich Antoine-Joseph. Eine Würde, die von seiner zunehmenden Hagerkeit noch betont wurde. Am Ende seines Lebens – doch wie soll man von Ende sprechen, wenn alles mittendrin zerbricht? – war er steif wie eine Brechstange geworden; er trug stolz den Kopf hoch, den Schnauzbart zu Nägeln erstarrt, und wenn sich ein Pächter erdreistete, ihn anzusprechen, durchbohrte er ihn mit seinem Blick bis zu den Eingeweiden. Er redete mit niemandem mehr, als ob das Reden eine Bloßstellung sei.

Onkel Calixte hingegen, der nie einen Rang gehabt hatte, führte ruhig sein Leben am Rande des Alltags weiter. Außerhalb des Hauses unterhielt er sich immer nur mit seinen Hunden, doch wenn er nach Hause kam, hielt er sich endlich schadlos – vor allem nach dem Tode Antoine-Josephs, seines Bruders. Er redete unversiegbar mit den zwei einzigen Verwandten, die ihm geblieben waren, seinen Nichten Margrite und Flora. Vor allem mit Margrite, die fröhlich war und ledig. Flora, die Kriegswitwe wurde, noch bevor sie erwachsen war, die seit Verdun wirr im Kopf war und so traurig, daß sie niemals lächelte, sonderte sich meistens ab.

Was das Reden anging, hatte sich Calixte also verändert. Und auch, was Kleidung und Sauberkeit anbelangte: Er wusch sich jetzt ausgiebig im kalten Wasser, die schäumende Seife auf dem Rand der Karauschenzisterne. Er rubbelte und rieb. Er hatte seine schmutzstarrende Hose gegen Khakishorts getauscht, die er eigenhändig wusch, häufig sogar, die aber nicht gebügelt werden durften. Unter den Shorts schauten seine mageren behaarten Beine hervor, die in schwarzen, mit Agavesenkeln geschnürten Latschen steckten; Socken trug er jedoch nie, er blieb barfüßig wie eh und je. Ein immer längerer, immer schlohweißerer Bart, eine geflochtene Schultertasche umgehängt, ein großer Strohhut auf dem Kopf: Das war der neue Calixte, den der Tod bald einholen würde.

Auch wenn er nachts seinen Felskopf unter dem Dach seiner Behausung aufsuchte, machte er es sich nach seinen täglichen Streifzügen mit seiner Hundemeute im vollkommen leeren Salon auf dem Fußboden bequem, den die arme Flora stundenlang mit Brinjalblättern polierte, um ihn auf bescheidenen Hochglanz zu bringen.

Er hockte pausenlos plaudernd da. Margrite – ungeachtet ihrer zurückgelegten zweiundzwanzig Jahre – ihm gegenüber, das Kleid züchtig zwischen den Beinen gebüschelt. Die erschöpften Hunde legten sich um sie herum. Flora, einen alten Filzhutlappen und Kokosbesen in der Hand, lauerte hinter der Windfangtür, damit sie endlich den Fußboden bohnern konnte. Doch der Onkel hatte es nicht eilig, er redete, berichtete, erzählte …

Nach dem vom Margrite zubereiteten Abendessen, das sie, den Teller in der Hand, bei Regenwetter auf der Veranda, bei schönem Wetter unter dem Mangobaum einnahmen, gingen die Mädchen jedes in sein Zimmer und der Onkel, dem die Hunde auf den Fersen folgten, zu seinem Stein.

Eine Viertelstunde verging, und Floras große Angst begann. Sie rollte sich in ihrem Bett zusammen, vergrub jammernd den Kopf in ihrem Kapokkopfkissen. Zuerst war es ein ersticktes Wimmern, schwoll dann zu einem immer heftigeren Weinen an. Das Klagen hallte unheimlich in dem großen, leeren Haus wider. Margrite konnte es nicht ertragen, ihre Schwester dermaßen leiden zu hören. Sie stand auf, tastete sich in der Dunkelheit zu Floras Zimmer, der Türrahmen ... die Wäschetruhe ... der große Pfosten des schönen, inzwischen etwas verblaßten Bettes, das sie von Vincendo mitgebracht hatten ... Sie setzte sich auf den Rand der Matratze, legte über den alten Bettdecken die Hand auf die Schulter ihrer Schwester.

Flora rührte sich nicht, sagte nichts, doch ihr Weinen verstummte. Ihr Atem wurde regelmäßig, ruhig ...

Antoine-Joseph starb bei einem Sturz vom Pferd. Er fiel dank der zu großen Steifheit und der zu großen Würde, die der Alkohol oft den Menschen verleiht, steif und würdig zu Boden. Das Pferd, das im langsamen Trab ging, blieb einen Moment stehen, als es spürte, daß sein Meister es verließ, trabte dann unbeirrt weiter. Das zumindest hatte Margrite über den Tod ihres Vaters erfahren. Und daran erinnert sie sich jetzt.

Sie hätte darüber traurig sein können, so wie sie über das kürzliche Ableben Gaétans hätte trauern können. Doch hat es neben ihr noch Platz für irgendwelche Traurigkeit, wenn sie – bequem zurückgelehnt wie eine Präfektin – auf *Nach Kytheras* Polstern sitzt, während P'tit–mé, endlich aus seiner Niedergeschlagenheit aufgetaucht und stolz wie Artaban, den Wagen fährt?

Und du stellst dir bewundernd vor, Margrite, wie er – allein! – das schwarz wie ein polierter Schuh glänzende fünfzehn-PS-sechs-Zylinder-Wunder lenkt.

Madame Präfektin, die, vergnügt in ihre saffianigen Saffianpolster zurückgelehnt, zu ihrem taschentuchgroßen Feld kutschiert wird, das Messer in ihren Leinengürtel gesteckt, den Rohrsäbel auf ihre alten Knie gelegt, den Strick für das Futter zusammengerollt in ihrem zerknautschten Männerhut, wie der unter den blitzenden goldenen Schuppen aufgewickelte Schwanz des Großen-Teufels.

Und kaum ist der Motor abgestellt – schau, schau! –, hüpft sie aus ihrer Limousine, geht mit entschlossenem Schritt auf das verdammte Zuckerrohr zu, packt es entschlossen und legt es mit kräftigen Säbelhieben um. Ein erster genau zwischen die Steine, knapp über dem Wurzelstock, damit sie es mit zwei Hieben abtrennen kann, das safttriefende Bambusrohr; zwei weitere Hiebe mit dem Messerrücken, um es zu entblättern; ein letzter, kurzer, um – ratsch – den grünen Kopf abzuhauen, den Federhut mit dem Kakadubüschel.

Und nach kurzer Zeit packt dich der Zorn, Madame Präfektin, und die gefiederten Köpfe fliegen nur so – ritsch und ratsch –, einer nach dem andern. Gnadenlos, erbarmungslos. Sie fallen, fallen, häufen sich hinter dir zu einer federnden Matratze.

Du wärst mit deinem Schnitt schon fertig, Margrite, hätte dieser Dummkopf von einem Grand-gaby nicht für eine neue Kriegspartie in was weiß ich für einem Land unterschrieben. Und du, die nie deine Nase in anderleuts Dinge steckt, oh, du hast ihm gesagt, was du davon hältst. Nicht mit lauten Worten, aber mit Tränen in der Stimme. Er stand mit offenem Mund da wie ein begossener Hund.

»Meine Grütze ist daran schuld, Tante Margrite, ich habe nichts verstanden von dem, was der Gendarm mir erklärt hat, als er mir das Papier unter die Nase hielt.«

Und er hat sich nicht im geringsten gegrämt, daß man ihn hereingelegt hat, und ist auch nicht verzweifelt beim Gedanken, im besten Fall fünf Jahre, im schlechtesten sein Leben zu verlieren, und ist nicht halb gestorben vor Schiß und hatte nicht in die Hose gemacht, weil er sich dem Maquis in den Rachen geworfen hat. Er ist bloß etwas betrübt gewesen, weil Tante Margrite traurig war. Und was den Rest angeht: nach Gottes Ratschlag, der ihn nicht mit genug Grütze ausgestattet hat.

Gaby ist also wieder weggegangen, Margrite, und du bedauerst es. Einmal, weil du ihn gern hast trotz seiner Kriege. Doch gib es zu, Grite Bellon, daß du – du mit deinen alten Knochen und deiner runzligen Haut – es an einem Tag wie diesem gern mit dem Hünen aus tapferen Muskeln aufgenommen hättest: Wischel um Wischel, Reihe um Reihe, Furche um Furche. Es ihm zeigen: ritsch und eins ... ratsch und zwei ... Er hätte zuerst mit dir Schritt gehalten, eine Stunde, zwei, drei ... hätte das Ganze sogar als Riesenspaß aufgefaßt. Doch beim kleinsten Augenzwinkern seinerseits hättest du ihm sowohl die Augenbutter als auch die Anmaßung abgejagt, sich mit dir zu vergleichen.

Fünf Jahre! In was für einem Zustand wirst du sein in fünf Jahren, mit sechzig und neunzehn Jahren auf den Schultern und im Kreuz? Dann wird sich vielleicht P'tit–mé mit Gaby messen, aber du?

P'tit–mé – wenn er überhaupt Lust dazu hat. Denn was tut er in diesem Moment, wenn nicht mit dem Schraubenzieher in der Hand irgendeine Zündung oder Bremse in Ordnung bringen? Genau wie Joseph, sein Vater, der dir ständig damit in den Ohren lag.

Nein, er hilft dir nicht beim Zuckerrohrschneiden, P'tit-mé. Laß ihn doch. Was allein zählt, ist, daß er nachher – nachdem er sich die Wagenschmiere an der Rinde eines Mangobaumes abgewischt hat – ruhigen Gewissens mit dir den flachen Stein teilt, den Gaby einst in den Baumschatten geschleppt hat. Und daß du, munter und seine schmutzigen Hände vorschützend, die um seinen Henkeltopf gewickelte karierte Serviette aufknüpfen kannst, den Deckel abhebst, ihm seinen Reis mit dem hineingesteckten Löffel hinhältst und ihn fröhlich schnackelnd sagen hörst:

»Spiegelei! Mmmh, das schmeckt mir.«

4

Hinter ihren Krullfarnbüschen, ihren Papageienblumen und Venushaaren, hinter ihren Filizineen, um die man sie beneidet und die sie seit heute morgen schon dreimal gegossen hat, beobachtet Madame Nièl Großmutter und P'tit-mé, die ausgehfertig die Auffahrt hinuntergehen. Sie möchte gern die heuchlerische Gießkanne hinstellen, Alibi vor den Augen ihrer Tochter, die zwar gar nicht zu Hause ist, für gewöhnlich erst gegen Mittag zurückkehrt, aber unerwartet auftauchen könnte.

Und weil sie nicht einfach weggehen kann wie Margrite mit diesem ihrem Enkel, den sie, Madame Nièl Siméon, nicht hat, den sie nie haben wird, möchte sie am liebsten zur Poinsettiahecke hinuntergehen und dort ein Viertelstündchen mit ihrer alten Freundin plaudern, möchte ihrer Zunge und ihrer Kehle freien Lauf lassen, lachen und scherzen, ohne zu tratschen und – warum nicht? – trotzdem über diese oder jene zu tratschen, wenn sie ihren Spaß daran hat.

Sie möchte diesem Gefängnis aus allzu prächtigen farngeschmückten Pflanzenständern, aus zu prächtigen Orchen und Cymbidien entfliehen, sich wieder mit ihrer alten Nachbarin aus der Zeit vor dem schönen gemauerten Haus unterhalten, aus der Zeit vor der Wasserniere im Garten, vor dem Abstellplatz, dem Simca Aronde, dem Telefon und demnächst dem Fernseher.

Sie möchte! Doch Madame Nièl hat Angst vor der barschen Rüge, dem unwiderruflichen Peitschenhieb, und als ob das nicht schlimm genug wäre, vor der anschließenden endlosen Strafpredigt.

Wie glücklich Großmutter doch ausschaut! Und ihr Aimé, was für ein hübscher Junge! Huguette wird dir jedenfalls nie einen so hübschen Jungen zustandebringen. Sie scheint ihre Sinnlichkeit nur darauf zu verwenden, sich vor der Schande ihrer Mutter zu schützen, die bloß Kreolin ist, die mit den Händen ißt, Orangenzehe anstatt Orangenviertel sagt, *lasab* anstatt *le sable*, *lapwazon* anstatt *le poison*, *larourout* anstatt *l'arrowroot*. Wenn man sich vorstellt, daß ihre Haut nur vom lauwarmen parfümierten Wasser ihrer stundenlangen Königinnenbäder berührt werden darf! Offenbar spart sie ihre ganze Energie, um ihre Schüler zu verprügeln: »Den habe ich gestern verdroschen, sag ich dir, der Arm tut mir heute noch weh.«

Wirklich und wahrhaftig, Madame Nièl – Madame Maria Siméon, würde die Tochter korrigieren, ist Nièl doch nur die zu alledem noch kreolisierte Verkleinerungsform von Manuel, ihrem verstorbenen Mann –, hätte sie nur eine Spur Mumm in den Knochen, würde sie ihre Tamarisken und Venushaar-Filizineen, ihre Frauenschuhe und Männertreu, ihre Orchen, Ophyren und Vandaorchideen auf die Seite schieben. Würde auf ihre alte Kumpelin zueilen. Und gemeinsam würden sie klatschend und tratschend, Herz was begehrst du mehr, die Hecke auf wunderbare Art und Weise niederreißen.

Ja, aber da ist Huguette und der Schlick, den sie hinter ihr aufwirbeln würde. Denn vor ihr hätte Margrite Anrecht auf ein bloß eine Spur verkniffenes Lächeln und sie, Maria, auf ein »Mama-komm-ich-brauche deine-Hilfe«. Hinter der geschlossenen Tür des neuen Hauses jedoch.

Wenn man weder Schenkel noch Flügel hat, tut man sich am Bürzel gütlich, dann begnügt man sich mangels Fleisch mit der Soße. Also rieche, arme Maria. Schlürfe die Brühe. Schnuppere hinter dem Duft her. Schlucke leer bei ihrem Anblick, wenn du die beiden hintereinander hergehen siehst wie ein Liebespärchen. Ja, wie ein Liebespaar von einst, als man noch wußte, was sich schickt: Wo man sich nicht berührte, gerade nur ein bißchen streifte, damit die Hände noch feuchter wurden. Das Wasser läuft dir im Mund zusammen, Maria, das Wasser, in dem der Neid, die Eifersucht und die Frustration gerinnen.

Margrite weiß natürlich, daß sich die alte Freundin hinter ihren prächtigen Rainfarnen verbirgt. Sie möchte ihr gern zuwinken, ihr eine kleine Geste gönnen, ein kleines bescheidenes Zeichen geben. Mangels Billigung, etwas Mitgefühl. Doch wenn die andere – »die Löhrerin« hätte Gaétan gesagt – sie sähe, was hätte sie zu erwarten, die Ärmste, die das Pech hat, deren Mutter zu sein und bestimmt die Tochter zu sehr verwöhnt hat?

Du wirst dich doch nicht schon wieder vom Mitgefühl hinreißen lassen? Noch bevor du dir ernsthaft die Frage stellst – die allein schon würde genügen, um dich stundenlang zu beschäftigen–, holt dich P'tit–mé ein, geht an deiner Seite, berührt dich kaum. Freude überflutet dich, verscheucht dieses lasterhafte Mitleid, diese Ratte, die mit ihrem Atem die Wunde einschläfert, an der sie nagt, und einem schließlich das Leben auffrißt, ehe man es spürt.

Bitte P'tit–mé, komm, komm immer wieder, schmiege dich öfter an Großmutter, damit in ihrem Herzen, das sich ständig nach dir verzehrt, das Mitleid und das, was sie ihre Pflicht nennt, nur noch einen vernünftigen Platz einnehmen. Die Pflicht. Eine Art Routine, eine ausgeleierte Karre, die sie seit über sechzig Jahren hinter sich herschleppt – Zecke in der Haut, Sandfloh unter dem Zehennagel, an Dame Caoudins Euter klebende Wanze.

Die Pflicht.

Zssst. Gaétan hätte vor Verachtung gezischt.

Er hätte vor Verachtung gezischt, aber im Grunde ließ auch er sich von der Pflicht hereinlegen. Immerhin weniger als Großmutter. Sie braucht sich bloß einen vergnügten Tag machen zu wollen, und schon melden sich tausend Gründe dagegen. Und immer aus Pflichtgefühl, ohne Rücksicht auf die Freude oder gar die Erschöpfung.

»Und meine Ernte, die noch nicht beendet ist?«

»Aber sie ist es doch um Zweifingerbreit?«

»Und meine Tiere, die ich ihrem Hunger überlassen muß?«

»Was für einem Hunger, Margrite? Du hast doch jede Menge Salat für deine Kaninchen und Mais für die Hühner, brauchst es bloß tüchtig auszustreuen.«

»Salat! Salat für die Kaninchen! Hat man schon so etwas gehört, wo viele Menschen Steine und Kiesel essen müssen?«

»Ach Margrite, sie tragen ja schon die Jungfernhaube, deine Salatköpfe.«

»Und die Caoudin? Sie mag es überhaupt nicht, Dame Caoudin, wenn das Mittagsläuten und die Abendglocke in ihrem Bauch bimmeln.

»Warum sollte sie verhungern? Sie hat doch Futter zur Genüge.«

»Zur Genüge, mit ihren langen Därmen? Und du nennst das Futter, die drei Streifen trockenes Zuckerrohr, die ihr auch noch die Zunge zerschneiden wie ein Rasiermesser?«

»Ihr seid doch bald zurück. Dann wird Dame Caoudin ihren Lolch und ihre wilde Hirse haben und ihren gehäckselten Bananenstrunk bekommen. Und Wasser, Streu und Salz.«

»Und mein Zicklein?«

Nichts zu machen, Großmutter hat immer einen Einwand. Es ist daher an dir, P'tit-mé. An dir, sie nicht von ihrem Gewissen überwältigen zu lassen. Brauchst du nicht etwa eine neue Glühbirne für *Nach Kytheras* Scheinwerfer? Einen Schraubenzieher, ein paar Schrauben? Bitte doch Großmutter darum. Sag es ihr. Hab keine Hemmungen: Du weißt, wie sehr sie dich liebt. Im übrigen, gibt es Vernünftigeres als das, was du dir wünschst? Und sobald die Ernte vorbei ist, kannst du sie rundheraus an Vincendo erinnern, woran du seit Großvaters Tod ständig denkst. Kannst dir gar nicht vorstellen, wie sehr sie sich darüber freuen wird.

Weil P'tit–mé ein paar Kleinigkeiten für seinen *Nach Kythera* braucht, beschließt Großmutter, sie gemeinsam mit ihm in der Stadt zu besorgen. Denn ein Wort von P'tit-mé genügt, damit sie sich in der Erde vergraben, die lächerlichen Einwände, sich unter den Steinen verstecken, zu lächerlichen Bagatellen und sonstigen Nichtigkeiten werden, was sie in Wirklichkeit auch sind.

Die Ernte ist nicht zu Ende, gewiß, aber die Mühlen drehen sich dieses Jahr mindestens zwei Monate länger. Schau doch, wieviel Rohr noch bei den anderen steht. Die Hühner haben ihren Mais schon bekommen, und zwar frischen. Großmutter schneidet von dem ins Kraut schießenden Salat drei Köpfe für die Kaninchen, zwei Dutzend für Dame Caoudin, die im übrigen noch Futter vom Vortag hat. Sie wird sich daran gewöhnen müssen, hin und wieder etwas zu hungern.

Alle werden sich daran gewöhnen müssen: Eine neue Aufgabe – eine unendlich wichtigere – beansprucht nun Großmutter voll und ganz: P'tit–més Lebenslust wecken. Ja, die Lust am Leben, denn obschon das Wort Zukunft ihre Gedanken beschäftigt – eine Zukunft, die vorläufig nur aus zuschraubenfestschrauben-aufschrauben-losschrauben besteht, aus Öl für die Kupplung, aus Wagenschmiere an den Händen –, steht dennoch vor und hinter dieser Zukunft zuerst und in erster Linie die Lust am Leben, die ihm erhalten, geschenkt, wiedergeschenkt und geschürt werden muß. Sie hat nicht vergessen, in was für einem Unglück er großgeworden ist, P'tit–mé. Sie vermutet, welchen Leidens Kind er ist.

Aufgabe also. Pflicht? Und die Freude in alledem? Ja, sie ist ausnahmsweise da, die Freude, weil allgegenwärtig. So rein, wie eine Freude nur sein kann, so stark, daß sie allmächtig ist. Wo ist er, dieser Piton des Neiges? damit Großmutter ihm eine Mütze aufsetzen kann. Und jenes lächerliche Loch genannt Fournaise? damit Großmutter es auffüllen kann. Die sieben Hochwasser? damit sie sie versickern lassen kann. Die vierzehn Sonnen? damit sie die dreizehn überflüssigen schneuzen kann, und zwar ohne sich die Finger mit Speichel zu netzen.

Zum ersten Mal besteht deine Pflicht nicht aus der alten Unterhose eines alten Krauters, die gestopft werden muß, nicht aus einem zahnlosen Mund, der gefüttert werden muß, und – mit Verlaub – nicht aus einem alten Greisengeschäft, das im Topf verrichtet werden muß. Deine Pflicht ist zum ersten Mal reines Glück. Dein ureigenstes Glück, denn Aimé oder Margrite, Margrite oder …

Alle wissen, daß man dir nicht mit der Geschichte von gleichem Fleisch und Blut kommen muß – mit dem Blut der Bellon! Und auch nicht damit, daß er dir gleicht: Stupsnase, die etwas hohen Backenknochen, die Gutmütigkeit, das Lachen, wenn etwas schiefgeht. Daß man euch nicht miteinander vergleichen darf, keine Ähnlichkeit suchen trotz der vielen Gemeinsamkeiten, die man aufzählen könnte. In deinem Herzen bist du er. Und wie bei Gott, sollst du dir kein Bildnis machen.

Nein Margrite, nein. Niemand behauptet, du seist vor lauter Pflichten unglücklich gewesen in deinem Leben. Leben, dich lebendig fühlen, das allein zählt für dich. Freuden oder Pflichten, für dich ist der Unterschied klein. Und wenn die Freude dich überwältigte – und sie überwältigte dich oft –, so entsprang sie nicht deinem Pflichtgefühl, sondern schlicht deinem Wesen. Und wenn die Lust dich packte – und sie packte dich sozusagen ständig –, war sie Brise oder Sturmwind, Sonne oder Schatten, Dürre oder Wasser, die Süße der Litchipflaume oder die Säure der Voa-vanga, die du dir zwischendurch in den Mund steckst.

Großmutter und P'tit–mé warten auf ihrem Steg über dem Wasserabzugsgraben auf den Bus. Haltestelle – weit und breit keine. Oder vielmehr so viele Haltestellen wie Reisende: Du gibst dem Fahrer ein Zeichen, und er hält an. Doch sieh dich rechtzeitig vor, denn wenn das Blut besagten Fahrers sich vom Getändel mit der verführerisch geschminkten Person erhitzt, die sich absichtlich auf den vorderen Klappsitz gesetzt hat, dann kann es passieren, daß er dich nicht sieht, an dir vorbeifährt und dich an Land zurückläßt. Doch wenn du auf die Straße hinaustrittst oder wenn du in die Hände klatschst, wenn du ihn kommen siehst oder laut genug schreiend hinter ihm herrennst, legt er seinen alten Kahn so lange am Straßenrand an, bis du eingestiegen bist – selbst so lange, daß du nach Hause laufen kannst, um die Schuhe anzuziehen oder dein unter der Matratze verstecktes Jackbaumblatt – wie man hierzulande die Geldscheine nennt – hervorzugrübeln.

Am Newskij Prospekt gesellt sich zuerst Madame Antoine dazu – zu den Wartenden natürlich –, die sich, alle Dankeschön zum Vorwand nehmend, die sie der Sonne und ihrer richtigen Höhe am Himmel schuldet und mangels eines Sonnenschirms hinter ihrer Handtasche, vor Großmutter versteckt, der sie Geld schuldet. Sie tut nicht dergleichen, Großmutter. Doch, sie amüsiert sich. Wie an jenem Tag, als sie Schnäpschen-pur-selig einen dritten Vorschuß für eine nie begonnene Arbeit verweigerte.

»Ausbeuterin! Man hat mir gesagt, daß es keine schlimmere Ausbeuterin gibt als Euch. Alte Diebin, geh!«

Dann rast die Seifenkiste – drei alte Bretterabschnitte auf alten Kugellagern – des dreizehnjährigen Aristile vorbei; mit drei Blechkanistern beladen und von Gelächter und Gespritze begleitet. Trotz der Blätter, mit denen sein kleiner Bruder die Ausgüsse zugestopft hat, fragt man sich bei der Geschwindigkeit und den vielen Hopsern, was ihrer Mutter zum Spülen der Wäsche auf dem Waschstein übrigbleibt.

Auf dem steilen Straßenstück, das zur Stadt hinunterführt, trabt eine junge Familie. Der Vater zuvorderst; in der Armbeuge des rechten Armes trägt er ein dickes Baby, am linken Arm baumelt eine Tasche mit Frottiertuch und Zuckerwasserfläschchen. Die Mutter folgt zehn Schritte hinterher. Sie schleppt keuchend ihre Erschöpfung mit sich. An ihrem Bauch schwabbelt ein dickes Fettüberbleibsel ihrer ersten Schwangerschaft und vielleicht eine sich eben abzeichnende zweite.

Dann tritt Madame Eugène dazu, die sich mit einem breiten Lächeln an Großmutter wendet:

»Was für ein hübsches Liebespaar. Geht ihr vielleicht den Verlobungsring kaufen?«

Liebespaar! P'tit–mé wird bis zu den Ohren rot. Liebespaar! Ihn jetzt auch noch als Verliebten behandeln! Fehlte nur noch das. P'tit–mé gehört trotz Großvaters Lebenskundelektionen bereits zu den zurückhaltenden, den schamhaften besser gesagt, für die das Wort Liebe tabu ist, *Fady** , hätte Großvater in der Zeit seines letzten staunenden Munterwerdens präzisiert.

Mit dreißig wird P'tit–mé bestimmt über Liebe reden. In Mane-tis Kneipe. Spöttisch, grinsend, kichernd, witzelnd. Mit fünfzig wird er offener darüber scherzen, in der Sprache der Eingeweihten natürlich, weil er die Feuertaufe hundertmal erlebt und erlitten hat. Er wird von »mehr« oder »weniger« reden, von »uneingeschränkt« und »Freigebigkeit«, von »Fingerhut« und »Fingerübung«, vom »Öhr« und vom »Einfädeln«, kurz, verkehrt herum, mit anständigen abgeleiteten Wörtern, um die Sache nicht beim Namen zu nennen, jedoch genügend klar, damit alle darüber lachen können.

Die Liebe. Verständlich, daß P'tit–mé vor Verlegenheit am liebsten im Erdboden versinken möchte. Die Liebe! Und Großmutter, die zu alledem auch noch lächelt. P'tit–mé windet sich, tritt von einem Fuß auf den andern, tut dann gleichgültig so, als ob ihn irgend etwas im Schuh drückt. Er schnürt den Senkel auf, knüpft ihn wieder. Schlendert noch gleichgültiger ans andere Ende des Stegs, reißt einen Halm aus, kratzt mit gesenktem Kopf Geheimnisvolles in den alten Zement.

Großmutter hingegen, die schwarze Handtasche an ihrem leicht verkrüppelten Handgelenk, wartet unerschütterlich, bis der Sturm sich legt, und hält nach dem Bus Ausschau, der jede Minute kommen muß.

* madagassisch: Tabu

Als sie nach Hause zurückkehren, empfängt sie Dame Caoudins schwankender Mangobaum; Großmutter sieht ihn vor P'tit-mé – trotz des dumpfen Schmerzes im Bauch, den sie so gut wie möglich vor ihm verheimlicht.

Der Baum zittert, als würden regelmäßige Axthiebe ihn erschüttern. Die Kuh zerrt stumm und zornig am Strick, mit dem sie am Stamm festgebunden ist. Sie schüttelt den Kopf so heftig, daß der Baum schwankt. Einmal, zweimal, zehnmal versucht sie hartnäckig, das verdammte Hanfseil zum Nachgeben zu zwingen, sich loszureißen. Vergeblich. Schließlich verliert sie die Ruhe, beginnt plötzlich wild auszuschlagen, verzweifelt zu muhen, fast zu brüllen. Aus ihren Nüstern quillt Schaum, Geifer rinnt aus ihrem Maul.

Nach der Auflehnung, die Verzweiflung: Sie jammert erbärmlich, schreit wie ein Neger auf der Schiffsleiter. Ihre Augen treten hervor. Sie weinen. Dann, als sie Großmutter erblickt und anstatt um weiß Gott was zu betteln, richtet sie sich auf und zerrt wieder mit einem heimtückischen Seitenblick mit dem Kopf an ihrem Mangoverlies.

»Sie ist halbtot vor Hunger«, sagt Großmutter eher zu sich selbst.

Dann zu P'tit–mé:

»Du holst schnell das Auto und gehst frisches Futter holen. Köpfe einfach das Rohr, den Rest schneiden wir morgen. Ich gebe ihr inzwischen alte Salatköpfe, um sie zur Vernunft zu bringen. Schnell. Mach dir ...«

Sie hätte beinahe gesagt: »Mach dir keine Sorgen«. Doch sie sagt nichts, nicht nur, weil Aimé schon davongestürzt ist, sondern aus Angst, daß ihn dies erst recht beunruhigen könnte. Das fehlt gerade noch ... Damit sein Herz noch zentnerschwerer wird, noch heftiger in seiner Brust pocht und sich sein Magen krümmt.

Nach Kythera rast bereits dem Futter entgegen. Am Steuer P'tit–mé, vor Sorge halbtot. Der Erwachsene, der sich langsam angstvoll in ihm rührt, stellt sich Großmutter verletzt vor, sieht sie bereits im Sterben liegen. Und die Selbstvorwürfe, die sich an dieses Bild klammern. Dann folgen kurze Momente blinder Hoffnung. Das Kind, das er noch ist, rettet sie durch eine Heldentat: Das Tier versucht Großmutter auf dem Boden zu zermalmen, zum Glück ist sie den Hörnern entwischt. Großmutter kann sich nicht mehr bewegen, sie erstickt bereits. Da kommt P'tit–mé, packt mit beiden Händen den Nasenring der Caoudin, dreht daran, zwingt die Kuh, den Kopf zu heben, in die Knie zu gehen.

Bis die Angst vor der Gefahr – die ernster ist als ernst – die Unvernunft zum Schweigen bringt. Sein zum Zerspringen klopfendes Herz schlägt noch heftiger, die Gesten werden noch fieberhafter: die verzweifelten Hiebe mit dem Rohrsäbel, das hastig in den Kofferraum gestopfte Bündel grüner Köpfe, das auf den Teppichboden des Autos, sogar auf die Polster geworfene Futter ... Das Lenkrad, das einfach nicht gehorchen will.

Er denkt vor allem an eines: Großmutter ist tot, zerfetzt, von dieser verdammten Kuh zerschmettert. Sie wird nie mehr lachen, wird ihm nie mehr zulächeln, wird nie mehr kommen und gehen, das Messer unter die Achsel geklemmt, die Reiskruste in der Hand, an der sie zwischendurch kaut, Reiskruste mit Tomate, mit gebratenem Salzfisch, mit grünen Pfefferschoten, mit braunem Zucker. Sie wird nie mehr auf die Bäume klettern, wird nie mehr Taubenkröpfchen zwischen den Fingern knallen lassen, wird nie mehr im Salon auf dem Fußboden Himmel und Hölle spielen.

Und er, Aimé, was ist er ohne sie? Was wird, was wird wieder aus ihm? Tränen steigen ihm in die Augen, und hinter den Tränen rennt die Andere.

...wirr, zerzaust. Sie schreit, heult. Ein Heulen, das einem die Brust durchbohrt. Klein-Schwesterchen liegt dort auf der alten schmutzigen Baumwollmatratze, auf dem verwaschenen Badetuch, auf dem alten Kissen, aus dem die vergilbte Kapokfüllung quillt. Klein-Schwesterchen ist ganz blaß, ihre Lippen sind blau, als ob sie Kerribeeren gegessen hätte, doch sie hat überhaupt

nichts gegessen. Papa sitzt stumpfsinnig auf dem Bettrand, hat nicht einmal Tränen in den Augen. Und die Andere, die umherrennt und schreit und schreit ...

»Eine Sau«, sagt die Nachbarin verächtlich. »Nur die Säue erdrücken ihre Kleinen im Schlaf.«

Großmutter lebt! Sie ist weder verletzt noch geschunden, hat nicht einmal einen Kratzer. Sie hat die Caoudin mit alten Salatköpfen beruhigt. Großmutter, gerade nur ein bißchen müde, hat sich selbst die Erlaubnis gegeben, sich im Liegestuhl auszuruhen. Noch bevor sie Zeit findet aufzustehen, wirft sich Aimé schluchzend über ihre Knie. Sie streichelt sein Haar, redet ihm beruhigend zu, doch seine Tränen wollen nicht versiegen. Großmutter, der P'tit-més Liebe wohltut, die jedoch die Tränen haßt und die Wendung, die die Geschichte nimmt, weiß sich nur mit ihrem Humor zu helfen.

»Komm, es ist Zeit für Caoudins Geburtstagsessen.«

P'tit-mé schaut tränenüberströmt zu ihr auf.

»Ja, ihr Geburtstagsessen, es ist dieser Tage vierzehn Jahre her, daß ich sie gekauft habe.«

Großmutter richtet sich mühsam im Liegestuhl auf, sie muß sich vom Kleinen helfen lassen – »damit es schneller geht«, beruhigt sie ihn.

Sie gehen gemeinsam zur Kuh hinüber.

»Siehst du das Halsband, das ich ihr angelegt habe?«

Das Hanfhalsband ist neu, es hat einen guten Daumendurchmesser.

»Kein Geschenk ist zu schön, wenn es sich um eine alte Freundin handelt.«

Während P'tit-mé das Futter auslädt, füttert Großmutter, Handvoll um Handvoll, die Caoudin.

»Weißt du überhaupt«, sagt sie angeblich an die Kuh gewandt, tatsächlich aber, um ihren Kleinen aufzuheitern, »weißt du überhaupt, daß man dich jetzt mit dem Auto beliefert? Ich mache dich allerdings darauf aufmerksam, daß du nicht mehr auf mich zählen kannst, für den Fall, daß du eines Tages auf den Gedanken kommst, das Flugzeug zu verlangen.

Sie lacht, Großmutter, obwohl sie erschöpft ist, so erschöpft, daß sie sich wieder in den Liegestuhl fallen lassen muß. Ihr, die ihr Lebtag nie niedergeschlagen gewesen ist, fällt plötzlich auch das Scherzen schwer. Doch vielleicht ist das Ganze ja auch nur ein Scherz. »Sieh dich an«, sagt sie sich, »da liegst du also, ein Häufchen Elend in deinem Sessel, eine kranke Eule, ein pipsiges Huhn.«

Wenn nur P'tit–mé nicht beunruhigt und traurig ist. Das vor allem. Er soll lieber – wie die Nachbarin, die Lehrerin, ihn gebeten hat – einen Blick auf ihren Aronde werfen, der auf dem rechten Scheinwerfer schielt. Gefängniswärterin ihrer Mutter oder nicht, sie ist bestimmt nicht so knauserig, daß sie ihm nicht ein Geldstück zustecken wird. Es geht nicht um den Betrag, gewiß nicht, sondern darum, daß Aimé ein bißchen die neue Breite seiner Schultern spürt.

Erst als P'tit-mé zurückkehrt, als sein Pfeifen ihm in der Auffahrt vorausgeht, als es langsam Nacht wird, findet Großmutter die Kraft aufzustehen. Dann schleppt sie sich wie ein Verletzter auf der Flucht in die Küche. Sie schüttet schnellschnell zwei, drei Handvoll Reis in den großen Korb, hat gerade noch Zeit sich hinzusetzen und mit dem Verlesen anzufangen, bevor ihr Kleiner nach Hause kommt.

Der findet Großmutter aufgestanden, mit ihrem Reis beschäftigt vor, munter also – so, wie sie für ihn immer und ewig sein müßte. Nichts vermag daher die Freude an seinem ersten selbstverdienten Geld zu trüben.

»Schau, Großmutter! Schau! Sie ist nicht knauserig gewesen.«

Stimmt, Gefängniswärterin Nièl ist gegenüber dem Kleinen nicht knauserig gewesen. Sie ist sogar viel zu großzügig gewesen.

»Hörst du, wie er knistert?«

Großmutter ist auch der Ansicht, daß kein Geldschein jemals so laut geknistert hat.

»Er muß nagelneu sein.«

Ganz eindeutig, der Schein ist neu. So neu wie P'tit-més Beruf. Großmutter lächelt stolz.

Ihr Lachen wäre allerdings fröhlicher, wenn dieser wachsende Schmerz in ihrem Bauch nicht wäre. Was für ein Schmerz? Wer spricht hier von Schmerzen? Das einfache Gegeneinanderreiben der Därme, das Klopfen in der Magengegend, das stechende Gurgeln ein bißchen überall in den Eingeweiden? Man wird doch keine Suppe daraus machen, oder? Aber er quillt hervor, der verflixte Schmerz, ballt sich zusammen, plustert sich auf, zerrt an deinem Magenmuskel, zerrt an den Därmen.

Sich bücken, sie braucht sich bloß zu bücken, sich den Bauch mit beiden Händen wärmen, den Schmerz einschläfern – wenn auch nur eine Spur. Egal, bloß Aimé nicht ängstigen. Seine Freude nicht zerstören. Sein erstes verdientes Geld! Was sagst du dazu, Margrite?

»Zeig mir doch deinen Schein noch mal, ja? Stimmt, er ist nagelneu. Geh, geh, versteck ihn unter deinem Strohsack.«

Dann die vor ihr liegenden paar Minuten nutzen, um sich unbeobachtet zu krümmen, den Schmerz zwischen ihren Eingeweiden, zwischen ihren Pansen einzuklemmen. Sich wenigstens darüber freuen, ihm ein paar Sekunden die Gurgel zuzuschnüren, diesem Satansschmerz, ihn für ein paar Sekunden erwürgen.

»Gott-lieber-Herrgott-im-Himmel, wie weh das tut … Wenn wir schon beim lieben Gott sind, sobald ich ihn im Himmel sehe – oh, ich habe es überhaupt nicht eilig –, werde ich ihn fragen, warum er uns Eingeweide gegeben hat, Magenmuskeln, Därme und alles Drum und Dran. Ich werde ihm das Modell eines einfacheren menschlichen Wesens vorschlagen, ohne soviel Schnörkelzeug.«

5

Nichts hätte am nächsten Morgen P'tit–més zeitweilige Sorge um Großmutters Gesundheit gerechtfertigt. Ganz im Gegenteil: Margrite stand um sechs Uhr morgens offensichtlich voller Tatendrang am Bett ihres Kleinen, nicht etwa, um ihn aus dem Schlaf zu reißen – das hätte sie niemals getan –, sondern um ihn liebevoll zu wecken.

»Aufstehen! Aufstehen! Aufstehen!« sagte sie und zog dabei sanft an der Bettdecke. »Aufstehen, du Faulpelz. Die Erntezeit ist schon fast vorbei, und wir haben immer noch Rohr stehen. Beeil dich.«

Der große Steinschädel in der Küche, der auch als Waschtisch dient, war ganz naß: Großmutter hatte also bereits ihr Bad genommen. Der aufgewärmte Reis war fertig. Der Kaffee floß langsam in die kleine, einst funkelneu glänzende Zinkkanne, die jedoch durch die Nähe des Feuers matt und schwarz geworden war.

Und die kleine chinesische Tasse – die nur Großmutter benutzen darf, eine ihrer wenigen Marotten –, an der P'tit–mé gestern abend ein Stück abgeschlagen hatte, war bereits durch eine neue, genau gleiche ersetzt worden. Großmutter hatte sich also eine andere gekauft, und das konnte nur am Morgen früh gewesen sein, vor Sonnenaufgang, was bedeutete, daß sie durch Mane-tis Ausschank nach hinten gegangen war, zwischen den Tagelöhnern hindurch, die sich dort mit Arrak aufwärmten.

»Willst du einen Milchkaffee?« fragte sie P'tit–mé.

Und da er ablehnt, fügte sie schelmisch hinzu:

»Magst wohl lieber einen starken, ja? Ist doch klar, jetzt, wo du dir deinen Lebensunterhalt selbst verdienst.«

Alles hätte P'tit-mé beruhigt, wäre er auch nur eine Spur besorgt gewesen. Doch warum hätte er es sein sollen? Auch Großmutter fühlte sich wohl. Sie hatte gut geschlafen, ohne daß der Schmerz sie piesacken kam. Sie fühlte sich unternehmungslustig, bereit, mit »diesem verflixten Zuckerwasserbambus« endgültig aufzuräumen – wenigstens bis nächstes Jahr.

Doch als sie auf dem Feld anlangte, schreckte sie unwillkürlich zurück beim Anblick der vor ihr aufgerichteten Rohrhydren, die niemand zu bezwingen vermag – auch wenn es nur noch die letzten waren, auch wenn sie schon geköpft waren, weil die Caoudin die Köpfe gestern zum Abendessen verspeist hatte.

»Schlechtes Zeichen«, dachte sie.

P'tit-mé hatte das zweite Schnittmesser – das von Gaby – aus dem Kofferraum geholt und kam ihr zu Hilfe, zweifellos noch ungeschickt, noch keine vollwertige Hilfe, doch Großmutter war erleichtert, daß sie dem Feind nicht allein gegenüberstand.

Ein weiteres schlechtes Zeichen. Denn wegen Gabys Abwesenheit war es an ihr, an ihr ganz allein, die verdammten Zuckersaftgerten umzulegen, sie zwischen den Steinen – ritsch – knapp über der Wurzel abzuhauen, sie kräftig zu schütteln, damit sie sich bereitwillig von der Mutter lösen. Sie – ritsch, ratsch – mit dem Messerrücken zu entblättern, und da der Kopf seit gestern abend ab war, sie gleich über die Messerklingenrutsche auf den Haufen zu werfen, der auf den Abtransport in die Fabrik wartete.

Es war überdies auch an ihr, nach beendigtem Schnitt übers Feld zu gehen und, Caoudins Futter zum Vorwand nehmend, junge Schoße zu köpfen, die dreist bereits aus der Erde guckten, ja bereits Blätter trieben.

Dann hätte sie sich aufrichten müssen, das kahle, von ihr bloßgelegte Feld betrachten, das Gefühl genießen, die Arbeit beendet, ihr Jahr abgeschlossen zu haben – ein ganz anderes, ein viel schöneres Gefühl als jeweils an Silvester –, von der Genugtuung erfüllt, einmal mehr das kratzende Rohr, den rasiermesserscharfen Bambus besiegt zu haben. Doch dieses Jahr sah Großmutter nur ein leeres Feld vor sich. Sie war nur eine erschöpfte alte Frau vor einem steinigen Feld, die sich mehr um die Zukunft ihres Enkels sorgt, als sich über die gewonnene Schlacht freut. Und P'tit-mé, der glücklich die letzten grünen Köpfe, die vielen vorwitzigen Triebe im Kühlerraum verstaute und Großmutter zurief:

»Heute wird sie uns den Streich mit dem leeren Bauch ganz gewiß nicht mehr spielen.«

Kurzer Trost, diese Genugtuung; schnell zunichte gemacht durch die nicht aufkommen wollende Begeisterung, als P'tit-mé – der Kleine ihres Kleinen – sie später an das schon lange versprochene Vincendo erinnerte.

»Sag, wir könnten jetzt doch hingehen, wo die Ernte fertig ist?«

Auf diesen Vorschlag, ihr Vincendo mit den Hasen und der wilden Hirse und den Rosenäpfeln, Ton Calixtes Vincendo wiederzufinden – nach Hause zurückzukehren gewissermaßen –, fand sie nichts anderes zu antworten als »gewiß«, »bald«, ja sogar »vielleicht«! Gott sei nochmals gedankt, daß der Kleine darüber nicht zu sehr enttäuscht war.

Ein paar Tage vergingen, dann, eines Abends, als P'tit-mé bei Sonnenuntergang den Himmel betrachtete und vergeblich die Kupferröte suchte, ein Wetterwölkchen, das den Sturm ankündigte, worüber er heute morgen in Mane-tis Laden die »Alten« hatte diskutieren hören, trieb der Zyklon vom Sessel her auf ihn zu, wo Großmutter sich neuerdings hin und wieder ausruhte.

»P'tit-mé«, sagte sie. »Hilfst du mir nachher, mein Bündel zu schleppen und meine Matratze zusammenzurollen?« Und weil P'tit-mé sich erstaunt zu ihr umwandte und sie ängstlich fragend anblickte, fügte sie hinzu:

»Ich habe dir bis jetzt nichts gesagt, aber ich muß in ein anderes Zimmer umziehen.«

Anstatt sich mit langen Erklärungen abzumühen, die oft nur dazu führen, daß man an der Zunge aufgehängt wird – wie sie zu sagen pflegte –, versuchte Großmutter sich mit einem Purzelbaum zu retten, mit einem Satz, der lustig hätte klingen sollen.

»Nachts schnarche ich wie eine Hummel! Ich spiele manchmal sogar Trompete, mit Verlaub gesagt. Winde, meine ich.«

Und sie zwang sich zu einem Lächeln. Einem armseligen Lächeln: Falsch wie Hochwürden Colâte, hätte Gaétan gesagt, und fade wie aus dem Wasser gezogenes Gemüse.

»Hast du nichts gehört? Mit der Zeit würde ich dich bestimmt wecken. Ich habe Angst, dich zu wecken, weißt du? Daher ziehe ich ins kleine Vorderzimmer um ... damit ...«

P'tit-mé begriff nichts von Großmutters Erklärungen. Das einzige, was er verstand, war, daß sie ihn verließ. Das kleine Vorderzimmer. Am anderen Ende des großen, endlosen Hauses. Vier, fünf, sechs Zimmer von ihm weg. Eine unendliche Nachtfinsternis entfernt. Allein, ohne jeglichen Schutz gegen die Loulen, die bestimmt zurückkehrten, um ihn zuerst in seinen Träumen, dann sein Leben lang zu verfolgen. Und unter den Loulen die Andere, die jedoch ein menschliches Gesicht hatte.

... Sie kommt auf ihn zu in ihrem langen schwarzen, schmutzig glänzenden Kleid. Was kann P'tit-mé tun, um sich vor ihr zu retten? Nichts, außer sich im Vetiverbusch verstecken. Das geht inzwischen so schnell, daß die Loule ihn gar nicht sieht. Dort, zwischen den kratzenden Halmen, mit wild klopfendem Herzen im braunen Staub hockend, findet er den Mut, die Augen wieder aufzuschlagen.

Sie ist groß. P'tit-mé hat gar nicht gewußt, daß sie so groß ist. Sie schreit nicht mehr; sie lächelt. Sie redet zärtlich auf die Puppe ein, die sie angezogen hat wie Klein-Schwesterchen. Sie küßt die Puppe, liebkost sie, sagt zärtliche Worte zu ihr. Sie, die das Kind aus Fleisch und Blut nicht geliebt hat, hätschelt nun die Kretonne und den toten Kapok.

Die Loule mit ihrer falschen, gespielten Zärtlichkeit geht auf die alte Blechbaracke zu, in der die Küche untergebracht ist; sie öffnet die Tür, geht hinein. P'tit-mé kriecht aus seinem Versteck, um durch die Löcher zu spähen, wo im einst neuen Blech Nägel steckten. Er sieht, wie sie den Rest Reis stiehlt, den er für sich gekocht hat.

Als sie gegessen hat, setzt sie sich auf die Holzbank. Sie holt eine schlaffe Brust hervor und tut so, als stille sie die Puppe. Sie singt mit trauriger Stimme ein schönes kreolisches Wiegenlied:

Fé dodo mon mti baba
Ça zistoir manman
ansanm' papa ...
Schlafe mein Kindchen schlaf ein ...

P'tit-mé weiß genau, daß sie gekommen ist, um ihn in den Schlaf zu wiegen wie seinen Vater, in einen tiefen, tiefen Schlaf, aus dem man niemals erwacht – wie Klein-Agnès, die sie dann erdrückt hat. Er geht zu dem Steinhaufen, den er zusammengetragen hat, während der Reis kochte. Er bombardiert die Küche.

»Verschwinde!« schreit er. »Verschwinde!«

Er schleudert noch sieben Steine.

Sie läuft aus dem Haus. Sie beschützt mit dem Kopf und dem Arm ihre Puppe vor dem Steinhagel, denn P'tit-mé ist in seiner panischen Angst nicht einmal imstande zu zielen ...

Als ob sie möchte, daß du ihr verzeihst, setzt sich jetzt Großmutter auf den Rand deines Bettes – was sie nicht mehr getan hat, seit du gesund bist –, bevor sie im riesigen Haus untertaucht. Doch vielleicht hat sie sich gar nichts vorzuwerfen, Großmutter. Vielleicht bist du es, P'tit-mé, der etwas Schlimmes angestellt hat. Doch was? Vielleicht ist Großmutter zu gütig, daß sie dich noch liebt, daß sie den ganzen Tag über mit dir zusammenbleibt, daß sie abends so lange an deinem Bett sitzt. Sie ist zu lieb ... zu lieb ... zu lieb ...

Großmutter sagt, sie müsse jetzt gehen. P'tit–mé drückt ihre Hände ganz fest, klammert sich an ihren Arm, schaut sie an wie ein geprügelter Hund. Großmutter hat Tränen in den Augen.

»Es muß sein«, sagt sie. »Du mußt erwachsen werden, weißt du? Du mußt ein kleiner Mann sein.«

Dann, hinter dem Tränenschleier lächelnd:

»Komm, ich erzähle dir eine Geschichte.«

Und Großmutter beginnt eine ihrer Geschichten zu erzählen – eher eine Anekdote, eine kleine Episode aus ihrem Leben –, die einen während des Zuhörens zum Lachen bringen und einen traurig machen, wenn man darüber nachdenkt. Der Boden, aus dem sie wachsen, ist vor Elend so hart, daß die Hacke daran abprallt. Doch wenn »Trockenfisch« zu »ich glaubte-dich-zu-lieben« oder zu »dürrem Ast« wird; wenn man, Erinnerung an die Kriegszeiten, »ihr Hinterteil durch den Bast hindurch sieht«; oder einfach, wenn der Vierzig-Tage-Kürbis unweigerlich am neununddreißigsten geerntet wird, um den Kochtopf nicht zu lange leer gähnen zu lassen, bringt man vor kindlichem Vergnügen den Mund nicht mehr zu:

»Jedermann weiß, daß bei faden Gemüsen, bei Kürbiskari vor allem, es das Öl, Salz und die Gewürze sind, die sie schmackhaft machen. Und weil ich davon sehr wenig hatte und wir sehr viel dafür bezahlen mußten, nahm ich eben entsprechend weniger Kürbis, der gratis im Garten rankt und Früchte trägt. Doch kaum kehrte ich der Küche den Rücken, stürzte Großvater Sylvert herein – stell dir vor, wie er unbeholfen mit dem großen Messer hantiert – und füllte mir wie ein Dieb meinen Topf mit diesem verflixten faden Zeug. Mein Kari war ungenießbar. Die Grimasse hättest du sehen sollen, wenn er bei Tisch davon kostete. Und jedesmal kippte er seinen Teller in den Schweinetrog und sagte zu mir:

»So was von fad. Ich weiß nicht, wie du das überhaupt essen kannst.«

Großmutter ist gegangen; niemand kann dir jetzt helfen, P'tit-mé. Großvater ist tot. Papa auch.

Papa! Auch als er noch lebte, konnte er dich nicht vor der Loule beschützen. Oder er weinte still vor sich hin. Oder er stützte den Kopf in seine von der Wagenschmiere schwarzen Hände. Und wenn er das verschmierte Gesicht hob, so nur, um die Andere zu entschuldigen:

»Es ist nicht ihre Schuld, weißt du? Sie hat viel gelitten, weißt du?«

Und dann tauchte sie auf, ein volles 'Rakkglas in der Hand.

»Trink!« sagte sie.

Papa trank es in einem Zug leer, ohne sie überhaupt anzuschauen. Sie schenkte gleich wieder ein. Wieder trank er es in einem Zug aus. Sie schenkte nochmals ein.

»Siehst du, es geht also doch!« sagte sie und brach in irres Lachen aus. »Was das angeht, bist du wenigstens noch ein Mann.«

6

… Es gibt nichts Hartnäckigeres als die Loule; weinend oder lachend, sie kehrt immer wieder zurück. Heute hat sie sich mit einem wie sie eingesperrt – einem menschlichen Schatten. Man hört ihr Gelächter bis zur Werkbühne, wo Papa, über einen offenen Kühlerraum gebeugt, zu arbeiten versucht. Der Engländer in seiner Hand zittert. Die Schraubenmutter entgleitet ihm und fällt zwischen den Windungen des alten Motors auf den ölfleckigen Beton. Papa sucht nicht einmal mehr nach dem verlorenen Teil. Sein Nacken zuckt, hört nicht auf zu zucken, erstarrt, wenn ihr Lachen widerhallt.

Der menschliche Schatten kommt aus der Seitentür, die Loule-Frau, jene, die es auf euch abgesehen hat, aus der vorderen Tür. Sie nähert sich, ein Glas in der einen, eine Flasche in der anderen Hand. Sie geht auf Papa zu, der immer noch reglos den Kopf unter die Kühlerhaube steckt. Sie füllt das Glas bis obenauf mit Rum.

»Nimm«, sagt sie.

Papa rührt sich nicht.

»Wenn du ein Mann bist …«

Papa hebt den Kopf; er hat die Hand zur Faust geballt. Dann öffnet sich die Hand; er nimmt das Glas und leert es in einem Zug. Die Loule lacht. Sie schenkt nochmals ein.

»Nimm!«

Papa trinkt nochmals in einem Zug. Die Loule lacht gellend auf. Schenkt nochmals Rum ein. Anstatt ihm das Glas hinzu-

halten, streckt sie es dir entgegen. Du versteckst dich hinter dem Kotflügel. Da wird Vater zornig; er schlägt ihr das Glas aus der Hand. Der zweite Schlag trifft die Loule an der Schulter, der dritte ... Sie flieht, die Loule, sie rennt davon, sie hat Schiß. Er hat gewonnen, Papa. Ihr zwei habt gewonnen.

Doch anstatt ihr nachzulaufen, ihr mit seinem Engländer eins über den Schädel zu geben – besser noch, mit der herumliegenden Kurbel – und dem Spuk ein Ende zu bereiten, ein Ende für immer und allemal, setzt sich dein Vater auf den alten Traktorenreifen, der einen guten Teil der Werkbühne in Beschlag nimmt. Papa weint, wo er doch glücklich sein müßte, daß er gewonnen hat. Du gehst zu ihm hinüber. Du stehst vor deinem schluchzenden Vater. Du möchtest, daß er aufhört zu weinen. Oder daß er dich weckt, damit dieser Alptraum endlich vorbei ist.

Jetzt weint er nicht mehr. Er versucht aufzustehen, er schafft es kaum. Seine Beine schwanken. Er fällt vornüber auf den Betonboden. Dein Herz zerspringt. Du wirfst dich auf ihn. Dein Vater rührt sich nicht mehr. Ist er tot? Die Verzweiflung, die Angst schlagen über dir zusammen. Wen holen? Wo? Und die Loule ... Sie kehrt zurück. Bestimmt deinetwegen. Du fliehst in die Dunkelheit hinaus ...

Du hämmerst gegen die Türverkleidung, gegen die Windfangtür, gegen die Pfeiler im Salon. Du schreist vor Angst.

»Großmutter! Großmutter!«

Sie ist da, Großmutter, Petroleumlampe in der Hand, die mit einem Schlag den Raum erleuchtet.

»*Kossa i ariv aou, mounoir?* Was ist los, mein Kleiner?«

P'tit-mé klammert sich mit wild klopfendem Herzen an sie. Seine Kehle ist zugeschnürt.

»Hab keine Angst. Hab keine Angst. Beruhige dich.«

Großmutter drückt ihren Kleinen an sich.

»Was ist denn los?«

»Nichts, Großmutter, nichts.«

»Wie, nichts?«

»Ein Alptraum, das ist alles.«

Ihre Zärtlichkeiten können noch so zärtlich sein, ihre Arme so warm, wie ihr spärliches Blut es zuläßt, P'tit–mé kann noch soviel Verlangen nach ihren Zärtlichkeiten, nach ihren Armen haben, er kann sich noch so sehr an sie schmiegen ... Großmutter verzeihen jedoch, das kann er trotzdem nicht ganz.

Und du, Margrite, siehst du denn seinen verstockten Gesichtsausdruck nicht? Siehst du denn nicht, daß er dich anlügt? Ahnst du nicht, daß er dich noch viel öfter anlügen wird?

Kaum hast du die Windfangtür hinter dir zugezogen, wird er in der Dunkelheit aufstehen, seine Decke und sein Kopfkissen nehmen, wird warten, bis du wieder in deinem Zimmer bist. Dann wird er durch die Eßdiele, durch den Salon gehen und wird sich auf den nackten Holzboden legen, den schon lange niemand mehr gebohnert hat, wird sich so nahe wie möglich neben dich legen, wird sich an die Wand pressen, die zwischen dir und deinem Bett auf der anderen Seite steht.

Jetzt gleich und morgen und alle folgenden Nächte wird er sich in deine Nähe stehlen. Und wird natürlich vor Tagesanbruch aufstehen und geräuschlos in sein Bett zurückkehren. Er hat es geschafft, und du wirst nichts davon erfahren. Im übrigen, hast du vielleicht etwas anderes verdient? Du, die ihn jede Nacht verläßt, die ihn der Loule ausliefert?

Auf dem nackten Holzboden, an deine Wand, fast an dich gepreßt, beruhigt durch die üblichen Geräusche aus deinem Zimmer: deine Schritte, deine letzten Vorbereitungen, bevor du dich schlafen legst, das letzte Quietschen deiner alten Bettfedern, und er wird auf der Stelle ruhig einschlafen. Wie bevor du ihn verlassen hast. Kein Aufschrecken: stilles Strömen. Kein Keuchen: spiegelglatte See. Kein Knarren: Piroge auf spiegelglatter See. P'tit–mé schläft. Die Loule hat keine Gewalt mehr über ihn, weder ihr vergiftendes, nach Benzoe klingendes Lachen noch ihre durchdringenden Schreie, noch ihre Krallen wie die der Hexe Kal.

Aber warum verfolgt sie dich mit ihrem Haß?

Ihr Klagen, das du nachts deutlich durch die Blechritzen der Baracke hörtest, in die sie sich allein einsperrte – die männlichen Schatten warf sie immer hinaus, bevor es Nacht wurde, sogar nach Papas Tod, vor allem nach Papas Tod –, ihr Wimmern wie das Wimmern eines verletzten Welpen, das Wimmern einer leidenden Frau, rührten dennoch an dein Herz …

Sie tun deinem Herzen weh, denn du bist noch zu empfänglich, um nicht für die Leiden anderer empfänglich zu sein, und handle es sich um eine Loule. Und wieder dieses Wimmern. Das gleiche Klagen. Da strudelt die Strömung, zieht die Pirogen in die Tiefe, und du erwachst abrupt aus deinem Schlaf. Mit Entsetzen – einem anderen, einem viel stärkeren – stellst du fest, daß das Wimmern von der anderen Seite der Wand kommt, aus Großmutters Zimmer, von Großmutter selbst.

Beruhige dich, Aimé, beruhige dich. Versuche dich zu beruhigen! Und da du nicht anders kannst, geh bis zur Windfangtür, die vor so vielen Lichtstrahlen leuchtet, wie sie Ritzen hat. Öffne die Tür einen Spaltbreit.

Großmutter sitzt auf dem Bettrand. Der Schmerz verzerrt ihr Gesicht. Sie ist vollständig angezogen, P'tit-mé könnte also aufmachen, hineingehen. Er getraut sich nicht. Öffnet mit klammem Herzen die Tür einen weiteren Spaltbreit. Das Holz knarrt. Großmutter schreckt zusammen.

»Ich bin es, Großmutter, ich bin es.«

P'tit-mé!

Schnell, schnell Margrite, streng dich an, blicke möglichst normal drein. Vergeblich. Sie weiß es, zaudert, klammert sich immer noch an ihre Lüge.

»Ein bißchen Bauchschmerzen, nicht weiter schlimm, weißt du? Die Banane vom Abendessen ist wohl steckengeblieben.«

Die Schatten auf dem Fußboden sind schon kurz, als P'tit-mé am nächsten Tag verzweifelt Mane-ti bittet, mit dem Telefon, das gleich neben dem Rechenrahmen an einem Ende der Theke steht, den Arzt zu holen. Denn sie wollte nichts davon wissen, Großmutter. Sie hörte nicht auf zu wiederholen, daß es nichts sei, daß sie schnell wieder gesund sein wird, daß ein guter Leberkrauttee oder ein Papayaaufguß ... Erst als der Schmerz sie auf ihrem Bett krümmte, willigte sie schließlich ein.

Jetzt, da Mane-ti mit der Sekretärin des Arztes spricht, des einzigen echten Arztes, des dunklen mit den blauen Augen, des großen jungen Doktors mit dem schütteren weißen Haar, des Doktors im Krankenhaus, der P'tit-mé geheilt hat, jetzt ist P'tit-mé wieder fast glücklich, zumindest beruhigt. In wenigen Minuten wird er da sein in seinem weißen Kittel und dem Hörrohr auf der Brust, wird die Windfangtür aufstoßen. Und wird mit einer seiner guten Spritzen Großmutter wieder auf die Beine bringen, wird sie wieder fröhlich und munter werden lassen.

P'tit-mé hadert mit Großmutter. Sie hat ihn also angelogen wegen des Zimmers. Und vorige Nacht hat sie mit dieser Bananengeschichte nochmals die Unwahrheit gesagt. Wenn die Krise heute morgen nicht gewesen wäre, würde sie ihn in genau dem Moment nochmals anlügen. P'tit-mé hadert mit ihr. Doch sie hat es seinetwegen getan. Damit er sich nicht sorgt. Ganz einfach, damit er schlafen kann. P'tit-mé liebt sie und ist gleichzeitig böse auf sie. Ein bißchen böse. Er liebt sie so wahnsinnig wie kaum möglich.

»Der Herr Doktor ist bereits auf Hausbesuch gegangen«, sagt Mane-ti und legt den Hörer auf. Er weiß, was für eine riesige Enttäuschung das für P'tit-mé bedeutet. Doch bleibt ihm etwas anderes übrig, als die Wahrheit zu sagen?

Auch wenn Mane-ti und P'tit-mé nicht den gleichen Doktor meinen, ändert das letztlich nichts am Resultat. Der des Kindes besitzt das Penizillin, besucht ihn jeden Tag in seinem weißen Zimmer, lächelt über die Heuschrecken und die Schmetterlinge, scherzt über die Grille, legt Großmutter die Hände auf die Schultern und küßt sie. Für Mane und für den ganzen Prospekt Gaétan-seligs jedoch gibt es nur einen Doktor und nur den, Doktor Berg nämlich, der einen Sirup gegen das Sumpffieber erfunden hat. Doch Dr. Berg ist nicht zu Hause, und die Krankenhausärzte haben zuviel Arbeit und machen nie Hausbesuche.

»Geht es Madame Gaétan denn so schlecht?«

Natürlich geht es ihr schlecht! Sehr schlecht sogar. Was könnte P'tit-mé anderes annehmen, vor allem seit die Hoffnung auf seinen Doktor zunichte gemacht ist.

»Soll ich Doktor Laken anrufen?«

Mane zögert einen Moment, was das Kind nicht versteht. Wenn er doch unbedingt einen Arzt braucht, warum nicht dieser, dessen Namen er nicht einmal verstanden hat?

»Ich rufe also an?«

Mane-ti tut es offensichtlich nur, weil er keinen anderen Rat weiß. Von den fünf oder sechs Ärzten in der Stadt kennt er nur diese zwei, den echten und Laken. Doch wenn es Madame Gaétan so schlecht geht und Doktor Berg schon weg ist …

Großmutter ging es inzwischen etwas besser. Bestimmt wegen des frischgepflückten Leberkrauts, das P'tit-mé für sie aufgegossen hatte. Sie saß auf dem Bettrand. P'tit-mé, zufrieden auf seinem Hocker, schaute zu ihr auf, als der Arzt eintrat. Sie hatte Berg erwartet und zuckte zusammen, als sie Laken an seinem schmierigen Fettwanst erkannte, am schmutzigen Hemd, das bis zum abgrundtiefen Nabel aufgeknöpft war. Sie sah ihn zum ersten Mal, doch er entsprach genau den Schilderungen, die sie über ihn gehört hatte.

Ihr erster Gedanke galt P'tit-mé: Sie muß P'tit-mé vor ihm bewahren, vor dem, was Laken mit seiner näselnden Stimme daherreden könnte – so schlimm ist sein Ruf. Wenn er schlecht gelaunt war, schickte Laken den Kranken zum Teufel, brachte ihn mit einer gehässigen Bemerkung zur Verzweiflung und ging, ohne sich vorher die Hände zu waschen. Hatte er etwa nicht im Weiler Antonin drüben vor der todkranken Madame

Ti-zonme ihrem Ti-zonme von einem Mann – der begeistert gewesen sein soll – geraten, sich raschmöglichst nach einer neuen Ehefrau umzusehen? »Du siehst doch, daß sie dabei ist, abzukratzen? Also, worauf wartest du noch?«

»P'tit–mé, du mußt, hörst du? Du mußt sofort Futter für die Caoudin holen«, sagte Großmutter mit einer Stimme, die keinen Widerspruch duldete. »Du nimmst den Wagen und gehst Gras holen. Sofort.«

Großmutter war bereit, Lakens Urteil über sich ergehen zu lassen. Ihr Kleiner jedoch durfte es nicht hören. Also wartete sie ungeduldig auf das Brummen von *Nach Kytheras* Motor und auf das Knirschen des Kieses unter den Rädern, wenn P'tit–mé die Auffahrt hinunterfuhr.

Ein paar Minuten vergingen: nichts.

Laken, *hélas*, hatte offenbar keine Zeit zu verlieren: Er hatte sein altes Köfferchen auf die abgetretene Bettvorlage gestellt, hatte es aufgemacht, wickelte nun mit seinen schweißigen Händen sein Stethoskop aus einem zerknitterten Tuch und aus einem zweiten Tuch drei große Spritzen. Dann richtete er seine kurzbeinige Fettleibigkeit auf.

Großmutter hörte immer noch nichts von der Remise her, also wußte sie, daß P'tit–mé nicht gehorcht hatte, daß er lauschte, wahrscheinlich durch irgendeine Ritze spähte.

Der Arzt räusperte sich.

»Also?« näselte er.

Großmutter lief es kalt über den Rücken. Noch bevor sie antworten konnte, setzte er ihr das Stethoskop über dem Kleid an die Brust.

»Also?« wiederholte er näselnd.

Und wieder ohne die Antwort abzuwarten, fühlte er Großmutter den Puls.

Dann:

»Der Chinese hat sich geirrt. Er hat den Pfarrer anrufen wollen und versehentlich mich geholt. Sie entschuldigen, aber ich habe die letzte Ölung nicht mitgebracht.«

Großmutter richtete sich steil auf, sie suchte mit dem Blick nach einem Gegenstand, mit dem sie hätte zuschlagen können, mit dem sie diesen Wanst voller Scheiße aufstechen könnte, diesem Großkotz, der sich Arzt schimpfte, die Luft abzulassen.

»Hinaus! Hinaus!«

Laken schlug sein Köfferchen zu, hob es hastig auf, ging rückwärts zur Tür.

»Sie pfeifen aus dem letzten Loch, gute Frau.«

Trotz seiner Flucht, wegen seiner Flucht, klang Lakens Stimme beschwörend, drohend.

»Reif fürs Reich der grinsenden Schädel. Heim zu den Radieschenbeißern ...«

»Elender Lump«, schrie Großmutter und versuchte ihn am Ärmel zu erwischen.

Er brachte sich fettschwabbelnd, vom Klappern seiner Holzsandalen begleitet, in Sicherheit. Er trat auf die Veranda hinaus und wäre beinahe auf den alten Schachbrettfliesen ausgerutscht.

»Elender Lump«, wiederholte Großmutter.

Dann kehrte sie erschöpft in ihr Zimmer zurück und ließ sich aufs Bett fallen.

Ihre Gedanken wandten sich schnell wieder P'tit-mé zu. »Wo bleibt er denn die ganze Zeit, der kleine Dummkopf?«

Der Fußboden im Salon knarrte; jemand näherte sich mit vorsichtigen Schritten der Zimmertür. Blieb dann stehen.

»Komm doch herein«, sagte Großmutter, am Ende ihrer Kraft.

7

Lakens Worte lassen P'tit-mé nicht mehr los. Er hat nach dessen Besuch Großmutter zweimal darauf anzusprechen versucht – wenn Großmutter nicht zu stark litt, Momente, die sich zufällig einstellen, einfach so, denn das Leberkraut hat keinen Einfluß darauf –, doch sie hat beide Male das Thema möglichst schnell abgetan.

»Ein Verrückter«, meint sie das erste Mal. »So ein Schweinigel, und behauptet auch noch, Kranke zu heilen.«

Und das zweite Mal:

»Weißt du nicht, was ihm einmal passiert ist?«

Großmutter weiß, daß diese Geschichte nur ein Gerücht ist, Buschtelefon-, Gossenradioklatsch. Sie kümmert sich sonst nicht um Gerede, doch sie muß sich nicht nur von dem Stein befreien, den Laken ihr aufs Herz gelegt hat, sondern vor allem P'tit-mé beruhigen. Dafür, denkt sie, taugt ein tüchtiger Aufwasch besser als stundenlange Erklärungen, wozu sie im übrigen nicht den Mut hat.

»Weißt du nicht, was ihm einmal passiert ist? Der ist wahrhaftig auch noch Gerichtsarzt, dieses Schwein. Der Arzt, der die Autopsie der Leichen macht, weißt du? Der sie aufmacht, sie in Stücke schneidet, um zu wissen, woran Ermordete gestorben sind. Eines Tages also nimmt er die Leber einer Frau mit nach Hause, um sie näher zu untersuchen. Er legt sie in den Kühlschrank, damit die Leber nicht vor seiner Analyse verdirbt. Er legt sie also in den Kühlschrank, sorgfältig in Zeitungspapier eingewickelt wie ein richtiges Stück Fleisch vom

Fleischer. Das Dienstmädchen, das arme Ding, irrt sich natürlich. Und am selben Abend: Leberkari auf dem Speisezettel. ›Leber, Mauricette?‹« – Großmutter näselt und wechselt von ihrem Kreolisch zu Lakens Französisch – »›Vielleicht die aus dem Kühlschrank? Ist es tatsächlich die aus dem Kühlschrank? Scheiße! Na ja, wir werden wohl nicht krank werden davon, denn die Frau ist schließlich bloß an einem Totschlag gestorben.‹ Und nachdem er seinen Teil gegessen und sogar nachgeschöpft hat: ›Sag, Mauricette, hast du nicht festgestellt, ob diese Leber auf der einen Seite leicht bläulich war oder sogar rissig? Waren Blutgerinnsel drin?‹ ›Hat der Kari nicht geschmeckt, Herr Doktor?‹ ›Sehr gut, sehr gut. Es ist nur wegen des Rapports für das Gericht.‹«

Und sie lacht, Großmutter, deswegen hat sie die Geschichte schließlich erzählt. Sie versucht zu lachen, doch die Geschichte ist zu makaber. Und Aimés entsetztes Gesicht erst. Wenn du ihn hast beruhigen wollen, mußt du nochmals von vorn anfangen, Margrite.

P'tit-mé weiß genau, womit man ihn beruhigen könnte: Seinen Doktor müßte man holen! Wenn er dessen blaue Augen im dunklen Gesicht sieht, wenn er ihn, die Spritze in der Hand, sagen hört:

»Ich würde Sie lieber küssen, Großmutter, doch mit dem hier werden Sie schneller gesund.«

Ja, dann wäre P'tit-mé beruhigt.

Oder dann, wenn ihm Großmutter Wort für Wort sagt, daß es nichts Schlimmes ist und ihm dabei offen in die Augen blickt. Wenn sie ihm verspricht, daß sie bald wieder gesund sein wird. Oder besser noch, wenn sie wirklich anfängt wieder gesund zu werden, ohne überhaupt etwas zu sagen.

Und siehe da, Großmutter schlägt ihm vor, ihn auf Futtersuche für die Caoudin zu begleiten, wozu sie weder gestern noch vorgestern imstande gewesen wäre. Und siehe da, er entdeckt ein Lächeln auf Großmutters Lippen, ein schwaches zwar, aber ein richtiges Lächeln.

Großmutter wird gesund werden! Sie ist bereits ein bißchen gesund!

Und dieses Schwein von einem schweinischen Doktor! Wenn P'tit–mé ihn zu fassen kriegte, er würde ihm den Kopf zerschmettern, würde ihm den Bauch aufschlitzen …

Ja, Großmutter hat tatsächlich gelächelt: Ein Flecken blauer Himmel zwischen den Schmerzen weckt die Freude am Leben ein kleinwenig wieder. Und dann, vor allem P'tit–més Leben nicht zerstören, ihm Zeit lassen, sich damit abzufinden, vielleicht sogar etwas älter zu werden. Zwei Jahre, drei vielleicht.

Und Großmutter, die sonst so nüchtern ist, verliert sich in Träumereien, sie beginnt, sich eine lange, die möglichst längste Krankheit zu wünschen. Denn sie spürt, daß Laken recht hat, daß das Krabbentier, das angefangen hat, ihre Eingeweide aufzufressen, erst Ruhe geben wird, wenn sie tot ist. Sie wünscht sich also, daß es sich Zeit nimmt, dieses Krabbentier, daß es sich sein Festmahl wie ein Feinschmecker zu Gemüte führt. Und auch wenn es ihr kalt über den Rücken läuft beim Gedanken an ein langes Martyrium, ist sie zu allem bereit, um P'tit–mé zu retten. Damit seine Hände, die bereits kräftig das Saugras ausreißen, damit seine bereits muskulösen Arme, die das Schilf auseinanderbiegen, noch kräftiger werden. Damit seine bereits vollen Lippen, mit denen er seit drei Tagen so oft ihre Stirn berührt, Lust darauf haben, etwas anderes zu küssen als die verschrumpelte Haut einer alten Frau. Und damit sein Lächeln eine andere zum Schmelzen bringt, eine gleichaltrige diesmal.

Doch auf den Zyklon und auf die Windstille folgen wieder Sturm und Qual. Manchmal ganz plötzlich: Um sie herum ist Friede, die Bilder widerstrahlen deutlich und klar trotz des einzigen Lichtes, das der Flammen im Herd. Die Töpfe mit dem Abendessen neben einem ruhig flackernden Feuer. Das Holzscheit brennt an einem Ende, verkohlt am anderen Ende seinen zischenden Lebenssaft. Der Blechkanister, in dem der Wasserschöpfer schwimmt. Der Ruß, die geschwärzten Maiskolben an den Dachbalken. Der glänzende Schädel des großen Steins, des alten Weggefährten. Großmutter und P'tit–mé auf ihren geflochtenen Hockern.

Die ersten, wenn auch schwachen, aber deutlichen Geräusche: das Knistern der brennenden Äste, das letzte Gackern eines verspäteten Huhns, das sich im Geäst einnistet, das Bellen eines Hundes am gegenüberliegenden Ufer.

P'tit–mé hat noch Hunger. Er will Großmutter nicht stören, er steht auf, um aus dem warmen Topf auf dem Dreifuß nachzuschöpfen. Er hat sich sogar vorgenommen, seinen Mut in beide Hände zu nehmen und ganz beiläufig Großmutter zu bitten, wieder in ihr altes Zimmer zu ziehen, auf die Gefahr hin, ihr seine Ängste gestehen zu müssen. Er sucht bereits nach den richtigen Worten …

Da steht Großmutter plötzlich auf, krümmt sich vor Schmerzen, die ihr den Atem nehmen.

Die Umgebung, die Gesten, die Schärfe – P'tit–més Erinnerung verschwimmt: Er erinnert sich an nichts mehr, will sich an nichts mehr erinnern. Wie hat sich Großmutter bis in ihr Bett geschleppt?

Wann? In was für einer Finsternis? In was für einem Zustand? Ist er, P'tit–mé, zu Mane-ti gelaufen? Hatte er ans kleine Seitenfenster geklopft und gebeten, daß man den Arzt anruft? Ist es Mane selbst gewesen oder Ma-kin, seine Frau, die ihm aufgemacht hat?

Jetzt bist du allein, P'tit–mé, im großen, finsteren Salon. Vor ihrer Zimmertür auf dem Fußboden zusammengekauert: Großmutter will immer noch nicht, daß du bei ihr bleibst. Du erspähst sie, verlierst sie, siehst sie wieder, wenn der Luftzug, den die Nachtbrise verursacht, die Windfangtür einen Spaltbreit aufstößt, zubläst, wieder aufweht. Die Petroleumlampe auf Großmutters Nachttisch ist angezündet. Großmutter weiß nicht mehr, wie sie liegen soll. Sie rollt sich im Bett zusammen, zieht die Knie an, hält sich mit beiden Händen den Bauch. Sie setzt sich auf, versucht aufzustehen, macht vor Schmerz gekrümmt ein paar Schritte, muß sich wieder aufs Bett legen.

Die Brise schlägt heftig die Tür zu. Du sitzt in der Finsternis. Du preßt dich instinktiv an die Wand. Die Schmerzen sind jetzt unerträglich: Großmutter stöhnt dumpf, schreit leise auf, ein langes, ein endloses Wimmern. Jeder ihrer Schreie, jede ihrer Klagen verursacht auch dir unerträgliche Schmerzen. Auch du rollst dich auf dem Fußboden zusammen, ziehst die Knie an, preßt dich an die Wand, die nur noch durch die alte zerfetzte Tapete zusammengehalten wird.

Draußen jetzt der Wind. Der unheimliche Bogen des Goldregens knirscht eine spöttische, bedrohliche Melodie auf dem alten blechernen Dachvorsprung.

... Es ist die Loule. Ihr wirres Haar ist mit Kapokflocken durchsetzt, an ihren Mundwinkeln klebt weißer geronnener Speichel. Sie stellt ihre Rumflasche auf den großen Waschstein, damit Papa sie ja sieht. Sie tut so, als gehe sie weg, geht ins Haus, kommt wieder heraus: Er ist darauf hereingefallen, Papa, der nicht einmal mehr so tut, als ob er arbeitet, seit Klein-Schwesterchen tot ist. Er sitzt auf dem Stein, die Flasche bereits an den Lippen; er trinkt in einem Zug. Nein Papa, nicht die ganze Flasche, nicht den ganzen Liter!

Sie lacht schallend, die Loule. Ein heiseres, hämisches Lachen:

»Ein Mann ist ein Mann«, sagt sie.

»Sei still«, antwortet Papa dumpf, während er sich den Mund an seinem nackten Arm abwischt.

Er umklammert die leere Flasche.

Die Loule tritt zu ihm hin, schmiegt sich an seinen Rücken, legt den Arm um ihn, versucht, ihm das Brusthaar zu streicheln.

»Hör auf!«

»Komm, so komm doch, mach mir eine andere Kleine, ein hübsches kleines Mädchen.«

Papa befreit sich grob. Er steht vor der Loule, sie weicht ein paar Schritte zurück. Papas Augen sind blutunterlaufen, seine

Hand umklammert den Flaschenhals. Er wird die Loule töten. Er wird sie töten. Es ist übrigens die einzige Lösung.

»Bring sie um. Bring sie um.«

Doch sie hat keine Angst, die Loule. Sie bietet ihm die Stirn und weicht keinen Fingerbreit zurück.

»Bring sie um. Bring sie um.«

»Aimé hat recht. Bring mich um.«

Die Loule beschwört ihn fast, doch das gehört zu ihrer List. Papa versucht, den Arm zu heben. Er schafft es nicht einmal mehr. Der Arm fällt herunter; die Flasche entgleitet ihm, zerschellt auf dem Waschstein; die letzten Rumtropfen bilden dunkle Flecken auf dem vom Seifenschaum gebleichten Stein.

Papas Beine geben nach. Er fällt schwer zu Boden. Papa ist tot, tot, tot ...

Jemand klopft an die Tür. P'tit–mé setzt sich erschrocken auf: Sie ist es, die Loule ... Und Großmutter stöhnt nicht einmal mehr.

»Großmutter!«

Sie liegt auf dem Bett, starr, reglos, mit halboffenem Mund. Ihr Gesicht ist ganz grau; ihre Hände sind grau ...

Sie ist tot, sie auch!

P'tit–mé schreit auf. Er schreit! Schreit seine Verzweiflung, seine Angst heraus.

Mane-ti hämmert gegen die Tür:

»Der Arzt, ich habe den Arzt mitgebracht. Mach auf! Es ist der Arzt!«

Mane-ti drückt beinahe die Tür ein, versucht die Schreie zu übertönen. Endlich verstummt P'tit–mé. Er hat begriffen. Er eilt vom Bett zur Tür.

»Der Arzt?«

P'tit–mé legt die Hand auf den Türbalken; er wird öffnen, er ...

Der fette, schmutzige Arzt. Der Leberfledderer. Der Leichenfresser. Die andere Loulegestalt ...

P’tit-mé stürzt wieder zum Bett, zu Großmutter, die nun auch tot ist …

»Ich bin es, Doktor S., der Doktor aus dem Krankenhaus.«

Er ist es, er ist es wirklich! P’tit-mé erkennt seine Stimme. Er rennt zur Tür, schieb den Türbalken weg, macht auf. »Aber Großmutter ist tot, Herr Doktor. Sie ist tot.«

»Beruhige dich! Beruhige dich!«

Der Arzt, der richtige, steht bereits an Großmutters Bett, betastet ihre Wange, hebt ein Augenlid, prüft dann, Stethoskop an den Ohren, ihren Herzschlag.

Zu sich selbst:

»Natürlich schlägt es.«

Zu P’tit-mé:

»Sie lebt, deine Großmutter.«

8

»Großmutter ist vor Schmerzen ohnmächtig geworden, doch das hier wird ihr guttun, glaube mir«, hat der Doktor zu P'tit–mé gesagt, während er die Spritze in sein Köfferchen packte. Und hinzufügte: »Du kannst ruhig schlafen.«

Das hat den Kleinen sofort beruhigt. Doch jetzt, wo der Doktor an der Tür steht, die Hand bereits auf dem Türbalken, schon fast weg, schnürt die Angst P'tit-mé die Kehle zu. Der Doktor sieht es:

»Sie ist kräftig, Großmutter, weißt du? Mach dir keine Sorgen. Ich verspreche dir, daß ich morgen gegen zehn Uhr wieder da bin. Warte, nimm das hier.«

Er zieht ein Röhrchen aus seiner Rocktasche, entstöpselt es mit dem Daumen, entnimmt ihm eine Tablette, hält sie dem Jungen hin.

»Schluck mir das gleich.«

Die Angst schnürt Aimé immer noch den Hals zu, als er neben Großmutters Bett steht: Der Doktor, der die Loule verjagt hat, der sie beide aus ihren Fängen befreit hat, der Doktor hat sie allein gelassen. Und auch wenn Mane versprochen hat, gleich zurückzukehren, ist P'tit–mé jetzt allein, um Großmutter zu beschützen, weil sie durch ihre Krankheit eine leichte Beute ist.

Doch P'tit–més Kehle löst sich schnell, sehr schnell, seine Eingeweide entspannen sich, sein Herz jagt sein Blut nicht mehr durch die Adern. Ja, Großmutter macht die Augen auf, und dank ihr tritt Vincendo mit seinen Feldern an die Stelle des bösen Geistes. Es ist nicht mehr das Sterbezimmer …

… sondern der grüne Ballsaal; frischgeschnittener Bambus ersetzt die termitenzerfressenen Dachsparren; Silberfarn, Korallenstrauch und Feuerlilien verdecken die vermoderte Schindelverkleidung.

Und dann erscheint Flora. Ja, Margrite und ihre jüngere Schwester Flora. Siebzehn ist sie, Flora. Sie ist unbeschreiblich schön. Rosafarben ist ihr Ballkleid. Sie ist bereits eine Frau. Sie ist Frau, Frau, trotz ihrer letzten Kinderringellocken. Und er, ist er nicht stattlich, ihr Liebster? Hat er nicht die Tür seines Schrankes geöffnet und – äußerste Eleganz – das bestickte Hemd hervorgeholt, den schwarzen Tuchanzug, den Schmetterlingsbinder? Und er ist wahrscheinlich der einzige, dem die Füße in den Lackschuhen nicht weh tun! Taschentuch in der Hand – erlesenste Höflichkeit –, verbeugt er sich vor Flora.

»Wenn die Glocke läutet …«

Natürlich läutet sie, die Glocke. Sie bimmelt sogar ungestüm! Flora wird ganz rot im Gesicht. Sie wendet sich Margrite zu, die allein die Erlaubnis geben kann, seit Mama gestorben ist. Sie wartet zehn Sekunden, Margrite. Nein, nicht um dem lauten Herzklopfen der beiden zu lauschen, sondern um die schickliche Zeit vergehen zu lassen, damit die anderen nicht glauben, sie verschenke Flora. Und dann, nehmt, nehmt es, euer Leben!

Sie tanzen. Zuerst etwas gehemmt, etwas steif. Doch sie gewinnen schnell ihre Unbefangenheit zurück. Sie amüsieren sich bald wie die Kinder im Fahrtwind, wie der Albatros in der Meeresbrise. Sie lachen, scherzen, wirbeln herum.

Der erste Tanz ist vorbei. Flora setzt sich lachend neben dich, legt den Arm um dich und – o Zärtlichkeit – verbirgt das Gesicht an deiner Schulter. Gott, wie gut es tut, das Glück jener, die man liebt.

Das Blasorchester stimmt einen Schottisch an. Flora wird nicht Mauerblümchen bleiben. Schon stürzen zehn andere

Kavaliere auf sie zu. Keiner hält ein so blendendweißes Taschentuch in der Hand, keiner hat soviel Entschlossenheit, soviel Ruhe in der Stimme, soviel Herzlichkeit. Sie weist sie alle mit einem Lächeln ab, zu glücklich, um hochmütig den Mund zu verziehen. Zu glücklich, denn er verbeugt sich erneut:

»Mademoiselle, wenn die Glocke läutet ...?«

»Sie läutet, Monsieur.«

Sie springt auf, ohne dich um deine Meinung zu fragen, ohne dich überhaupt anzusehen. Sei ihr nicht böse! Sie tut ja nichts anderes, als glücklich sein. Was ist Böses daran?

Und du Margrite, worauf wartest du, um zu tanzen? Daß Flora heiratet? Weißt du denn nicht, daß sich hinter dem Hochzeitskuchen der jüngeren Schwestern nur Witwer mit einer Kinderschar verstecken?

Der dort ist Besitzer von sechs Bälgern und neununddreißig Jahren – das Alter von Antoine-Joseph, deinem Vater, der demnächst seinen Niedergang und sein Exil in Strömen von Rum ertränken wird. Ihm, Antoine-Joseph, ist alles so egal, daß er dir nicht einmal einen Rat geben wird. Also wirst du die Entscheidung allein treffen, und anstatt einer Jugend, die deiner die Waage hält, wirst du den zurückgelegten Gipfel wählen, den ans andere Ende führenden Abhang, die sieben Hintern, die abgewischt werden müssen.

Die Trunkenheit und die Pisse, das wird erst fünfzehn Jahre später folgen.

Bereust du etwa deine Entscheidung, Margrite?

Warum soll ich etwas bereuen? Sylvert ist ein braver Kerl. Er hat mich nie geschlagen. Er hat mir schnell einen schönen kleinen Jungen gemacht – etwas zu schnell vielleicht. Warum sollte ich bereuen, sag? Im übrigen: Es ist nie zu spät. Ich werde bald tanzen. Sobald ich gesund bin. Und zwar mit dem schönsten Kavalier, dem jüngsten. Er heißt Aimé. Er geht auf die dreizehn zu.

Zum ersten Mal seit Wochen erwacht Großmutter ausgeruht. Obwohl sie – trotz der Sonne, die bereits durchs Fenster scheint – gern noch eine Stunde länger geschlafen hätte, doch das verflixte Bett ist zu schmal, und P'tit-mé nimmt etwas zuviel Platz ein.

Doch was tut er überhaupt hier, P'tit-mé?

Großmutter kann sich nicht erinnern, ihm erlaubt zu haben, zu ihr ins Bett zu kommen. Im übrigen hätte sich die Frage nie gestellt. Sie erinnert sich nicht, ihn kommen gehört zu haben. Erinnert sich hingegen, daß sie sehr starke Schmerzen gehabt hat gestern abend. Und dann erwacht sie, und P'tit-mé liegt neben ihr.

»Sag, Margrite«, denkt sie, und sie muß über ihren Scherz lächeln, »das erste Mal, wo du mit dem schläfst, in den du wirklich verliebt bist, wirst du doch nichts dagegen einzuwenden haben? Oder ihm gar böse sein?«

Großmutter stützt sich auf den Ellbogen und stellt fest, daß ihr Kleiner auf der Bettkante liegt. Sie rückt behutsam auf die Seite, damit er ein bißchen mehr Platz hat.

Jetzt kehrt er ihr im Schlaf das Gesicht zu. Wie hübsch er ist. Hübsch wie Flora am Tag ihres ersten Balls. Jener Ball, jener Ballabend, warum erinnert sie sich ausgerechnet jetzt daran? Wie hat er sich befreien und an die Oberfläche steigen können, tief begraben wie er war unter fünfzig Jahren zu waschenden Unterhosen, unter Altersschrullen – jener Alte zuerst und dann der andere –, unter kleinen und großen Schicksalsschlägen?

O Margrite Bellon, warum wälzt du so trübe Gedanken, wo doch die Jugend selbst in deinem Bett liegt?

Großmutter möchte gern über ihren weitergesponnenen Scherz lachen, doch das Wort »Jugend« zieht gleich das Wort »Zukunft« nach sich. Und letzteres – selbst wenn P'tit-mé der Mittelpunkt ist, weil P'tit-mé der Mittelpunkt ist – bringt sie zu sich selbst zurück, zu ihrer Krankheit. Daß sie daran sterben wird, daran besteht weder gestern noch heute ein Zweifel.

Doch wer weiß, vielleicht schenkt ihr der Herrgott etwas Zeit, um ihren Kleinen noch ein wenig heranwachsen zu sehen. Sie fühlt sich doch rundum gut in diesem Moment? Nur gerade so lange, bis er einen Anflug von Muskeln und Lippenbart hat. Und einen anständigen Beruf, der ihm erlaubt, seinen ebenso anständigen täglichen Teller Reis zu verdienen. Einen Urenkel? Sag, Margrite Bellon, verlangst du nicht ein bißchen viel? Und daß er ebenso hübsch ist wie sein Vater, dessen Haar du immer wieder behutsam streichelst?

Eine Stunde, vielleicht zwei Stunden lang betrachtet, streichelt Großmutter ihren Kleinen, rückt ein wenig zur Seite, damit er genug Platz hat, glättet das Bettuch unter seiner Nase, damit die Knitter seinen Atem nicht behindern.

Die Lider ihres Aimé zucken. Er blinzelt …

»Wen haben wir denn da«, sagt Großmutter, als er die Augen aufschlägt.

P'tit–mé lächelt, wird dann sofort wieder ernst.

»Ist er schon dagewesen?«

»Wer denn?«

»Der Doktor.«

Und da Großmutter ihn verwundert anschaut, fügt er hinzu:

»Der Doktor aus dem Krankenhaus. Hast du vergessen? Gestern?«

P'tit–mé ist begeistert, ja stolz, Großmutter das Unglaubliche zu berichten.

»Ich weiß nicht, wie Mane-ti es fertiggebracht hat, doch er hat es geschafft: Unser Doktor ist gekommen. Er hat dir eine Spritze gegeben. Er wird heute morgen sogar nochmals vorbeischauen.«

Eine Spritze! Daher – nein kein Schmerz, kein Druck – das ungewohnte Gefühl in der Armkehle, die Großmutter jetzt betrachtet, mit dem Finger reibt. Eine Spritze! Und wenn nicht das der Grund ist, daß du dich besser fühlst, und wenn dieser teuflische Schmerz dich demnächst nicht wieder packt, heißt du nicht mehr Margrite Bellon.

Großmutter kann nicht anders, sie verzieht das Gesicht vor Enttäuschung. P'tit–mé, der den Grund nicht versteht und glaubt, daß Großmutter sich im Arzt irrt, ist fast beleidigt:

»Ich sag dir doch, es ist der aus dem Krankenhaus.«

Dann jubelnd:

»Er wird dich gesund machen! Ich bin sicher, daß er dich gesund machen wird!«

Die Schmerzen kehrten erst gegen elf Uhr zurück. Großmutter und P'tit-mé faulenzten noch etwas im Bett, was weder die eine noch der andere je getan hatte, stammen doch beide aus diesem Land, wo es für »aufwachen« und »aufstehen« nur ein Wort gibt – *lèvé* –, als ob beide Handlungen untrennbar miteinander verbunden wären.

Großmutter blieb also etwas länger liegen, nicht ihretwegen, sagte sie sich, sondern für ihren P'tit–mé, den die Umstände – in aller Schicklichkeit wohlverstanden – unter ihre Bettdecke geführt hatten. Und als er aufwachte, hatte Großmutter ihm wieder das Haar, den Hals, die Wange gestreichelt, hatte ihn geneckt ... und der kleine Schlingel erdreistete sich, ihr Gleiches mit Gleichem zu vergelten. Sie war so glücklich gewesen, die alte Frau. Doch da offenbar der Doktor bald kommen würde, mußten sie aus den Federn, damit P'tit–mé frühstückte und sie sich fertigmachte.

Großmutter stand daher auf, fast so, als sei nichts gewesen. Sie briet für ihren Aimé ein Ei im heißen Öl, legte für ihn eine dicke Banane in die warme Asche. Dann bat sie ihn hinauszugehen, nahm ein gründliches Bad, so gründlich, wie es ihr das kalte, dreimal erneuerte Wasser in ihrem schwankenden Waschbecken auf Calixtes Steinkopf erlaubte.

Dann, als sie sich in ihrem Zimmer über ihr Bett beugte, um es in Ordnung zu bringen, traf sie der Dolchstoß in den Bauch.

Eine endlose Stunde mußten sie warten, sie und P'tit–mé, der fast gestorben wäre hinter seiner Wand, denn sie wollte immer noch nicht, daß er sie leiden sah, bis der Doktor endlich kam. Als er das Zimmer betrat, war Großmutter vor Schmerzen wieder nahe daran, das Bewußtsein zu verlieren.

Die alte Frau blickte verstört, preßte die Lippen zusammen. Der Arzt fuhr ihr mit der Hand leicht über die Stirn, eher eine spontane menschliche Geste, als um ein Symptom festzustellen. Sie hatte nicht einmal die Kraft, ihm mit einem Blick zu danken. Dann zog der Arzt die Spritze auf.

Großmutter kehrte schnell zu klarem Bewußtsein zurück.

»Das ist sehr schmerzhaft«, sagte der Arzt, denn er mußte ja irgendwo anfangen.

»Sehr schmerzhaft, ja«, antwortete Großmutter, und ihre Augen blickten verzweifelt, als sie ihren Kleinen – neben der Tür natürlich, aber bereits im Zimmer – erblickte, der alles mit angehört hatte.

Der Arzt bat daher Aimé hinauszugehen.

»Ich muß mit deiner Großmutter allein sein. Wir werden uns später unterhalten.«

Der Schmerz ließ schnell nach, und Margrite mochte wieder scherzen:

»Handelt es sich bei Ihrer Spritze um einen Zauber oder um eine Medizin? Wenn es eine Medizin ist, hätte die Verpackung den alten Schwadroneur interessiert, mit dem ich bis vor kurzem zehn oder fünfzehn Jahre verheiratet gewesen bin. Er hat nur an die Wissenschaft und an sich selbst geglaubt. Sie können sich gar nicht vorstellen, wie begeistert er über das blaue Schächtelchen Ihres Penizillins war.«

»Mein Penizillin. Sie wissen doch, daß ich nicht Dr. Fleming bin.«

»Ohne Sie wäre er zehnmal gestorben, mein Aimé.«

Eine Welle der Dankbarkeit stieg in Großmutters Herz auf. Je mehr die Spritze ihre Wirkung tat, desto weniger konnte sie den Strom Dankbarkeit zurückhalten, der überzufließen drohte.

»Sie haben ihn mir gerettet, Herr Doktor, und gut gerettet. Dank Ihnen ist er so hübsch geworden.«

Und dann tieftraurig:

»Ich hätte ihn so gern als Erwachsenen gesehen.«

»Finden wir doch erst einmal heraus, was Ihnen fehlt«, sagte der Doktor entschlossen.

Großmutter protestierte nicht, obwohl sie sich keinerlei Illusionen machte. Sie wollte Doktor S. nicht mit ihrem Gejammer über ihr Schicksal belästigen, der sich trotz der vielen Arbeit im Krankenhaus um sie kümmerte. Um sie, der er nichts schuldete, nicht einmal Respekt und einen guten Tag. Sie scherzte daher, lachte über ihre Scherze, antwortete bereitwillig auf all seine Fragen. Und zeigte ihm sogar ohne falsche Scham die Wunde auf halber Schenkelhöhe, aus deren Rändern Blut sickerte.

»Die Mutter meines Ekzems ...«

»Wenn es nur das wäre«, antwortete der Arzt ernst.

P'tit-mé klebte natürlich sein Ohr an die alte Tapete des Salons. Aber Großmutter und der Doktor unterhielten sich flüsternd. Er konnte also die Antwort auf seine quälende Frage nicht hören: Würde sie wieder gesund werden? Großmutters Lachen vermochte seine Sorge nur kurz zu mildern.

Anschließend sprach der Doktor in der Auffahrt fast zehn Minuten mit ihm unter vier Augen, P'tit-mé kam jedoch nicht zu der Gewißheit, die er sich wünschte, im Gegenteil:

»Nimm das hier! Wenn sie zu sehr leidet, gibst du ihr eine Tablette. Aber aufgepaßt: nicht mehr als drei am Tag, sonst ... sonst ist es der Tod.«

Allein schon dieses Wort, und obendrein noch auf Großmutter bezogen! Und dann das »Wenn-sie-leidet«. Und dann, warum verordnete er ihr außer diesem Schmerzstiller keine andere Medizin?

Kaum war der Doktor auf die Straße hinausgetreten, lief P'tit-mé ins Haus zurück, rannte durch den Salon, machte die Zimmertür auf, aber ganz leise, ging geräuschlos hinein, setzte sich behutsam auf den Bettrand.

Großmutter hielt die Augen geschlossen, doch ihr Atem

ging, als würde sie aufwachen. P'tit-mé streichelte ihre Hand, als ob er sie bitten wollte, ganz aufzuwachen. Großmutter schlug die Augen auf:

»Mein Kleiner«, sagte sie glücklich, »leg dich noch ein bißchen neben mich.«

9

Der Arzt ist nochmals gekommen. Vor einer Woche? Vor neun Tagen vielleicht. Auch diesmal hast du keine Antwort auf deine riesengroße quälende Frage erhalten. Schlimmer noch, sein Besuch scheint – wenigstens ein paar Tage lang – bei Großmutter nur noch mehr Schmerzen nach sich gezogen zu haben: endlose unsägliche physische Schmerzen. Ganz zu schweigen von deinen seelischen. Schmerzen, die nur die Tabletten vorübergehend zu dämpfen vermögen, die ihr und dir etwas Ruhe und Entspannung schenken.

Doch drei Tabletten am Tag, nicht mehr. Was tun also, wenn die Schmerzen sie schon packen, wenn der Morgenstern am Himmel steht und du bis neun Uhr warten mußt – angezeigt durch den vorbeifahrenden Bus –, um ihr die erste Schmerztablette des Tages zu geben?

Am Mittwoch hat dich Großmutter am Morgen früh gebeten, Mane-ti zu holen. Die beiden haben lange leise miteinander gesprochen. Jetzt fühlt sich Großmutter besser, sie hat ihre Ruhe wiedergefunden, sie wirkt oft sogar fast entspannt. Sie spricht immer öfter – sogar zwischen den Schmerztabletten – von Vincendo mit seinen Farnen, seinen Guineagraswiesen, seiner kühlen Schlucht. Du schreibst das den Medikamenten zu, die der Arzt verschrieben hat, von denen Großmutter dir nicht einmal etwas gesagt hat und die Mane-ti noch am selben Nachmittag in der Stadt besorgte.

Er kommt jeden Tag vorbei, euer Freund. Er sitzt lange auf Großmutters Bettrand, ein Beweis seiner Zuneigung. Er spricht von Ma-kin, seiner Frau, nennt sie bei ihrem Kosenamen Kin. Er bringt euch zu essen. Gerichte, die er eigenhändig zubereitet hat: Kantonreis, pfannengerührtes Fleisch und Gemüse, chinesische Suppe. Großmutter probiert immer von allem. Ißt kaum mehr als ein Vögelchen, vielleicht eine kleine halbe Gabel voll. Sie bietet dir davon an; sie besteht darauf, daß du davon nimmst. Du bist so glücklich, daß es ihr besser geht, daß auch du wieder ißt. Ein bißchen.

Und dann sagt Großmutter heute morgen beiläufig, daß sie mit dem Krankenhaus einverstanden ist. Und du erfährst, daß der Doktor es ihr geraten hat, daß er ein Bett für sie gefunden hat, daß er sich persönlich um sie kümmern wird! Du bist ganz aufgeregt:

»Er wird dich gesund machen! Im Krankenhaus wird er dich gesund machen!«

»Weißt du, es ist eine schlimme Krankheit«, sagt Großmutter.

Du hörst es nicht:

»Er wird dich gesund machen, ich bin sicher.«

Um sich »tüchtig Mut zu machen«, bevor sie ins Krankenhaus geht – wie sie P'tit-mé erklärt –, will Großmutter das Vincendo ihrer Jugendjahre wiedersehen. »Es ist nämlich gar nicht so einfach, dieses Haus zu verlassen. Weißt du, daß ich als junges Mädchen jahrelang in diesem kleinen Bett schlief und daß ich seit dreißig Jahren wieder darin schlafe?«

Montagmorgen – Montag, denn Großmutter möchte nicht einen Händler bitten, seinen Laden am Sonnabend oder am Sonntag zu schließen, wenn viel zu tun ist, »zwei Tage mehr oder weniger, darauf kommt es nicht an, das Krankenhaus wird schon warten« –, am Montag also wird sich Mane-ti an *Nach Kytheras* Lenkrad setzen und sie beide nach Vincendo fahren, denn für eine so lange Fahrt braucht es einen Führerschein. Auf der Rückfahrt wird er sie gleich Dr. S. anvertrauen, um nicht unnötig Zeit zu verlieren, und wird dann zusammen mit P'tit–mé nach Hause fahren.

»Siehst du, wie gut sich alles trifft?«

Alles trifft sich so gut, daß Aimé, ganz mit seiner Vorfreude beschäftigt, nicht einmal merkt, daß Großmutters Stimme heiser klingt, daß sie ihr beinahe in der Kehle steckenbleibt.

Mane-ti, der in den vergangenen Tagen regelmäßig die Caoudin mit Streu versorgt hat – P'tit-mé ist mittlerweile zu geschwächt für diese schwere Arbeit –, ist heute in Begleitung von Marcel gekommen, Gros-gabys Bruder. Sie haben die Kuh abgeholt. Da sie ihren launischen Charakter kennen, haben sie sie mit frischem Futter geködert, und sie ist ihnen friedlich gefolgt. Großmutter, die in letzter Zeit kaum mehr aufgestanden ist, hat sogar die Kraft gefunden, ihr von der Schwelle aus nachzublicken. Sie hat traurig dreingeblickt, Großmutter. Sie hat den auf dem Straßenbelag klappernden Hufen gelauscht, bis sie nicht mehr zu hören waren. Dann ist sie mit P'tit-més Hilfe in ihr Bett zurückgekehrt.

»Hast du sie verkauft?« fragt schließlich der Kleine.

»Natürlich nicht«, antwortet Großmutter möglichst gelassen. »Wir geben sie nur in Pension, bis …«

Und dann, um abzulenken …

»Hast du das undankbare Ding gesehen? Sie ist hinter Marcel hergezottelt, ohne sich auch nur einmal nach uns umzusehen. Die angeblich hitzköpfige Caoudin, die für ein paar frische Sanddistelzweige hinter dem erstbesten Bauern herläuft. Sie taugt nicht viel mehr als Vivano-die-Flamme.«

Es ist Zeit, nach Vincendo aufzubrechen.

Das Einsteigen ist mühsam: Großmutter ist sichtlich bewegt. Und diese unverschämte Person von einer Madame Titoine, die sie zuerst vom Steg aus beobachtet, dann unverfroren ein Stück weit die Auffahrt hinaufkommt, um sich das Schauspiel der »armen Madame Margrite« nicht entgehen zu lassen, die der Chinese auf die Arme nimmt, um sie auf den Rücksitz des Autos von »Monsieur Gaétan-selig« zu setzen.

»Hättest das sehen sollen«, wird sie kurz darauf schnatternd sämtlichen Klatschweibern des Dorfes erzählen, »der Junge trug einen vollen Korb und ein großes Kopfkissen. Er hat sich neben sie auf den Rücksitz gesetzt. Seltsam, seltsam, wo sie wohl hingefahren sind?«

Nach Kythera startet vorsichtig. Großmutter klammert sich an P'tit–més Schulter; sie wendet den Kopf und betrachtet lange Bénards Prospekt, bis die Straßenkehre ihn ihrem Blick entzieht. Eine Träne läuft über ihre Wange. Und dann:

»Ach ja, gib mir eine halbe. Ich will alles in Ruhe betrachten können, ohne daß das Krabbentier mich stört. Mit einer ganzen würde ich einschlafen.«

Und da P'tit–mé zögert, beruhigt ihn Großmutter:

»Wenn du mir die andere Hälfte gegen Mittag gibst, habe ich nicht mehr genommen als vorgeschrieben.«

Großmutter hat sich bequem auf ihr Kopfkissen zurückgelegt. Sie zieht ihren Kleinen zu sich herüber. Wenn sie es nicht getan hätte, wäre er von sich aus gekommen. Großmutter streichelt ihn – wie im Bett, wenn die Wirkung der Tablette abklingt und der Schmerz noch nicht zurück ist. Sie streichelt zuerst sein Haar: Sie liebt es, sein dichtes Haar, so schwarz und kraus wie lauter Longanpflaumenkerne. Und er überschüttet seinerseits Großmutter mit Küssen, wie es gerade kommt: auf die Finger, den Arm, die Wange. Auf die Wange, wenn er sich mit hohlem Kreuz zurücklehnt und ihr den Kopf zuwendet und sie sich über ihn beugt.

Mane betrachtet sie im Rückspiegel. Was er sich wohl denkt? Vielleicht gar nichts. Vielleicht ist er gerührt.

Ihr Geturtel hindert Großmutter und ihren Kleinen nicht daran, zusammen durch das Fenster das Leben zu betrachten, das *Nach Kythera* an ihnen vorbeiziehen läßt. P'tit–mé staunt über alles, kommentiert alles für Großmutter: steinige Felder, auf denen roter Pfeffer wächst, Rinderherden, die ergeben zu Fuß den Schlachthäusern im Süden entgegenziehen; kleine, am Straßenrand Kraken feilbietende Händler, die den vorbeifahrenden Autos ihre schleimige Ware entgegenstrecken und fast die Karosserie damit streifen.

»Hast du den gesehen? Sein *zourit* ist so riesig, daß er seine Arme im Kies nachschleppt.«

Vincendo kommt in Sicht, Großmutter. Dein Vincendo. Du richtest dich möglichst gerade auf. Du weißt, daß sich alles verändert hat, und du hast dich damit abgefunden, um nicht enttäuscht zu sein. Du hast dir das Schlimmste vorgestellt, hast dir gesagt, daß bestimmt ein kleinwenig übriggeblieben ist, worüber du dich freust: wenn nicht die Farbe des Himmels und die klare Luft, zumindest der Blick über das Meer, die unwahrscheinlich geschweifte Linie des Horizonts.

Doch nichts hat sich verändert, abgesehen von der Abwesenheit der Familie Bellon und dem Ende ihrer Anmaßung, das Paradies auf Erden zu besitzen. Der Horizont ist natürlich noch da, so groß und weit und rund, daß man sich fragt, wie Bug und Heck der großen Schiffe auf See es fertigbringen, das Meer gleichzeitig zu berühren. Die Luft ist ebenso frisch; das Blau des Himmels ebenso klar; auch die Schlucht mit ihren Farnen und Pumarosen, durch die der Weg entlangführt – fast ein Pfad, der *Nach Kythera* zwingt, im Schrittempo zu fahren –, ist unverändert.

Von dem hohen viereckigen schwarzen Basaltkamin, der aus dem wogenden jungen Rohr ragt – und von dem du genau weißt, Großmutter, daß es verlassen ist, weil keiner der kleinen Betriebe der Zentralisierung widerstanden hat –, läßt sich nicht einmal behaupten, daß ihm der Rauch abhanden gekommen ist: Die Zuckerrohrernte beginnt erst in neun Monaten.

Und jener Mann mit seiner Kläffermeute – Khakishorts, geflochtener Rucksack auf den Schultern –, der ruhig seines Weges geht und sich ebensowenig um das Auto schert wie um Seife und Scheuerlappen, würde einen durchaus akzeptablen, etwas kräftigeren Calixte mit zwanzig Kötern mehr abgeben.

Zwanzig Köter? Großmutter hält sich nicht mit solchen Einzelheiten auf.

Es ist Calixte. Oder Calixtes Reinkarnation. Großmutter ist überwältigt.

Das Haus steht immer noch, ist kaum baufälliger als das, das du eben verlassen hast: Es ist bestimmt bis vor kurzem bewohnt und in Ordnung gehalten worden. Doch das Haus selbst interessiert dich nur am Rande. Dafür aber der Stein. Das Nebengebäude ist verschwunden. Doch er ist da, Calixtes Stein, im Schatten eines jungen Mangobaumes, der wahrscheinlich aus einem achtlos weggeworfenen Kern gesprossen ist.

Der Hundestein!

Du lachst nicht, lächelst nicht, jubelst nicht vor Freude, trotz der zweiten halben Tablette: Der Moment ist zu feierlich und zu schön. Du bist wie betäubt vor Glück.

Mane-ti hat den Motor abgestellt, hat die Tür auf deiner Seite geöffnet. Er trägt dich auf den Armen, wie man ein schlafendes Kind trägt. Er setzt dich auf die geflochtene Matte, die P'tit–mé am Fuße deines Steins ausgerollt hat. Du schiebst das Kissen weg, lehnst deine Hüfte an den Stein, streckst deinen Arm darauf aus. Wenn dich niemand sieht, wirst du die Wange daran schmiegen, wenn das einzige Problem gelöst sein wird, das dich noch beschäftigt – oh, nicht etwa weißes Laken und schwarzes Kleid wie bei anderen, das heißt Rum und Kaffee für die Totenwache, denn für dich wird es keine Totenwache geben –, die Sorge um P'tit-més Zukunft nämlich.

Zuerst schickst du ihn unter einem Vorwand weg, dann stellst du Mane-ti die einzige, die allein zählende Frage – er hat seit Mittwoch Zeit gehabt, darüber nachzudenken –, die gleichzeitig Antwort ist.

»Du wirst dich um ihn kümmern, nicht wahr?«

Er bejaht mit einem langen Nicken.

Er und Kin haben lange darüber gesprochen, eher um ihre Entscheidung zu bekräftigen, als um sie zu treffen. Mangels tatsächlichem und endgültigem Fehlen jeglicher Angehörigen – der einzige wirkliche Einwand bezog sich darauf, denn es kann nicht die Rede davon sein, den Kleinen zu adoptieren, und dann kommt ein wirres Frauenzimmer daher, macht »ihre Rechte« geltend und entreißt ihn dir, doch Kin hat die zwei Sterbeurkunden gelesen und nochmals gelesen und sorgfältig aufbewahrt –, mangels jeglicher Angehörigen also, sind nicht etwa sie die nächsten Nachbarn? Die Lehrerin, Gefängniswärterin ihrer Mutter, zählt nicht. Und es kann auch keine Sekunde lang die Rede davon sein, einen Jungen wie Aimé der öffentlichen Fürsorge zu übergeben.

»... einen so lieben Jungen!« sagt Ma-kin.

»... so anstellig und geschickt«, fügt Mane hinzu.

»... der soviel Schweres durchgemacht hat.«

»Er wird diesen Dummkopf von Ti-mao ersetzen, deinen einzigen Sohn, der es vorgezogen hat, seinen »Großen Sprung vorwärts« in Schanghai zu versuchen.

»Mein Sohn! Natürlich ist er mein Sohn! Ich verleugne ihn nicht, ich! Und vor allem, er wird irgendwann zurückkehren, mein Sohn. Und dann, wenn du sie nicht gehabt hättest, diese Ideen, hätte er sie auch nicht, mein Sohn. Und dann ist es nicht meine Schuld, wenn er der einzige ist und ich keine anderen mehr haben kann.«

Kin weint. Ihr Mann hat das nicht gewollt. Er mag es nicht, wenn sie weint. Er liebt sie, sie und diesen Lümmel von einem Sohn. Mane-ti schweigt also vorerst. Wartet. Wünscht sich nur das Ende der Tränen herbei. Sucht nach ein paar entschuldigenden Worten, einer Bitte um Verzeihung. Kin schnupft, trocknet sich die Augen:

»Wann muß sie ins Krankenhaus?«

»Am Montag, hat sie gesagt. Sie hat gesagt, daß sie es nicht lebend verlassen wird.«

Großmutter hat gewußt, daß sie auf die kleine zierliche Frau zählen kann, auf die etwas traurig dreinblickende Kin, die ihr beigestanden hat, wo sie nur konnte, und auf ihre halbe Portion chinesisches Halbblut, das es nicht fertigbringt, seine überreifen Ananas wegzuwerfen, unter dem Vorwand, daß sonst die Preise sinken. Großmutter hat gewußt, daß sie auf die beiden zählen kann. Doch sie bedankt sich nicht. Ein Danke anerkennt nur die Tat, nicht die Gefühle. Sie sagt bloß zu Mane, den sie hat groß werden sehen:

»Du bist schon immer ein guter Junge gewesen.«

Sie bittet ihn dann, ihr den Korb herüberzureichen. Sie möchte das unter den Keksen und der Schokolade – der einzigen für elf Uhr vorgesehen Mahlzeit – versteckte Beruhigungsmittel herausnehmen. Sie möchte, schafft es aber nicht. Mane tut es für sie. Er reicht ihr das Röhrchen, das sie mit der Hand umklammert.

Drei Tabletten am Tag. Mehr ist gefährlich. Mehr, das bedeutet den Tod.

Hast du dich vielleicht entschlossen, deinen Hundestein zu nutzen, um dich wegzuschleichen, Großmutter? Die Kraft, die aus ihm fließt wie Muttermilch, Calixtes Heiterkeit, auf der dein Kopf ruht, die Wärme der Hundemeute, um die Schwelle zu überschreiten?

Willst du wirklich, Margrite Bellon, daß P'tit–mé dich steif und kalt aufheben muß? Willst du ihm einen langen Rückweg aufbürden, in eine Leiche, deine Leiche, gehüllt? Willst du ihm wirklich Vincendo für alle Zeiten zerstören? Willst du aus dem Hundestein einen Grabstein machen, sein Kalvarium?

Nein, Margrite wird es nicht tun. Ist sie nicht etwa nach Vincendo – ihrem Vincendo und seinem Vincendo – gekommen, um auch P'tit–mé, ihrem Kleinen, einen letzten schönen, gemütlichen, zärtlichen Tag zu schenken? Nein, keinen fröhlichen: Sie würde ihre Kräfte überschätzen, doch ihr Kleiner wird seine Fröhlichkeit von selbst finden, wenn sie entspannt wirkt. Margrite steckt das Röhrchen in ihre Handtasche. Für später.

Ihre hageren, fiebrigen Finger haben keine Zeit, den Verschluß zuzumachen, bevor P'tit–mé kommt. Sie drückt also hastig die zwei Lederlippen aneinander. Mane-ti geht wortlos zu ihr hinüber, kniet halb nieder, klappt die Tasche zu.

P'tit–mé kehrt strahlend aus seiner Schlucht zurück. Alles ist so schön, so wunderbar, wie Großmutter es beschrieben hat: der kühle Baumschatten, die taufunkelnden Farne, das Plätschern des Wassers.

»Drei Tauben sind gekommen, um im Bach zu baden, gerade vor meinen Füßen. Eine Amsel ist trinken gekommen. Kannst du dir das vorstellen?«

P'tit–mé hat zudem eine Dolde Rosenäpfel gepflückt.

»Du weißt gar nicht, wie gut sie schmecken. Magst du einen?«

Großmutter nickt. Nicht nur, um ihrem Kleinen Freude zu bereiten. Nach fünfzig Jahren die Süße des richtigen Rosenapfels wiederentdecken – sie hat andere Äpfel gegessen in ihrem Leben, doch keinen, der Anspruch auf diesen Namen hätte. Großmutter hält leicht zitternd die Frucht an ihre Nase: dieser Duft nach Honigbiene und heimlich gebranntem Rum! Großmutter reißt unbeholfen die glatte mürbe Kugel auseinander. Muß etwas Atem holen, führt dann einen winzigen Bissen an die Lippen. Nein, nichts hat sich geändert, weder der Geschmack des Rosenapfels noch ihr Geschmack. Eine Sekunde lang ersteht vor ihr der leibhaftige Calixte. Er stopft die Frucht ganz in den Mund, spuckt dann den großen Kern in die Hand. Und – paff – weist mit einem gezielten Strahl Médor zurecht, der mit bleckenden Zähnen einen armen Jungen anknurrt ... oder Sultan, immer zuvorderst und immer eigensinnig, der versucht, in Richtung Dorf zu rennen anstatt in den Wald.

Großmutter lächelt. Aimé nutzt den Moment, um sich auf einen Zipfel der Matte zu Großmutters Füßen zu setzen, sich an sie und an den Stein zu schmiegen.

»Er wird dich gesund machen! Ich bin sicher, er wird dich gesund machen.«

»Er wird alles tun, was er kann. Aber du weißt doch, daß meine Krankheit schwer zu heilen ist.«

Trotz des ernsten Tonfalls in ihrer Stimme ist Großmutter fast glücklich, zumindest erleichtert, daß P'tit-mé ihr rechtzeitig Gelegenheit gibt, ihm die Lage besser ins Bewußtsein zu bringen. Sie hat sich bereits auf der großen Krankenhaustreppe gesehen, wie sie ihm vor einem Hintergrund von »alles-ist-bestens« ihre letzten Ratschläge einer Sterbenden erteilt.

Sie sucht also nach ein paar Worten – zu mehr wäre sie nicht in der Lage –, die ihrem Kleinen die Wahrheit andeuten, ohne alle Hoffnung in ihm zu ersticken. Nicht die Hoffnung auf ihre Genesung – es wäre am besten, wenn diese sterben würde –, sondern ganz einfach die Hoffnung.

P'tit-mé scheint zu verstehen, ohne in Tränen auszubrechen. Im Krankenhaus wird also Großmutter nur noch bleiben, ihren Kleinen lange zu umarmen, ihm ein bißchen das Haar aus der Stirn zu schieben. Doch – wird sie das »Ich-liebe-dich« sagen, das sie ihm nie gesagt hat? Sie wird es ihm sagen. Es sei denn, sie hat Angst, daß ihre zugeschnürte Kehle sie verrät.

10

Mane-tis und Ma-kins Haus, das ist zuerst der Laden. Zuerst aus dem einfachen Grund, weil man ihn auf jeden Fall durchqueren muß, um zum Rest zu gelangen. An der Wand hinter dem Ladentisch: die Sardinenbüchsen Marke *Robert*, die Cornedbeef-Büchsen, die Literflaschen Rum, die Punschflaschen *Jolie-fille*. Hinter dem Glas der zwei langen Schiebetüren unter dem Ladentisch aus altem poliertem Holz: billiges Geschirr, ein paar fromme Gipsstatuetten, Nägel und Zangen, Hefte, die ersten Kugelschreiber. Gegenüber, große hölzerne Schubfächer mit Reis und Getreide. Das Schaufenster selbst, das auf den Prospekt hinausgeht – das Gebäude hält zwar ein paar Meter Abstand –, versteckt sich meistens hinter blechverstärkten Holzrolladen.

Das übrige besteht mehr oder weniger aus dem ziemlich großen Hinterhof, wo unter der Laube, an der wilder Wein und Passionsblumen ranken, Holzbalken aus Afrika und Sumatra gelagert werden, zwanzig Balken allerhöchstens; unter dem Wellblechdach ist die Küche untergebracht; gegessen wird unter dem Jambulbaum, der einen im Monat März mit seinen violetten Tintenbeeren bombardiert, so daß Mane zuerst den Baum schütteln, dann Tisch und Bank abwischen muß, bevor Kin und er sich gemeinsam zum Essen setzen – nur sie zwei, seit Ti-maos Entschluß.

Das kleine Badezimmer mit dem eiskalten Betonboden, die drei gemauerten Schlafzimmer – das der Eltern, das des Sohnes und schließlich das letzte, das eines alten Onkels, der für einen Monat von einem anderen Ende der Insel kommt, oder der jüngeren Schwester, die für ihre drei Tage mündliche Prüfungen absteigt, oder einer jungen Cousine, die sich ein paar vergnügte Tage macht – sind nachträglich an das zu kleine, zu einem Laden umfunktionierte Haus angebaut worden.

Während Ma-kin mit dem Hackmesser den Holzblock sauberkratzt, auf dem sie ihr Fleisch für das Abendessen vorbereitet, meint sie beiläufig, daß »er« – sie ist zu zurückhaltend, um ihn gleich P'tit–mé zu rufen – die Glühbirne in seinem Zimmer noch nicht gelöscht hat. Schläft er vielleicht noch nicht? Oder hat es einfach vergessen? Hat er vielleicht Angst vor der Dunkelheit? Auch wenn sie sparsam ist, geizt Ma-kin nicht mit ein paar Francs Strom. Jedenfalls nicht heute, nicht heute abend.

P'tit–mé hat fast den ganzen Reis aufgegessen, den ihm Ma-kin geschöpft hat –, ganz wenig zwar, aber sie hat ihn nicht zwingen wollen. Er hat seinen roten Käse mit Banane gegessen, wie er es von Großmutter gelernt hat: ein Würfelchen Käse, ein Rädchen Banane …

Er hat sich unter der Gießkannenbrause, aus der das Wasser spritzt und die Mane-ti »Dusche« nennt, eingeseift und abgespült. Er ist in den Pyjama geschlüpft, den Ma-kin eigenhändig mit dem Monogramm ihres Sohnes bestickt hat.

Jetzt liegt er auf dem schmalen Bett in dem kleinen Zimmer – dem Zimmer des Sohnes –, dessen Wände mit riesigen goldenen Ähren bedeckt sind, die geradewegs aus *China im Aufbau* stammen.

Nach einem letzten Stich im Herzen beim Gedanken an Großmutter so allein und so weit weg, ist P'tit–mé eingeschlafen, erschöpft vom schlechten, vom zu wenigen Schlaf der vergangenen Wochen.

P'tit-mé schläft.

Und du Margrite in deinem Spitalbett, du wartest, das Röhrchen ist unter dem Kopfkissen versteckt. Du wartest, bis der Mut kommt, das Röhrchen aufzumachen, den Inhalt in deine Hand zu geben: fünf, sechs, sieben Tabletten. Doch wird nicht zuviel Blut in deinen Augen, in deinem Kopf pulsieren? Wirst du sie blindlings zählen können?

Du hast ein ruhiges Gewissen: Das Leiden, das du in den Augen deines Kleinen erkennen konntest, wenn die Schmerzen an deinen Eingeweiden nagten – nachher muß es wohl schlimmer gewesen sein –, hättest du das Recht gehabt, ihm mehr aufzubürden? Bis er wahnsinnig geworden wäre? War er es zwischendurch nicht bereits schon, wenn er verstört den Kopf in die Hände nahm, vom Bett deiner Qual flüchtete, um unweigerlich zurückzukehren, wieder zu flüchten und wieder zurückzukehren? Und die Tage ohne zu essen, ohne zu trinken, ohne sich zu waschen?

Ma-kin wird eine wirkliche Mutter für ihn sein. Was Mane-ti angeht, einen Tüchtigeren findest du nicht. P'tit-mé wird später, wenn er erwachsen ist, unter Dame Caoudins Baum – meine alte Caoudin – seiner Automechanik nachgehen. Wenn er Werkzeug braucht, sogar das teuerste, kann er das Feld verkaufen …

Der Uhrzeiger rückt vorwärts, der Moment naht, doch dein Herz ist trotzdem von Ruhe erfüllt. Weisheit deiner indischen Großmutter? Vielleicht. Sicher die letzte Wirkung der Tablette vom Nachmittag. Auch weil du so unsäglich gelitten hast und du weißt, daß sie wieder zurückkehren, die teuflischen Schmerzen. Auch weil du weißt, daß du alles für deinen Aimé getan hast, was in deiner Macht stand. Alles und mehr, und sei es auch bloß, dich für diese kalten Wände zu entscheiden, für dieses kalte Bett, in dem vor dir andere gestorben sind, um ihn weder mit deinem Ende noch mit deinem Leichnam zu belasten.

Ruhigen Herzens. Du sagst, dein Herz sei ruhig. Glaubst es. Und dieses Bedauern, Aimé zu verlieren, das dich plötzlich packt? All die Jahre – zehn, fünfzehn, zwanzig vielleicht –, die du mit ihm hättest verbringen können, ihn zuerst führen, dann an seiner Seite, dann in seinem Schatten. All das Glück, das diese elende Krankheit dir stiehlt?

Eine riesige Trauer überflutet dich, jenen zu verlassen, der seit allzu kurzer Zeit dein ganzes Leben ausmacht. Du wirst seine Lebensfreude nicht mehr in seinen klugen, seinen glänzenden, vor Schalk funkelnden, vor Staunen weit offenen Augen sehen. Du wirst sein Lachen nicht mehr hören, seine von den Falsettönen des Stimmbruchs so rührende Stimme. Du wirst seine Zärtlichkeiten – die ersten deines Lebens – nicht mehr auf deinen Händen, deinen Armen, deinem Hals spüren.

Aimé, dein Aimé.

Geh, verlasse Aimé sofort. Nicht er ist es, der dir die Kraft gibt, diese letzte Klippe zu bezwingen. Denke lieber an Flora, an Onkel Fernand, an Antoine-Joseph. Von nun an gehörst du ihnen. Denke an Calixte. Schöpfe Kraft aus Calixte. Ruhe deinen Kopf an den Schwielen seiner nackten Füße aus. Schmiege deinen alten Bauch, deine alten Schenkel, deine alte Wunde an die Wärme seines Steins. Schöpfe Kraft.

Da ist er, der erste schneidende Schmerz im Bauch, das erste Zerren. Da sind sie, die Folterqualen. Doch heute abend fürchtest du dich nicht vor ihnen. Sie sollen kommen! Sie sind willkommen. Sie allein – ohne sie bist du verloren, dein Entschluß hätte im übrigen keinen Sinn mehr – erlauben dir, den Inhalt des Röhrchens in deine Hand zu leeren, die Tabletten zu schlucken, eine nach der anderen.

Dann wirst du einschlafen, um deinen Kleinen zu beschützen.

Und wenn du dich irrst, was Aimés Ruhe angeht, seinen Schutz? Wenn du ihn in die Hölle stößt, anstatt ihm zu helfen, ein neues Gleichgewicht zu finden? Wenn du ihn der Loule ausgeliefert hast, als du ihn Mane-ti und Ma-kin anvertrautest? Denn auch, wenn er nie ein Wort darüber hat verlauten lassen, bedeutet das nicht, daß es sie nicht gibt.

Sie wütet regelrecht. Sie geht bereits zum Angriff über, trotz der Lampe, die vergeblich brennt.

... Die Wunde an P'tit-més magerem Arm ist angeschwollen wie Pfirsichbaumharz nach dem Regen. Der ganze Arm ist ein Abszeß, aus dem Eiter quillt. Wo doch das Fieber ansteigen sollte, sinkt die Temperatur von Minute zu Minute.

P'tit-mé ist allein. Er hat gerade noch das bißchen Kraft gehabt, um sich aus dem Gebüsch, in dem er sich verkrochen hat, zu seinem einstigen Haus zu schleppen, das mit rostigem Blech belegt und von den Gerippen alter Autos umgeben ist, wo sich die Loule verkriecht. Er sitzt auf dem großen Stein, der als Stufe dient. Er ist inzwischen nur noch ein fast leerer Sack, er kann nicht einmal mehr allein aufrecht sitzen. Er sinkt auf der improvisierten Stufe zu einem elenden Häufchen zusammen.

Sie kommt, die Andere. Sie hat sich verkleidet, was langsam zu einer Marotte wird, hat sich mit allem geschmückt, was ihr unter die Hände kommt. Sie trägt einen riesigen Kranz aus blühenden Lianen, den sie hinter sich herschleppt, einen alten, tief in die Stirn gezogenen Hut – den Hutboden hat sie beim hastigen Aufstülpen zerrissen –, einen einzigen, mehr oder weniger weißen Stiefel, den sie auf einer Müllhalde gefunden hat.

Sie setzt sich neben P'tit-mé auf die Stufe.

Er hat sie nicht kommen sehen. Er sieht ja auch nichts mehr. Es ist der Ellbogen der Loule, die die Rumflasche an die Lippen führt und ihn dabei in das verwahrloste Gartenbeet vor dem Haus stößt, die ihm ihre Anwesenheit anzeigt. Er hat nicht einmal mehr genug Leben, um Angst zu haben. Doch wenn er dort unten in seinem Dämmerzustand gefroren hat, so schwitzt er jetzt ... Ja, dort war es Benommenheit, hier ist es Erregung.

Sein monogrammbestickter Pyjama ist bereits ganz durchnäßt. Sein Herz klopft bis zum Rücken. Auf die Gleichgültigkeit von damals folgt jetzt panische Angst:

Die Loule sitzt immer noch auf ihrer Stufe und starrt ihn mit gierigem Blick an.

Zu deinem Alptraum, Aimé, kommen jetzt noch nie gesehene Bilder, die du während deines Eisfiebers nur undeutlich wahrgenommen hast.

Die Flasche entgleitet der Loule, sie versucht, sich dir zu nähern, gleitet aus, stürzt, rafft sich halb auf. Sie legt sich hin, schafft es, ihren Kopf an deine Schulter zu legen. Sie wimmert, sie weint ... Sie weint immer, wenn sie wirklich zuviel getrunken hat.

Und dann die Masse, die deinen Arm zerschmettert, die deinen Körper zermalmt.

Dann nichts mehr.

Plötzlich Stimmen, nur Stimmen.

»Jetzt hat sie auch noch ihren Sohn erstickt.«

»Benachrichtige den Bürgermeister, damit er die beiden wegschaffen läßt.«

»He, schau, der Kleine rührt sich noch.«

»Er ist eiskalt.«

»Er rührt sich, sag ich dir.«

»Und sie?«

»Tot und verreckt.«

P'tit-mé richtet sich entsetzt auf. Er sitzt auf dem Bettrand. Er müßte doch lachen – die Loule ist tot und er befreit! –, aber seine Augen füllen sich mit Tränen. Seine Brust wird von Schluchzen geschüttelt.

Am Tisch unter dem Tintenbeerenbaum sitzt der Arzt. Mane-ti schenkt ihm zu trinken ein. Dem angebotenen Whisky hat der Arzt erschöpft – er ist sehr erschöpft heute morgen – einen Fingerbreit Rum vorgezogen, von dem klaren, den man den Tagelöhnern vorsetzt. Mane-ti hat ganz neue Gläser aus der Vitrine geholt. Ma-kin hat sie eingeseift und gespült und sogar mit einer bestickten Serviette abgetrocknet, die sie aus China von einer Einkaufsreise mitbrachte.

Der Arzt ist also gekommen: Man mußte sie ihm wohl oder übel irgendwie sagen, die traurige Wahrheit. Doch er hat zweifellos zu laut gesprochen und dem Jungen, der jetzt verzweifelt schluchzt, unnötig wehgetan.

Der Arzt ist ratlos. Er läßt sein Glas stehen, an dem er nicht einmal genippt hat, und geht zum Zimmer hinüber. Als er ein paar Schritte vor der grob gehobelten Tür steht, verstummt das Schluchzen. P'tit–mé kommt mit geschwollenen Augen heraus. Der Arzt streckt ihm die Hand entgegen, zieht ihn zu sich, legt beide Arme um ihn:

»Sie hat mir vor ein paar Tagen gesagt, daß du ein großer Junge bist. Du mußt ein sehr großer Junge sein. Sie ist ganz einfach eingeschlafen. Wir haben sie nicht aufwecken können. Sie leidet nicht mehr.«

Großmutter! Der Schock: Er hat doch geglaubt, sie würde gesund werden? Doch P'tit–mé macht sich frei, trocknet die letzte Träne: Das Unglück soll ihn gerade und aufrecht antreffen. Wie Großmutter es getan hätte. Großmutter! Es ist zuviel für Aimé. Seine Beine tragen ihn nicht mehr. Sie geben nach. Er stürzt.

Als er die Augen aufschlägt, preßt Ma-kin einen Wattebausch auf die blutende Einstichstelle. Der Arzt hat seine Spritze bereits wieder eingepackt. Er muß ins Krankenhaus zurück. Aimé will aufstehen. Er steht auf, zum großen Schrecken von Ma-kin.

»Leg dich hin«, sagt der Arzt und nimmt ihn sanft bei der Schulter. »Leg dich hin, die Spritze wird dich schlafen lassen. Wenn du aufwachst, bin ich da.«

NACHWORT

Mit *Wenn du aufwachst, bin ich da* von Axel Gauvin liegt nun zum zweiten Mal ein Roman aus Réunion, der Insel im Indischen Ozean, auf Deutsch vor.

Zweitausend Kilometer von der afrikanischen Küste entfernt, gehört Réunion ebenso wie die Schwesterninsel Mauritius zu der östlich von Madagaskar gelegenen Inselgruppe der Maskarenen. Réunion ist vulkanischen Ursprungs und bis in die Neuzeit unbewohnt geblieben. Im Mittelalter von arabischen, Anfang des 16. Jahrhunderts von portugiesischen Seefahrern entdeckt, dann in Vergessenheit geraten und wiederentdeckt, ein Schlupfwinkel der Piraten, wird die Insel 1638 von den Franzosen annektiert und nach dem französischen Königshaus auf den Namen »Ile Bourbon« getauft. 1665 treffen die ersten französischen Siedler ein; aus Madagaskar und Afrika werden Sklaven herangeschafft. Im 18. Jahrhundert gelangt Bourbon, das während der Französischen Revolution in »Ile de la Réunion« (Insel des Zusammenschlusses) umbenannt wird, dank des Kaffeeanbaus zu wirtschaftlicher Blüte, gerät dann in die englisch-französischen Auseinandersetzungen um die Vorherrschaft im Indischen Ozean und wird, wie auch Mauritius, 1810 von den Engländern in Besitz genommen.

Im Frieden von Paris 1814 wieder Frankreich zugesprochen, dem es mit dem Verlust von Mauritius und Santo Domingo an Zucker fehlt, werden die von Zyklonen zerstörten Kaffeepflanzungen in Zuckerrohrplantagen umgewandelt. 1830 gibt es 189 Zuckerfabriken. Aufgrund des Zuckerbooms herrscht ein enormer Bedarf an Arbeitskräften, der durch Einwanderer aus Indien, Afrika, Madagaskar, China und durch freigelassene Sklaven gedeckt wird — 1848, als die Sklaverei per Dekret aus Paris abgeschafft wird, besteht die Bevölkerung Réunions aus 62.000 ehemaligen Sklaven und 35.000 »Freien«. Die kapitalintensive Zuckerherstellung führt zur Verarmung der Kleinbauern, der sogenannten *petit blancs des hauts,* der kleinen Weißen der Höhe, die in die ertragsarmen Höhenlagen abgedrängt werden, und zur Entstehung großer Plantagen. 1870 beginnen Krisenzeiten. Durch den Suezkanal verlagert sich der Seeweg nach Indien; mit der Inbesitznahme Madagaskars schwindet das Interesse der Kolonialmacht Frankreich an dem viel kleineren Réunion; wachsende Konkurrenz – das kubanische Zuckerrohr, die europäische Zuckerrübe – läßt den Zuckerpreis sinken. Nur Großbetriebe überleben. Neben Zuckerrohr – noch heute das mit Abstand wichtigste Exportprodukt – wird der Anbau von Geranium und Vetiver – Grundstoffen zur Parfümherstellung – und von Vanille forciert. Chinesen, die als Kleinhändler bzw. Besitzer kleiner Läden ihren Lebensunterhalt verdienen, und muslimische Inder aus Gujarat, die sich vor allem dem Stoffhandel widmen, wandern ein.

Im Ersten Weltkrieg kämpfen über 10.000 Soldaten aus Réunion in der französischen Armee. Die Zeit zwischen den Weltkriegen ist geprägt vom Aufkommen einer neuen – kreolischen – politischen Klasse, die die alte Hierarchie – die weiße »Zuckeraristokratie« – in Frage stellt, von der Gewerkschaftsbewegung und der Volksfront, von Epidemien und wirtschaftlichen Problemen, die Réunion an den Rand einer Hungersnot bringen, als der Zweite Weltkrieg ausbricht, der Gouverneur für das Vichy-Regime optiert und die Insel infolge einer Seeblockade vom Mutterland abgeschnitten wird. Im November 1942 wird Réunion von einem Kriegsschiff des Freien Frankreich befreit.

Nach Kriegsende, 1946, erhält Réunion ebenso wie die Inseln Guadeloupe und Martinique sowie Guyana den Status eines französischen Überseedépartements. Réunion ist damit den Verwaltungsbezirken Frankreichs gleichgestellt, obschon beim Mindestlohn und der Arbeitslosenunterstützung Sonderregelungen gelten. In der französischen Nationalversammlung ist Réunion mit fünf Abgeordneten vertreten. Mit zu den stärksten politischen Gruppierungen zählt die Kommunistische Partei, die sich 1959 von der KPF getrennt hat und für eine größere Selbstbestimmung Réunions eintritt, in der Hoffnung, so eher Antworten auf die trotz einer bilderbuchartig ausgebauten Infrastruktur gravierenden sozialen Probleme zu finden.

Réunions Lebensfaden hängt seitdem an Subventionen aus Frankreich und der Europäischen Union. Nach wie vor ist die Landwirtschaft auf Zuckerrohr ausgerichtet. Abnahmegarantien und Preissubventionen der EU lassen 8.000 Zuckerrohrpflanzer mehr recht als schlecht überleben und geben zur Erntezeit fast 20.000 Saison- und Fabrikarbeitern Arbeit. Weitere Exportartikel – Rum, die berühmte Bourbon-Vanille, Parfümessenzen, tropische Gemüse und Früchte – haben es schwer, sich auf dem Weltmarkt zu behaupten; Industrie und Handel stagnieren, nur die Tourismusbranche und der Dienstleistungsbereich verzeichnen relative Wachstumsraten. Aus der schwierigen Wirtschaftslage resultiert eine hohe Arbeitslosigkeit, die durch die Bevölkerungszunahme (1947: 222.000 Ew., 1993: 630.000 Ew.) noch verschärft wird. Mehr als ein Drittel der Réunionesen ist arbeitslos.

Die Bevölkerung Réunions ist so vermischt wie kaum anderswo auf der Welt. Im Laufe von dreieinhalb Jahrhunderten aus drei Kontinenten eingewandert oder auf die Insel deportiert, setzt sie sich zusammen aus den Nachfahren der ersten europäischen, meist bretonischen Siedler, der *gros blancs,* zu Kolonialzeiten die Herren Réunions, und der *petits blancs,* aus den Nachfahren der aus Ost- und Westafrika, von Madagaskar stammenden Sklaven, *cafres* genannt – heute mit ca. einem Drittel die größte Bevölkerungsgruppe –, aus den Nachfahren der Vertragsarbeiter aus Südindien, der *malabar,* der Gujarat-Inder, *z'arabes* genannt, der Chinesen, aus Festland-Franzosen – *z'oreils* – und neuerdings Einwanderern von den benachbarten Komoren. Von ihnen allen haben sich die Schwarzen und Weißen – mit Ausnahme der *gros blancs* – am meisten vermischt. Sie wurden als Kreolen bezeichnet, ein Begriff, der heute gleichbedeutend ist mit der kulturellen Identität der Bewohner Réunions.

Obwohl Französisch die offizielle Landessprache ist, sprechen die Réunionesen untereinander hauptsächlich Kreolisch. Die kreolische Sprache ist in der Kolonialzeit entstanden als Kommunikationsmittel der Siedler mit ihren Sklaven und der aus den unterschiedlichsten Völkern stammenden Sklaven untereinander. Sie basiert, vor allem was den Wortschatz, weniger was die Grammatik angeht, auf dem Französischen, enthält darüber hinaus zahlreiche Elemente aus der madagassischen, aus afrikanischen, indischen und europäischen Sprachen. Die vermeintlich einfache Struktur des Kreolischen hat seine Anerkennung als Kultursprache bis in die jüngste Zeit verhindert. Erst in den siebziger Jahren führten die Sprachforschungen des Kreolischen Instituts der Réunioneser Universität zu einer Neubewertung, nicht zuletzt auch dank der Unterstützung zahlreicher Intellektueller der Insel, Lehrer, Schriftsteller, Musiker, Journalisten, die sich der Emanzipation der kreolischen Kultur verschrieben haben. Trotz des einen oder anderen Erfolgs kann von einer wirklichen Gleichberechtigung der kreolischen Sprache noch keine Rede sein. Auch heute findet z.B. der Schulunterricht ausschließlich in Französisch statt.

Zu der Gruppe Intellektueller, die sich für die Anerkennung des Kreolischen als die neben dem Französischen gleichwertige Muttersprache einsetzt, gehört auch Axel Gauvin. 1977 veröffentlichte er in Paris eine Streitschrift gegen die Unterdrückung der kreolischen Sprache. Sein literarisches Werk, das aus Gedichten, Chansontexten, Theaterstücken, einer Sammlung kreolischer Märchen für Kinder und, vor allem, aus bislang vier Romanen besteht, hat er in Kreolisch und in Französisch verfaßt. Die meisten Werke hat er den Lesern in beiden Sprachen zugänglich gemacht. Bei den Romanen handelt es sich dabei nicht um eine wortwörtliche Übersetzung des jeweiligen Textes von der einen in die andere Sprache, sondern um zwei – voneinander abhängige – Neuschöpfungen. Und wenn Axel Gauvin Französisch schreibt, dann keinesfalls das klassische Hochfranzösisch. In seinem literarischen Œuvre ist das Französische mit kreolischen Begriffen gespickt und übernimmt viele Strukturelemente der kreolischen Sprache, woraus sich eine poetische Erneuerung des Französischen ergibt. Dieser originelle Sprachgebrauch war es unter anderem, der Gauvin, zur Freude seiner Landsleute, das begeisterte Lob der Pariser Literaturkritik eingetragen hat und ihn auf die Auswahlliste nahezu aller renommierten Literaturpreise Frankreichs kommen ließ.

Axel Gauvin wurde 1944 in Bois-de-Nèfles nahe St. Denis auf Réunion geboren. Nach der Grundschule in Bois-de-Nèfles und dem Gymnasium in St. Denis besuchte er die Vorbereitungsklasse der Ecole Normale Supérieure in St. Cloud/Frankreich und studierte Naturwissenschaften. Nach dem Staatsexamen ging er zurück nach Réunion, wo er seit 1973 als Lehrer arbeitet. Das Schreiben ist sozusagen sein Nebenberuf.

In seinen Romanen hat sich Axel Gauvin der kleinen Leute auf Réunion angenommen. Sein erster Roman, *Quartier-Trois-Lettres* (Drei-Buchstaben-Viertel), der 1980 auf Französisch, 1984 auf Kreolisch *(Kartié-troi-lète)* erschien, schildert anhand der Geschichte einer Familie die Lebensbedingungen der Fischer in St. Leu, die die Männer in den Alkoholismus treiben, zur Gewalt gegen Frauen und Kinder führen, aber auch zu familiärer Solidarität.

Mit seinem zweiten Roman, *Faims d'enfance* (Paris 1987; in kreolischer Sprache u.d.T.: *Bayaline* 1996 auf Réunion erschienen) etablierte sich Axel Gauvin als Autor eines der führenden französischen Literaturverlage – Editions du Seuil –, eine Voraussetzung dafür, über Insiderkreise hinaus von einem breiten Lesepublikum wahrgenommen zu werden. Unter dem Titel *Kindheitshunger* (Wuppertal: Hammer 1995) als erster Roman aus Réunion auf Deutsch erschienen, erhielt er den Preis der Aktion *Guck mal übern Tellerrand! Lies mal, wie die andern leben!* und die Blaue Brillenschlange der Erklärung von Bern.

Kindheitshunger ist ein Roman, in dem sich alles ums Essen dreht. Einziger Schauplatz ist eine Schulkantine, die zum Fokus der sozialen und kulturellen Auseinandersetzungen Réunions in den fünfziger Jahren wird. Axel Gauvin erzählt von den Konflikten des fünfzehnjährigen Soubaya, einziger Inder unter Weißen, mit seinen Mitschülern, den ewig hungrigen Kindern der *petits blancs,* die beim Schulessen um jeden Bissen und gegen die Direktorin kämpfen, die den Kreolisch sprechenden Kindern richtiges Französisch und französische Manieren beibringen will. Rougail und Kari triumphieren über die französische Küche; Soubaya lernt sich durchzusetzen – gegen den Rassismus, gegen den Kulturimperialismus. Und er erlebt seine erste Liebe.

Eine Liebesgeschichte steht auch im Zentrum von *Wenn du aufwachst, bin ich da.* »Der Roman ist vor allem anderen«, sagt Gauvin in einem Interview, »die Geschichte einer Liebe zwischen einem Jungen und seiner Großmutter. Der Junge, dessen geisteskranke Mutter gerade gestorben ist und der eine unglückliche Kindheit hinter sich hat, wird eines Tages, unmittelbar vor Ausbruch eines Zyklons, todkrank zu seiner Großmutter gebracht. Die rettet ihn, und sehr schnell entsteht zwischen ihnen eine große und reine Liebe. Für beide, für Enkel und Großmutter, ist es die erste wahre Liebe.«

Und die erste Erfahrung vollkommenen Glücks. »Die Großmutter«, so Gauvin weiter, »empfindet es als höchstes Glück, ihren Aimé wachsen zu sehen, groß werden, ihn heute glücklich zu sehen und sich auszumalen, was er morgen sein wird. Seine Kindheit – und es steckt ein bißchen von unserer aller Kindheit darin – ist ihr Älterwerden. Ihr Tod ist seine Zukunft. Das Paradies findet sich also ebenso in einem selbst wie im Erschaffen neuen Glücks.«

Alles andere ist ruhig und beschaulich; stürmisch wie der

Zyklon, der die Insel auf den ersten Seiten des Buches heimsucht, verläuft das Leben der von Axel Gauvin liebevoll und mit viel Humor gezeichneten Romanfiguren. Dem Glück begegnen sie erst nach leidvollen Erfahrungen, es gibt ihrem Leben eine überraschende Wendung, einen neuen Sinn. Die Glückserfahrung, die nur für eine kurze Zeitspanne, manchmal nur für einen Augenblick, in ihr Dasein einbricht, setzt sie instand, die Traumata der Vergangenheit zu bewältigen, sich der Frage nach dem »Wer bin ich?« zu stellen und, mit sich selbst im reinen, dem Lebensende ins Auge zu sehen oder — was Aimé betrifft — das Leben anzugehen.

Aimé, der Enkel, der sich dank der Liebe zu seiner Großmutter und, nicht zu vergessen, seines Großvaters von dem Alptraum befreit, in dem seine Mutter, die schon seine Schwester und seinen Vater auf dem Gewissen hat, ihn töten will; seine Großmutter, Margrite Bellon, deren Schwester aus Kummer über den Tod ihres Mannes auf den Schlachtfeldern des Ersten Weltkriegs die Lebensfreude abhanden kam, deren Vater, ein reicher Zuckerfabrikant, Pleite machte und verarmte, die zweimal Männer heiratet, die sie nicht liebt – von denen der eine der Vater ihres geliebten Sohnes wird, der andere ihrem geliebten Enkel das Leben rettet –, die ihre Kraft schöpft aus der Erinnerung an ihre Kindheit und ihren Onkel, Tonton Calixte, der ein Leben jenseits aller Konventionen führte, im völligen Einklang mit sich selbst; dann Gaétan Bénard, der skurrile Großvater, überzeugter Kommunist und Antiklerikaler, ehemaliger Journalist und Besitzer einer Salzmine auf Madagaskar, ein alter Schürzenjäger, der, als er Aimé zuliebe sein Auto aus der Remise holt und die Wege seiner amourösen Abenteuer nachfährt, seine Männlichkeit und seine Würde wiedergewinnt – schon diese drei Hauptpersonen geben dem Roman seinen unvergleichlichen Charme.

Aber da sind noch Grand-gaby, Freiwilliger im Indochina-Krieg und Margrites gutmütiger, aber einfältiger Gehilfe; die Nachbarin Madame Nièl und ihre Tochter Huguette, eine Lehrerin, die ihrer Mutter verbietet, Kreolisch zu sprechen, und ihr »korrektes« Französisch beibringen will; Mane-ti, das chinesische Halbblut, überzeugter Kommunist auch er und Besitzer eines Kramladens; seine Frau Ma-kin, deren einziger Sohn, Ti-mao, nach China gegangen ist; Gabriel, Gaétans Sohn und Steuerbeamter; der Arzt und diejenigen, die in der Erinnerung leben: Wie Steine eines Mosaiks ergeben ihrer aller Geschichten, die den Bogen vom Anfang des 20. Jahrhunderts bis in die siebziger Jahre spannen, ein vielschichtiges Bild vom Alltag der Menschen auf Réunion, insbesondere der *petits blancs,* der kleinen Weißen, wobei »weiß« nicht unbedingt im europäischen Sinne zu verstehen ist: Margrite hat eine indische Großmutter, Aimé einen dunklen Teint. Ihre Sprache, ihre Kultur ist kreolisch und zum Zeitpunkt der Romanhandlung alles andere als geachtet und anerkannt.

Durch das Buch zieht sich der immer wieder evozierte Duft der reifen Voa-vanga und Bananen, der süßen Mangos und bitteren Madagaskarpflaumen, der Duft der Orchideen und des Vetiver, der etwas vom Zauber einer Insel im Indischen Ozean erahnen läßt – ein Zauber, der gleich wieder gebrochen wird, denn präsent ist immer auch das Zuckerrohr, dem der bescheidene Ertrag stets aufs neue abgetrotzt werden muß. Margrites »taschentuchgroßes« Zuckerrohrfeld wird von Gaétan Bénard, »weil sie von dort immer erschöpft zurückkehrt wie ein Deutscher von der Ostfront«, Stalingrad genannt. Ein Vergleich, der nicht nur, und zwar in besonders nachdrücklicher Form, jeglichem Anflug von Exotismus den Boden entzieht, sondern auch darauf hinweist – und das ist neben dem Bemühen, der kreolischen Sprache und Kultur die notwendige Anerkennung zu verschaffen, ein zentrales Anliegen Axel Gauvins –, daß Réunion in das Weltgeschehen eingebunden ist, seine Geschichte Teil der Weltgeschichte, seine Wirtschaft Teil der Weltwirtschaft ist, daß die Vergangenheit und Gegenwart der Insel, die kreolische Kultur Teile der Weltkultur sind.

Wenn du aufwachst, bin ich da erschien 1990 unter dem Titel

L'aimé bei den Editions du Seuil in Paris. Die kreolische Version steht bislang noch aus. Seither hat Axel Gauvin einen weiteren Roman veröffentlicht, *Cravate et fils* (Krawatte und Sohn, Paris: Seuil 1996), die Geschichte eines Krankenpflegers, der einen Freund vor dem Selbstmord bewahrt, ihm selbstlos hilft und, Ironie des Schicksals, zu spät merkt, daß er selbst derjenige ist, der eigentlich der Hilfe bedurft hätte. Wie in all seinen Romanen erzählt Axel Gauvin auch hier eine der Geschichten, »die einen während des Zuhörens zum Lachen bringen und einen traurig machen, wenn man darüber nachdenkt«.

Solche Geschichten gibt es viele auf Réunion. Axel Gauvin ist dort nicht der einzige Schriftsteller. Er hat nicht wenige Kolleginnen und Kollegen, die wie er ihre Aufgabe darin sehen, der Geschichte der Insel, dem Leben der kleinen Leute, der kreolischen Sprache und Kultur Geltung zu verschaffen, sie ins Bewußtsein einer wenn möglich internationalen Öffentlichkeit zu rücken.

Die Schriftstellerinnen und Schriftsteller Réunions haben sich in allen literarischen Gattungen, in kreolischer und französischer Sprache zu Wort gemeldet. Nennen wir hier nur die Romanautorinnen und -autoren: Monique Agenor, Monique Boyer, Anne Cheynet, Danielle Dambreville, François Dijoux, Agnès Guenau, Jean-Bernard Holsteing, Jean Lods, Rose-May Nicole, Denise Roméis, Jean-François Samlong, Daniel Vaxelaire, Danyèl Waro – eine Literatur, die es in Deutschland noch zu entdecken gilt.

Gudrun Honke

Bibliothek Afrika

Literatur des schwarzen Kontinents

Meja Mwangi
Die achte Plage
Roman aus Kenia
ca. 360 Seiten, gebunden

Francis Bebey
Das Regenkind
Roman aus Kamerun
168 Seiten, gebunden

Tierno Monénembo
Zahltag in Abidjan
Roman aus Guinea
186 Seiten, gebunden

Syl Cheney-Coker
Der Nubier
Roman aus Sierra Leone
558 Seiten, gebunden

Buchi Emecheta
Sklavenmädchen
Roman aus Nigeria
256 Seiten, gebunden

PETER HAMMER VERLAG

Wir schicken Ihnen gern kostenlos unsere neuen Kataloge.
Postfach 20 09 63 · D-42209 Wuppertal

Bibliothek Afrika

Literatur des schwarzen Kontinents

Gudrun Honke/Thomas Brückner (Hg.)
Habari Gani, Afrika
Lesebuch der afrikanischen Literatur
198 Seiten, broschiert

Gcina Mhlophe
Love Child
Die Geschichtenerzählerin aus Südafrika
160 Seiten, broschiert

Wolfram Frommlet (Hg.)
Die Sonnenfrau
26 neue Geschichten aus Schwarzafrika
336 Seiten, broschiert

Francis Bebey
Alle Menschen sind schwarz
Geschichten und Gedichte
160 Seiten, broschiert

PETER HAMMER VERLAG

Wir schicken Ihnen gern kostenlos unsere neuen Kataloge
Postfach 20 09 63 · D-42209 Wuppertal